当代陕西文学评论文丛 | 编委会

主　编　贾平凹　齐雅丽
副主编　韩霁虹　李国平　李　震
编　委　（按姓氏笔画排序）
　　　　仵　埂　齐雅丽　李　震
　　　　李国平　杨　辉　段建军
　　　　贾平凹　韩霁虹

当代陕西文学评论文丛

接续中坚

地域与世界：中国经验的中国式书写

韩鲁华 著

陕西师范大学出版总社　西安

图书代号　WX24N2335

图书在版编目（CIP）数据

地域与世界：中国经验的中国式书写 / 韩鲁华著.
西安：陕西师范大学出版总社有限公司，2025.6.
（当代陕西文学评论文丛 / 贾平凹，齐雅丽主编）.
ISBN 978-7-5695-4824-2

Ⅰ．I206.7-53

中国国家版本馆CIP数据核字第2024LX2507号

地域与世界：中国经验的中国式书写

DIYU YU SHIJIE: ZHONGGUO JINGYAN DE ZHONGGUO SHI SHUXIE

韩鲁华　著

出版统筹	刘东风　刘　定
策划编辑	马凤霞
责任编辑	马凤霞
责任校对	张　姣
封面设计	周伟伟
出版发行	陕西师范大学出版总社
	（西安市长安南路199号　邮编 710062）
网　　址	http://www.snupg.com
印　　刷	中煤地西安地图制印有限公司
开　　本	720 mm×1020 mm　1/16
印　　张	17.75
插　　页	2
字　　数	255千
版　　次	2025年6月第1版
印　　次	2025年6月第1次印刷
书　　号	ISBN 978-7-5695-4824-2
定　　价	69.00元

读者购书、书店添货或发现印装质量问题，请与本公司营销部联系、调换。
电话：（029）85307864　85303629　　传真：（029）85303879

文脉陕西,评论华章(序)

贾平凹

从延安文艺的烽火岁月,到新时代的文学繁荣,陕西文学以其独特的风格和深邃的内涵,赢得了国内外的广泛赞誉。在中国当代文学史上,陕西不仅拥有一支强大的文学创作队伍,同时也拥有一批占领各个历史阶段文学批评潮头的评论骨干。他们以敏锐的洞察力剖析文学现象,参与文学现场,解读作品内涵,为陕西文学的发展注入了源源不断的活力。在新时代文化浪潮中,文学评论作为党领导文学事业的重要途径和方式,作为文学繁荣发展的重要推动力和引导力,正凸显着越来越重要的作用。

为了贯彻落实习近平总书记关于文艺工作和文艺批评的重要论述,以及中宣部等五部门联合印发的《关于加强新时代文艺评论工作的指导意见》,进一步加强和改进陕西文学批评工作,打磨好批评这把利剑,把好文艺的方向盘,同时也为深入总结和发扬陕派文学批评的历史经验,全面呈现陕西当代评论家队伍及其丰硕成果,推动陕西文学批评再创佳绩,助力陕西乃至全国文学发展,陕西省作家协会精心策划并编辑出版了"当代陕西文学评论文丛"。

在选编过程中,丛书编委会始终遵循着精编细选的原则,力求每篇文章都能代表作者个人的最高水平,同时也能反映出陕西文学评论的独特风格和时代特征。所选文章以研究和评论承续延安文艺传统的陕西作家、作品为主，也不乏对中国文坛或域外文学研究的独到见解。丛书汇聚了三代文学批评家中三十位代表批评家的学术成果。他们或生于陕西，或长期在陕工作。他们以笔为剑，以墨为锋，用睿智深刻的见解，共同书写了陕西文学批评的辉煌华章。他们的评论文章，或激情洋溢，或理性严谨，或高屋建瓴，或细腻入微，共同构筑了这部丛书的独特魅力与丰富内涵。

丛书将陕西老中青三代评论家分为"笔耕拓土""接续中坚""后起新锐"三个系列。三代评论家有学术师承，亦有历史代际。每个系列都蕴含着不同的时代气息和文学精神："笔耕拓土"系列收录了陕西文学评论界先驱和奠基者的成果，他们如同手握犁铧的开垦者，为陕西文学评论的沃土播下了希望的种子；"接续中坚"系列展现了新一代批评家中坚力量的风采，他们的评论既有深厚的理论功底，又有敏锐的时代洞察力，为陕西文学评论的繁荣发展注入了新的活力；"后起新锐"系列则汇集了新一代批评家的文章，他们敢于创新，勇于探索，为陕西文学评论的未来开辟了广阔的空间。

"当代陕西文学评论文丛"的出版，不仅是对陕西文学批评历史的一次全面总结和回顾，更是对未来陕西文学发展的有力推动和期待。相信这部丛书的问世，将激发更多文学评论家的创作热情，使陕西文学创作与批评携手并进，比翼齐飞，为推动陕西文学批评事业的繁荣发展，为陕西乃至全国文学的发展贡献新的智慧和力量。

2024年11月8日

目　　录

001　审美方式：观照·表现与叙述
　　　——贾平凹长篇小说风格论之一

015　世纪末情结与东方艺术精神
　　　——《废都》题意解读

027　历史把握与审美建构
　　　——读京夫长篇小说《文化层》《八里情仇》

037　贾平凹、路遥创作文化心态比较

049　反省与批判
　　　——文学创作的一种深度模式

059　上帝还会发笑吗？
　　　——对陕西90年代小说创作的思考

069　前现代与现代：陕西的文学创作与批评
　　　——从陈忠实的创作及研究谈起

079　心物交融　象生于意
　　　——贾平凹文学意象生成论

092　执著的追求：对于人的求证及其叙述
　　　——冯积岐论

105　生活叙事与现实还原
　　　——关于贾平凹长篇新作《秦腔》的几点思考

115　真的探寻
　　　　——路遥、陈忠实、贾平凹文学创作审美价值论之一

126　中国当代近三十年文学创作的乡土叙事
　　　　——以《陈奂生上城》《活着》《秦腔》为例

140　中国经验的中国式叙写
　　　　——论《带灯》及贾平凹中国式文学叙事

171　中国乡土及乡土经验的文学叙事
　　　　——以贾平凹、莫言乡土叙事为例

185　特殊视域下特殊时代的人性叙写
　　　　——《古炉》与《铁皮鼓》叙事艺术比较

202　柳青与赵树理合作化叙事比较
　　　　——以《狠透铁》与《锻炼锻炼》为例

219　陈忠实文学创作审美价值论

235　原本地茫然
　　　　——《山本》阅读札记之一

249　一代人的情感精神绝响
　　　　——方英文《群山绝响》阅读札记

261　从商州到世界
　　　　——阅读贾平凹札记

275　后记

审美方式：观照·表现与叙述

——贾平凹长篇小说风格论之一

文学的美学风格，是一个独立的、完整的审美范畴。它有自己生成、发展、流变过程和特殊性与完整性。于不同的艺术形态又有着不同形态的个性显现与侧重。比如小说，其美学风格主要体现在审美意象、审美构造方式与审美语言等方面。就作家而言，它是作家于审美创造过程中所表现出的独特个性的总体反映。一位作家的审美个性与具体艺术形态有机结合，方能成为一个审美创造实体，方能将其美学风格对象化。于实现具体的审美创造过程中，作家的个体美学风格既受到民族、地域风格，历史、时代风格，群体、流派风格等的影响，又受到自身个性、气质、思想、情感、艺术修养、文化素质和心理特质等方面的制约。

就其本质而言，美学风格是作家审美创造独特的个性化的自我实现与显现，"是作家对生活的自由理解，是作家对自我的自由创造，是作家对形式规范的自由发挥"[1]。审美个性是作家美学风格的生命。因此，风格是一个作家成熟的标志，是一个作家在审美创作上以其独特性区别于其他作家的艺术个性显现。一个作家如果不能形成自己独特的审美创作风格，他即使写的东西再多再好，也是一只未走出迷途的羔羊。但是，风格的形

---

[1] 孙绍振：《美的结构》，人民文学出版社，1998年，第39页。

成又是一个作家艺术创作衰亡的信号。倘若一个作家在形成自己独特的艺术风格之后,不再将自己绑在创作探索的痛苦的十字架上受磨难,那除了既得的社会虚荣之外,不会再受到读者的青睐。70年代与80年代交替期,闪现出一大批作家,而今能够继续在读者中产生影响的,有十之三四都不错了。其余的十之六七虽然还在写,除了变铅字、挣稿费之外,似乎没有更多的社会意义与美学价值。从风格角度看,他们或未形成风格,或虽形成风格但功成名就后便不再努力了。当然也有江郎才尽的,费了九牛二虎之力仍然未跳出迷茫的怪圈。

无疑,贾平凹是形成了自己独特的美学风格而又不断突破自己的作家之一。贾平凹的小说创作,大体可分为三个阶段。以《满月儿》为代表的作品,奠定他美学风格第一块基石,表现出清新明亮的美学风格。以《商州》及同系列小说为标志的作品,奠定了他美学风格的基本格调,这就是透露着原始文化生命意识的一种狂野隽丽。自1986年后,他的笔虽然仍盯住商州这块有山有水的土地,但在审美追求上,以《浮躁》《妊娠》等作品为轴心,已注入了不少新的美学品格——雄健与浑厚,达到一个新的美学境界——雄浑而隽丽。

在进行具体分析以前,有必要对作家风格这一美学范畴做出必要限定。美学风格,就其本质意义而言,是作家审美认知方式与审美感知方式在进行审美创造过程中所表现出来的独特个性及其对象化显现,而且是一种独特的个性化的自我实现。因此,审美个性是风格的生命。从审美对象主体来看,风格是审美符号——审美语言与审美意象的组构形式及其包孕的审美意蕴的总体特征。叙事文学的小说,最能体现美学风格特征的是审美意象、审美构造方式与审美语言。

关于美学风格形态,黑格尔按照艺术种类,划为"理想的""严峻的""愉快的"三类。古典文艺理论家司空图在《二十四诗品》中将诗划分为二十四种风格,如"雄浑""冲淡""纤浓""劲健""豪放"等。而近代美学范畴将美学风格形态划分为崇高、悲剧、优美、幽默、讽喻等。从更大审美范围观察，风格可分为民族、地域性风格，时代、历史风格，流派风格和个体风格。而且它们之间是相互联系、相互影响的。在这里要强调的是，作家个体与民族风格传统和时代风格特点有着更为密切的联系，这是形成作家风格的外部环境。就作家自身而言，则受其个性、气质、思想、情感、艺术修养、文化素质、心理特质等方面的影响更为直接，这是形成一个作家美学风格的内在原因。

由此看来，文学艺术的美学风格，是一个独立的、完整的审美范畴，它有自己生成、发展、流变的过程和特殊性、完整性。研究作家美学风格，可以从不同角度入手，其中，作家的审美方式就是一个重要的突破口。本文试从审美观照视角、表现方式和叙述方式三个角度，对贾平凹长篇小说创作美学风格特征作一粗浅探讨。需要说明的是，本文对贾平凹长篇小说创作美学风格之探讨，重在对具体作品的分析。所选择三个论述角度，意在阐明贾平凹美学风格于他审美方式上的自然显现，而不是作一种更为抽象的理论论说。

审美观照视角：审视民族文化心态的深层结构与历史嬗变轨迹

贾平凹的小说，带有明显的文化心态小说特征。他早期受孙犁、沈从文、废名等的影响非常明显，也曾致力于商州乡土人情的描写，追求一种清新优美、空灵飘逸的美学风格。至今从他的作品中仍可感到沈从文、废名等人的艺术因子。但他绝没有沉迷于乡土人情的描写，也未停留在淳朴清逸的美学追求上。从其审美观照视角来看，他的小说呈现出从乡土人情转向民族文化心态剖视的发展轨迹，愈来愈逼近现实生活，是历史、文化与现实在人们心态中的综合表现。商州文化已不是描写的最终目的，仅仅是作品深层审美内核的一种外部艺术构造和氛围，其目的是透过商州文化描写，将人的视线引向剖析民族文化心态及其文化心理结构。最能表现他这种审美追求的，我以为是他的三部长篇小说。

更确切地讲，贾平凹审美观照视角，于80年代初写《"厦屋婆"悼文》《好了歌》等时已发生了变化。这时，他还处于对新的审美追求的朦胧状态。他觉得自己的创作应该进入一个新层次，并抓住了这种萌动的心声。但是这新的追求究竟是什么，什么更适合他的个体审美心理、个性与文化气氛等，他还不十分清晰。他的审美观照由单色转向复色，由对生活表层描述转向深层次开掘，由某种简单的社会观念衍化转向对生活本身真切具体的表现。他将笔从明亮的阳光转向社会中还存在的阴暗角落，以致招来许多人的误解与不满。这迫使他进一步反思自己。经过一段时间身体与思想共同的磨难，他找到了自己的新位置，以《商州》为标志的新的美学风格初步形成。

贾平凹于《商州》中的审美观照视角是一种文化视角。这部作品用三分之一篇幅描写商州的历史、地理、政治、经济、民风民俗和民间传说。这些熔于一炉，展现了一幅商州文化风景图。其深层审美目的，是要于这文化背景中找到以"现在时"描写的刘成与珍子的爱情悲剧的根源，找到他们性格中的传统文化基因。此时他对民族文化心态的剖析还处于非自觉状态，而更致力于反映当代农村生活变革的律动和当代农民现时心态的萌动，乃至相互冲突。于此时创作的《腊月·正月》《天狗》《小月前本》等都是如此。这些作品虽然表现了传统文化与现代文明的冲突及其在人们心灵上的表现，但还未达到更深的层次，其美学风格还未定位。

他小说创作美学风格趋于臻熟，是与他审美观照视角专注于民族文化心态与文化心理结构剖析相一致的。我们比较《商州》与《浮躁》等作品，就会发现他审美观照视角上的变化。而且，这种变化伴随的是新的艺术素质的出现。他观照对象时，不仅将其视为客观实在，而且，将其象征化，意象化，乃至部分感觉化。可以说，《油月亮》是他做的一次心理感觉化的写作实验。

无疑，《浮躁》是贾平凹近年来的一部长篇力作。它标志着作家达到了一个新的创作水平。贾平凹于此致力的，既不是民族文化精细描述，也不是现实改革生活现象刻绘,而是对民族文化心态的一种艺术概括,是对"现在进行时"民族文化情绪的艺术提炼。作品重心不在于客观事实本身,即雷大空悲剧性事件本身和金狗圆圈式命运(从州河到州城又回到州河,如同鸟飞了一圈又回来)本身,而在于大空、金狗等人身上所负载的民族文化心态及其表现——历史与现实的冲突。甚至这些发生的现实故事,仅仅是展现民族文化心态的一种载体。金狗、大空等形象的意义也不在于其本身,而在于其所负荷的民族文化心态的萌动与冲突,以及民族文化心理结构中纵横交织的条条缕缕。

浮躁,与其说是贾平凹对变革中社会生活和农民心理的一种理性概括,不如说是他以独特审美观照视角,对民族文化心态和农民文化心理结构意象化的审美把握。关于这种审美把握的准确性、浑厚性论述已很多(笔者曾在别的文章中作过描述,故而不再赘述),在此,我想进一步探讨的是《妊娠》相比于《浮躁》的某些发展。

我始终认为这两部作品是同一母体的双胞胎,审美观照方式是一致的,只是审美视角有所差异。《浮躁》试图作一种较为清晰的艺术概括,更注重理性解剖分析,表现作家审美观照的结果;而《妊娠》则是一种浑然的描述,更注重感情叙说,展示作家审美观照的痛苦过程。正像两部作品题目所揭示,浮躁是一种心境、情绪和心态的概括,妊娠则是对生产过程痛苦性的描述。从这里可看出作家审美体验之变化。

对贾平凹小说创作审美观照视角发展变化作了线性粗略描述之后,我想再对其审美观照具体特点作一横向总体分析。

首先,我以为贾平凹的小说,特别是描写商州的小说,带有强烈的奇闻轶事色彩,追求一种轻逸的审美效果,生活的真味与情致之趣味同生并茂。他对民风民俗、民间传说和奇闻轶事的审美感知特别敏锐,专向别人不去开掘的领域探寻奇珍异宝。较典型的有《鸡窝洼人家》《天狗》《油月亮》等。这三部长篇小说的整体框架基本是以现实中人们正常生活为基础,但其间不乏奇闻轶事、民间传说等。他往往于这些描写中妙笔生花,才情横溢。即使常人常事他也能体验到一种奇异情感。他作品的特殊魅力在于此，某些缺憾也与此有关。

将审美视角对准人与事原生形态，追求一种原生自然美。这包括两层含义：一是进行审美选择时，将注意力倾注于客观世界自然原生状现实事件，进入他审美视野的一切（人和事、山和水），都带有原始古远的纯朴性与清新性，一进入这段"原始地带"，灵感火花便非常明亮，闪烁出五颜六色的异彩。二是他观照客观对象时，审美情感带有强烈的原生状的直觉性，即第一次观照世界那种最初的未经理性过滤的原始情感体验。这二者都是他剖析民族文化心态、探寻民族文化心理结构历史渊源美学追求的具体表现。

由单视角到多视角，是贾平凹小说创作审美观照的第三个特点。贾平凹初步入文坛，审美视角单一纯净。现在，人类社会在他眼里已不再是一个清凉凉的世界，而是各种情感、力量、矛盾等交织于一体的复合世界。他透视社会也从清晰到混沌，由淳朴而浑厚，由单色而复色，改简单肯定判断而为复杂的肯定与否定相交织的复合判断，于是从多种审美视角入手，主题也显现出复合状态。比如《浮躁》有一个浑厚主调，于这种主调中还有其他音调与之相协奏（而不是伴奏），作品显得更为厚实。

贾平凹审美观照视角上的这些特点，正体现着他美学风格的特点及其发展变化。这就是他始终盯住商州这块古老的土地，开掘其间所包含的淳厚而质朴的民族文化精神，使作品带有原质性的浑厚清新，于雄浑中体现出隽丽，于隽丽中交织着雄浑的气质。其美学追求表现出这样的发展，由清丽走向隽永，走向雄健浑厚，但终未丢掉隽丽而走向粗犷豪放，实现了这二者的融合交织。

审美表现方式：写实性、表现性与象征性相互交织融合

贾平凹的小说创作应属现实主义范畴，但他又吸收了现代主义、古典主义中许多营养，成为一种新的现实主义。从他的审美表现方式上看，是以表现性为核心，包容着写实性与象征性，三者相互交融共同组成浑然整体。

贾平凹的小说创作是从寻找现实主义道路迈开第一步的。这是由社会时代所决定的，是由我们这个民族的特殊性所决定的。因为新时期伊始，人们还不可能也没有更多更大的胆略与勇气去想现实主义以外的东西。那时现实主义处于恢复阶段，人们心中最伟大、最神圣的创作方法，自然也是最为权威的创作方法，当然非现实主义莫属。贾平凹作为一个刚开始文学创作的新手，更是只能在现实主义基础上迈开第一步，不可能如残雪及更后来的格非、苏童等一起步就是这主义那主义。即便如此，他也作了探索性的努力。他的《满月儿》一问世，就受到普遍好评，除了作品中透出的那股清新隽秀之气，更重要的是他没有如更多的作家那样，在强有力的政治斗争中翻腾，而是到深山中去采撷郁郁清香。贾平凹小说创作自"商州系列"开始发生了明显变化，有一种新的审美情致。这新的审美情致的艺术魅力，不仅仅来源于其审美意蕴上的突破，更来自其审美表现方式上的创新。也是从此以后，贾平凹的小说受结构现实主义影响甚大，有人说他的小说受古典笔记体小说艺术熏陶，也有人将其视为散文体等等。无论怎么说，但有一点是一致的：贾平凹变了个模样。对贾平凹小说创作进行全面评价，探求其美学风格，他的长篇小说最有代表性。

审美表现方式中的写实性，可从总体艺术表现与细部具体描写两个层次进行分析。贾平凹进行艺术创造，于总体审美表现上，追求作品总体构想在内在精神上与社会现实生活相吻合。他尽力去把握时代的脉搏和生活的律动，探寻现实与历史的连接与交叉，透过生活表层去开掘深层的社会、文化心理意蕴。不论是《商州》还是《浮躁》《妊娠》，于总体表现上都追求这一点。从总体上来看这三部作品，我们就会发现其间有一种内在的现实连续性。《商州》表现的是现代文明冲击古老山区后，在现实生活与当代人心理上激起的波动；《浮躁》则表现的是一个民族的现实生活与农民文化心态上的骚动；而《妊娠》又是对这种骚动痛苦过程的具体描述。它们共同构成一个现实世界的艺术总体，体现了作家审美表现方式的写实性原则。

就其具体艺术表现而言，不论是一部作品的整体构思，还是局部的描写与刻画，都是现实生活的艺术表现。《商州》《浮躁》在艺术架构上，均有一个完整故事做基本框架，都有现实生活做基础，其故事情节发展按照线性时间顺序展开，这些故事中所包含的社会现实生活内容与历史内涵丰富而浑厚。它们不仅塑造了性格鲜明的人物形象，也塑造了性格赖以生存的典型环境。刘成、金狗等人的性格发展既有坚实的生活基础，又循着情感的逻辑，活脱脱从现实生活中走到我们面前，身上的泥土味浓郁芳香。稍晚的《妊娠》虽然由于某种原因未构成更为完整的结构框架，但每一章的描写都真实可信，有着厚实的生活基础，人物也是立足于商州土地之上的。

贾平凹审视现实生活时眼光更多聚集在中华民族生活的历史延续性上，从今人身上挖掘出历史的根源。解析着民族文化心理结构，以把握当代人的民族文化心态，看今天的人身上还保留有多少历史的民族文化意识和积淀物。但这不是最终目的。最终目的在于揭出病痛之后，激励人们振奋，抖掉这些历史的沉重包袱，重铸现代化的民族文化心理。所以，贾平凹写小说，写实性始终非常强烈。

但是，由于其他艺术素质所致，这种写实性于审美表现中，浓度确实被稀释着。他不是将现实生活的集结板块展现给人们，而是将其解析开来，构成一个新的现实世界，融进了新的审美主体情感。因而，写实性仅仅是他审美表现方式的一个基础、一种底色。构成这幅艺术图画的核心色调带有浪漫色彩。

贾平凹的文学创作，受中国古典文化中的道家思想影响很大。因此，在艺术表现上，他追求抒写性灵，重在表现。表现性作为其审美表现方式的核心，最主要表现在于艺术创作过程中追求抒写性灵，重主体意识表现，其主体意识于作品中不断得到强化。他笔下的世界不是纯客观的具象，而是经过作家主体意识煮染过的意象显现。正如《浮躁·序言之二》中所说："艺术家最高的目标在于表现他对人间宇宙的感应，发掘最动人的情趣，在存在之上建构他的意象世界。"[①]他审美表现方式上的这种追求与变化，使他的三部长篇小说明显地呈现出这样的发展趋向：其所描写的商州世界，逐渐地由现实中的商州变为作家心目中的商州，打上了浓重的主体表现色彩，成为作家主观理解的商州。对此，我们可将《商州》与《浮躁》作一比较分析。

《商州》在写法上，采用作家假托的"叙述人"讲述其对商州的主观感受与现实故事客观叙述并驾齐驱的表现方式。"叙述人"讲的故事具有强烈的主观色彩，主体意识表现强烈，从中可以感到作家强烈的心声。现实故事则是客观叙说，作家又以一种客观记述的方式，在讲述现实生活中发生的故事。从总体来看，不管是"叙述人"的讲述，还是客观叙说，对商州文化、地理、历史、民风民俗的描写，都是非常真实的，给人的感觉都是真实的商州。于此写实性比表现性显得更为突出。但是，到了《浮躁》中情况有了很大变化。"这里所写到商州，它已经不是地图上所标志的那一块行政区域划分的商州了，它是我虚构的商州，是我作为一个载体的商州，是我心中的商州。"作家之所以作如是声明，不仅是"太不愿意再听到有关对号入座的闲话"，更重要乃是他主体意识扩张的表现，是他强烈要求表现个性、表现自我的必然结果。作家笔下描写的商州州河、古城等，在表现性支配下，具有浓厚的主观表现意义，甚至连人物也成为某种意念的表现符号，如道人、和尚等是一种传统文化的表现意象，而考察人则是现代意识的象征。就是主人公金狗也具有意象表现意义，从某种意义上说，他是现实民族文化心态特别是农民文化心态的意象表现。

[①] 贾平凹：《静虚村散叶》，陕西人民教育出版社，1990年，第4页。

这种审美方式上的表现性，是与作家艺术创造上的象征性的强化与自觉紧密联系的。由于他审美表现上追求一种总体性的表现意识内核，象征艺术自然而然就被他所接受，融汇于整个艺术表现过程和各个层面。这一点，不仅长篇小说表现明显，其他短篇小说表现得也非常强烈。像《古堡》《故里》《水意》等，从题目到具体内容都带有象征意味。我们再看《浮躁》。

从总体艺术表现上看，这部作品于总体构思上追求一种象征性。作品构造的基本框架，是金狗从州河干起事业，为了更高的追求而离开州河进入州城，到外面去闯世界。经过一番磨难，他头脑更清醒了，又回到了州河，重新找到自己的位置。从表现意义看，金狗的命运及归宿在州河，在坚实的土地上。其深层意义在于，金狗的命运与经历中，负载着一种民族文化心态的象征意蕴。他性格中的浮躁，正是这种民族文化情绪、文化心态的象征表现。这样，不仅这个人物具有了象征意义，整个作品都带上了象征色彩。在这种艺术表现总目标下，他于具体描写上，特别是其所塑造的具体审美意象，都具有强烈的象征性。比如三次州河大水，象征着民族历史、文化心态三次蜕变，看山狗的叫声、州城一个角的塌陷等，其审美意象的深处，都具有象征意义。

但是，贾平凹并没有完全走入象征主义，象征性仅是他艺术表现中的一种艺术素质。最后，需强调说明的是，于具体的艺术创作中，他审美表现方式上的三种特性是相互交融的，往往是于具体人物塑造细节描写时，写实性、表现性与象征性共为一体，同时起作用。我只是为了论说的方便，将这三种审美表现特性分别进行论说，这是必须加以声明的。

审美叙述方式：叙述视角、结构与作家的声音及其传达

作家的审美观照方式影响着审美表现方式，而叙述方式又受着这二者的共同影响。即作家创作时选用怎样的叙述方式，并非随意或临时决定

的，而是潜在地受着观照方式与表现方式的制约。他所选择的叙述视角、叙述人称、叙述结构，乃至叙述情感，与其特有的观照视角、情感方式、表现习惯等，有某种内在照应关系。而且，叙述方式似乎更易体现一个作家的美学风格。

叙述视角对一部作品有着重要作用。贾平凹是深知这一点的。他的小说创作，一开始就不是以丰厚社会思想容量取胜，而是以精巧艺术选择、特殊的审美视角与情致见长。后来，特别是到了《浮躁》，其社会思想容量与审美意蕴非常丰厚，这一特长仍未改变，他对叙述方式更为重视。他在《浮躁·序言之二》中说："老实说，这部作品我写了好长时间，先作废过十五万字，后又翻来覆去过三四遍，它让我吃了许多苦。"[1]这中间有审美视角选择的艰辛，也有叙述视角抉择的痛苦。前文说过，贾平凹审美观照方式是把握民族文化心态深层结构及历史嬗变，表现方式则是以表现性为核心，写实性、表现性与象征性三维性相交融。这对他叙述视角选择影响极大。他长篇小说叙述视角选择上的一个共同特点，是从审美对象的地域文化入手。如《商州》用三分之一篇幅，以假托作家作为叙述者，透视商州文化结构。最能体现作家叙述视角选择上探索的是《妊娠》。

这部作品五章中，每章具体叙述视角都不同，呈现出五颜六色的特点。第一章采用客观叙述方式，由隐含作者——叙述者讲述。叙述视角始终盯住那位侏儒。第二章叙述视角时远时近但始终不离开未名湖，各个部分视点又有变化，对准某个人，呈散点透视状态。第三章采用民间传说叙述方式，而具体观察点又集中于女主人公赵怡身上。第四章一明一暗两种叙述线索，二者结合构成特殊的视角。第五章则完全是散点透视，变幻莫测，给人以动态感。

从叙述人称来看，贾平凹的长篇小说都采用第三人称，但叙述角度则变化多样。《商州》中不论叙述者是谁，人称都采用第三人称"他"或

---

[1] 贾平凹：《静虚村散叶》，陕西人民教育出版社，1990年，第3页。

"她",但"他"或"她"作为叙述者代词所表示的具体对象并不相同。就现实故事部分而言,最少有两个叙述角度:巩一胜们追捕刘成和刘成与珍子及秃子的恋爱关系。这是就总体而言,其具体叙述视角又有些微变化。

从总体上看,贾平凹采用全知全能叙述视觉,而一进入具体描写则选定一个特定角度。一种情况是视点比较固定配以画外音的叙述。如第三节写秃子出场,叙述视角是秃子,叙述者跟着秃子边走边扫描周围的人和事。但也有局部超越,比如秃子的身世他并未讲过,其他人也未说过,而叙述者却窃到了这个秘密并讲了出来。第二种情况是从甲的眼光来叙述乙。第六节介绍刘成时,是通过他外公董三海的眼光来叙述的。在此董三海扮演向人们介绍刘成的角色,他不仅比读者知道得多,而且也比叙述者知道得多,叙述者与读者一同听他讲故事。还有一种情况,以某个人为叙述视角,但叙述者与人物同处于什么都不知的状态,其他人甚至连读者什么都清楚。如第十一节通过刘成观察珍子的家,特别是她母亲,刘成对这些一无所知,叙述者也躲在了刘成背后,眼光被遮挡住了。而其他人物如珍子、珍子母亲却什么都清楚。

叙述人承担着双重任务,一重是独立的故事讲述者,另一重是传达作家审美意图。但作家的审美意图又不能直接传授给叙述者,须有一个中介,这就是W.C.布斯所说的"隐含的作者",作家一切意图由它体现并传达出来。叙述人与"隐含的作者"有时完全分离,有时合而为一。每单元第一节中作为叙述者的"假托作家",是"隐含的作者"与"戏剧化的叙述者"合而为一的角色,具有双重色彩。这位"商州游子"一方面是商州历史、文化、地理等的目击者与见证人,与读者共同游历商州;另一方面他又有着独立思维活动,是一个活的人物,充分传达作家本人的创作意图与审美体验。

《浮躁》中叙述者与作者的分离更为明显,"隐含的作家"显得更为隐蔽,但作者的声音并未消失,表现情况也更为复杂。有时是选择一定的人物与作品中人物合为一体,来表达作家的声音,比如考察人对金狗所说的见解，就强烈传达了作家的声音。有时虽然找了一个人物来替作家说话，但并不直截了当，而是比较隐蔽。更多的是表达作家对情节发展、人物命运的一种暗示。比如小水两次上山问和尚金狗的吉凶，和尚显然传达了作家的创作意图，暗示着金狗的前途命运。有时作家借人物之口发出自己的声音，其声音与人物性格发展相吻合。最典型的是金狗与考察人交谈后，对自己对农民文化心态的反思与剖析。作家与人物合为一体，喊出同一个声音，收到双重效果。

叙述结构，在我看来包含两方面的意思。一是叙述结构方式，这主要是讲叙述视角、叙述者、叙述对象的结构方式，即如何调配他们的关系。二是叙述结构过程，这是讲叙述各种要素的动态发展情况。这两方面共同建构着叙述结构形态。

从总体上来看，贾平凹的小说从《商州》开始，具有明显的散文化倾向，带有结构现实主义的鲜明特征。他的小说结构比较灵活，变化多端，叙说自然流利。就是连结构比较宏大浑厚的《浮躁》，洋洋三十余万言，读来也无滞重沉闷的感觉。这种灵活的叙述结构，将负载的丰厚信息、人和物表现得非常自然、轻松。从情感和情绪氛围上来看，也有沉痛之时、凝重之处，如《浮躁》在叙述了雷大空被害之后，接踵而来的是金狗被押，这给人心理上造成双重压抑。在人难以喘息之时，作家却加入小水问和尚一节叙述，调节那种几乎让人绝望的沉闷气氛。甚至非常严肃庄重的事情，贾平凹却用幽默的笔调叙述，造成一种于沉重中透出诙谐的艺术氛围。

从具体的叙述结构形式来看，他的小说是双重结构，即具体的人和事、山与水表层结构和作家审美意识深层结构相结合。他常采用两条叙述线索的结构方式建构作品。《商州》很明显采用双线并进的结构方式。前文也作过分析。"商州游子"对商州的叙述，更多地表达了作家的声音，它的叙述主要是遵循作家对商州审美体验的线索，构成了商州文化意识的叙述结构形态。刘成与珍子的爱情故事，主要是遵循故事情节发展事理逻辑和人物性格逻辑，构成了现实叙述结构形态。这两种叙述结构表面上看好像没有多大关系，去掉对商州文化历史等的叙述，刘成与珍子的爱情故事完全可以独立成章，但实质上有着内在联系。作家之所以采用现在的叙述结构方式，我以为主要是为了提供一个真实而深厚的历史文化背景。可以说，这部分叙述是对刘成等人文化心理的一个注释，表达着作家的深层审美意蕴。

1986年以后，作家不再采用这种分离式的叙述结构，而是采用交叉与重合的叙述结构。于整个叙述过程中，将具象形态叙述结构与意象形态叙述结构，或交叉组构，或融为一体。关于这一点，前文的论述实际上已经有了不少涉及，故在此不再作重复性叙述论说。

贾平凹这三部长篇小说的意象形态叙述结构，特别是《浮躁》与《妊娠》，作为一种叙述结构的动化形态，其构成是多种多样的。有的是以具体的物象作为审美意念的叙述载体，它构成了一个独立的叙述结构形态，与作品整体叙述结构相配合向前发展。如《浮躁》中的看山狗、州河等。州河三次大水的叙述，具有特殊的审美意义，构成了独立的叙述结构形态。还有《妊娠》中龙卷风、未名湖、山洞、大古柏等等。还有一种叙述结构形态，是以民间传说故事等作为审美意象。这种传说故事，在作品中也构成了独立的叙述形态。比如《妊娠》中《故里》一章开篇叙述的故事，作为一种审美意象，它如同漂游于大海的浮标，在作品中时隐时现。还有一种就是以具体的人物作为某种审美意念的载体，形成一种审美意象叙述结构形态。

总之，贾平凹长篇小说的叙述结构，具有非常明显的双重结构形态的特征。这二者有机结合，构成了他小说完整的叙述结构。

原载《当代作家评论》1990年第2期

（收入本书时有增删）

世纪末情结与东方艺术精神

——《废都》题意解读

在我的感觉里，贾平凹的小说创作，是从对人的外在社会的表现，向对人的内在生命探析的深化方向发展的。在美学追求上，则是在向中国传统美学精神的回归中，又积极汲取了西方现代艺术思维成果，创造一种现代的东方情调。他的长篇小说《废都》，可以说是他这十多年来艺术追求的一个总结。因此，我认为，《废都》的认识价值和审美价值，集中表现在对具有现代人类意识的世纪末情结的深刻揭示和在传达这种世纪末情结的过程中所体现出来的东方艺术精神。用传统的审美方式，来表现现代人的生活情致、思想感情和现实心态等，为中国文学走向世界，提供了一条很好的途径。

所谓的世纪末情结，在我们看来，是人类历史在发展过程中，社会生活、政治经济、文化模态、本体生命处于世纪之交时所蕴蓄起来的一种情绪的总体概括，它是一种各层面的立体建构。对世纪末情绪，一般人容易以西方现代派文学的模子进行框套，认为这是一种消极、颓废甚至堕落的情绪，表现为对世界、对社会的失望乃至绝望。而我们则不这样认为。我们认为世纪末情绪，作为人类生命运动阶段的外化显现，包含了一种对历史文化和生命的悲叹、失望乃至绝望的情绪。这是人类生命苦闷、压抑以及由此造成的焦虑与忧患。但这仅是问题的一方面。我们还应看到，在这种失望乃至绝望中孕育、产生的新的希望与信心。旧的生命体的死亡，预示着新的生命体的诞生。正像古茨塔夫·勒纳·豪克所言："焦虑和希望被推向极端。一方面是焦虑转化为绝望；另一方面，我们又惊异地看到'纯粹的'希望还转化为信心。"①

这是人类生命的两极。只有这样去审视《废都》，才不至于将人引向歧途。

中国的艺术精神，根源于儒、释、道三家的哲学思想。三者既各自成为独立的哲学思想体系，又相互渗透，而这三家之中，道家思想最具艺术精神内质。②对于贾平凹来讲，他在艺术上对儒、释、道三种艺术传统均有所吸收，但在主体上则是承续了道家哲学思想和艺术思维传统中的精华。具体到文学创作上，他一贯的艺术追求就是："艺术家最高的目标在于表现他对人间宇宙的感应，发掘最动人的情趣，在存在之上建构他的意象世界。"③这一点，在他的《废都》中有着很好的体现：将世纪末情结融会到具体的意象世界创造之中。

历史情结与现实心态观照

贾平凹的小说创作，始终没有忘记中国的历史，在他的许多作品中，倾注了对历史的关注与思考。《废都》不仅对中国历史从哪里来发出了寻觅的探问，还对中国走向哪里进行了质询。人类社会发展到20世纪末，历史在这里形成了一个纽结，生命在这里淤积为一种情绪，体现在当代人的现实心态中。因此，社会现实生活中的芸芸众生及其心态剖视，就是《废都》所构筑意象世界的第一种境界。

---

① 古茨塔夫·勒纳·豪克：《绝望与信心——论20世纪末的文学艺术》，中国社会科学出版社，1992年，第1页。
② 参见徐复观：《中国艺术精神》，春风文艺出版社，1987年。
③ 贾平凹：《静虚村散叶》，陕西人民教育出版社，1990年，第4页。

因此，在我们看来，历史和现实在《废都》所创造的意象世界中，仅仅处在一个意义层面。历史感和现实心态的观照，也是一种切入整体意象世界的视角。《废都》首先为我们创造的是处于形而下的具体的物象世界，这就是客观对象——人类社会中的人和事，如庄之蝶等芸芸众生的日常生活和他们所赖以存在的生存环境。而作家将作为形而上的思考结果，归结为这种世纪末情结，也就将其化解在庄之蝶们的生活和现实心态之中。庄之蝶们请客吃饭，为朋友办喜事办丧事，计划着如何打官司，特别是庄之蝶与几位女性的交往与性爱之事等等，就不再是具体的个别的现象，而成为负载着一定意义的文学意象，进入艺术境界。吃吃喝喝，吵吵闹闹，日复一日无聊乏味的生活，正是对庄之蝶式文化人现实心态的概括。

不论是以庄之蝶为首的西京四大名人，还是命运情感系于庄之蝶一身的唐宛儿、柳月、牛月清、阿灿、汪希眠之妻，他们的思维方式和行为方式，都包含着一种历史的内涵，他们每个人都在历史为他们规定的现实命运轨道上运行。他似乎是从远古而来，走到了20世纪末，究竟该向哪里去，他难以为自己确定准确的生命坐标方位。历史在他身上扭成了一个结，他的现实心态中，蕴含着历史生活和传统文化的基因。他一方面在寻求生命新的突破口，与唐宛儿等人频频做爱，以获得生命的活力。但另一方面，他又无法摆脱历史传统对他的束缚。他不敢面对结发妻子牛月清提出离婚。他处在进退两难的尴尬境地。牛月清、柳月，还有最具生命活力的唐宛儿，她们也都无法摆脱历史与现实的规定性。牛月清是夫贵妇荣，她生活的全部内容是围着庄之蝶转，失去了独立人格。连唐宛儿的梦想也是要做名人庄之蝶的夫人。从他们身上，我们也看到历史的重复。

为了创造"废都"这一意象世界的社会现实境界，进一步剖视世纪末情结，作家将视野伸向两翼。一翼是向历史的纵深发展。我们在解读《废都》时，不会忘记牛月清的母亲这个人鬼世界颠倒的人物。她除在艺术上造成一种神秘感外，还有一个重要作用，就是把人们的审美视野带到过去的历史。她的丈夫过去是个水官，在更遥远的过去，牛家祖上的发迹及兴盛，成为牛母美好的回忆。但是，这些毕竟成为历史，一去不复返。牛母也只能做无可奈何的叹息。一场大雨之后，牛家还是搬迁了。在这里，作家为我们传达了一种历史无法挽回的情绪。而古城墙上的埙声，似乎是从遥远的过去传来，一直延伸到现在。庄之蝶循着这埙声，找到了自己文化人格和精神的历史源头。他对埙声的向往，表现在一种怀古情绪，他试图从这埙声中找到某种解脱，以拯救他苦闷、困惑的灵魂，企求瞬间的魂灵安妥。

作家审美视野的另一翼，是深入现实世界，对庄之蝶们生存现实环境的关注。这主要是通过无时不在而又行踪不定的收破烂老汉实现的。收破烂老汉是一个神奇人物，作为艺术形象显然不够丰满。但作家并不想着力塑造这个人物形象，收破烂老汉在《废都》中的审美功能，是传达一种社会生活信息，创造一种现实性非常强烈的艺术氛围。因此，他是一种政治符号。他疯疯癫癫，口出狂言。他就像影子一样忽隐忽现，使你无法摆脱。他似乎与庄之蝶等人没有多大关系，但似乎又是与其融为一体的，成为他们现实生存环境的一种注解。而且，这个收破烂老汉自身似乎又具有历史的内涵，他那人们了解不多的经历，就是一部当代社会的历史，你无法回避他的存在。

这就是作家在《废都》中为我们构筑的现实意象世界。问题在于，人们很容易停留在外在的表象世界，而不愿深入事物深层去思考。作家的创作意图并不在于此，而在于隐含在它们背后的思考。我们的国家，我们的民族，正处于一个历史的转折时期，作者通过庄之蝶的寻求，在探寻着新的前进方向，去呼唤新的生活、新的生命，乃至民族的新生。在对庄之蝶生存方式的失望中，蕴含着对新生命的渴望与信心。

文化情结与忧患意识

文化，是贾平凹20世纪80年代以来创作上一直关注的审美领域。对中华民族传统文化的思考,以及由此而产生的文化忧患意识,对传统文化与现代文化碰撞的深刻揭示,构成了他小说审美意识的一个重要层面。作为一个善于独立思考的作家,贾平凹对传统文化有自己的见解。他觉得"作为中国的作家怎样把握自己民族文化的裂变,又如何在形式上不以西方人的那种焦点透视办法而运用中国画散点透视法来进行,那将是多么有趣的试验"[1]。他还进一步认为:"对于现代文化和传统文化的借鉴学习,应该的也是重要的,是心态的改变,是有宏放襟怀和雄大的气派,在平和大涵中获得自己的个性,寻找到一个发展和创造的契机。"[2]从这可以看出,贾平凹对传统文化和西方现代文化,并非一味否定或肯定,而是抱一种冷静思考态度,去学习借鉴。他一方面是向中国文化批判性地回归,另一方面对西方文化有选择地吸收,在传统文化与现代文化的碰撞中寻找契合点,以此来观照审美对象。所以,他的文化忧患意识来源于传统文化蜕变中的痛苦和焦虑。但这中间包含着一种积极的态度。因此,《废都》中所表现的文化情结,主要是来自作家生命深处的积极的文化忧患意识。

《废都》所揭示的文化情结与忧患意识,首先表现在文化的冲突与碰撞。中国传统文化发展到20世纪末,处在裂变的巨大痛苦中。西京作为一个将被遗弃的中国的废都,象征着中国文化传统面临着危机。西方现代文化、商品经济文化,向中国的农耕文化提出了挑战。中国文化要生存下去,得以继续发展,必须汲取新的文化素养。处在这种文化背景下的中国人,特别是文化人,面临的是一次文化人格的重塑。

困惑由此而生。这首先反映在庄之蝶们的身上。正如前文所析,庄之蝶在文化人格上,是与中国传统文化相通的。他的文化人格模态,主要是中国的传统文化。他从父辈和所接受的文化教育中,继承了中国的文化传统,所以说,他的文化人格是由中国文化铸成的。如今,他的文化人格

---

[1] 贾平凹:《静虚村散叶》,陕西人民教育出版社,1990年,第4页。
[2] 同上,第23页。

不能适应新的历史要求,新的文化力量冲击着他的文化人格结构。由此看来,庄之蝶的苦闷与忧虑,重要的一点,来自他的文化人格结构开始破裂。他不能保持原有的文化人格结构形态,又不愿像汪希眠等人那样去生活,他失去了自己的文化人格力量,又无法重塑。愈是文化人格完善的人,在文化裂变中愈是痛苦,这就是庄之蝶的文化悲剧。因为传统文化的重扼,无法避免地套在他的脖子上,而现代文化又像猛兽一样,撕咬着他的灵魂。

更重要的是,传统文化以习俗的形式保存在人们的生活环境之中,使你更难摆脱。这是因为,"每一个人,从他诞生的那刻起,他所面临的那些风俗便塑造了他的经验和行为。到了孩子能说话的时候,他已成了他所从属的那种文化的小小造物了。待孩子长大成人,能参与各种活动时,该社会的习惯就成了他的习惯,该社会的信仰就成了他的信仰,该社会的禁忌就成了他的禁忌"[①]。牛月清将自己依附于庄之蝶。她虽然很爱庄之蝶,连庄之蝶与唐宛儿之事,也能够容忍。她从父母那里继承的习俗是做一贤妻良母,守着妇道,甘愿奉献。汪希眠的妻子,虽然已失去了丈夫的爱,内心深处爱的是庄之蝶,但她似乎还要从一而终。连庄之蝶也害怕"离婚"二字。没有爱情的婚姻,束缚着他们。庄之蝶为市长写吹捧文章,人们觉得很正常,而不去修改古文化艺术节的广告词的他,却被人们视为疯子。人们按照生活习俗塑造庄之蝶,而庄之蝶要是有违于这种习俗,就要遭到唾弃。

《废都》在创造意象世界的文化境界时,还描写了另一种文化传统。这就是清静淡泊、平和虚怀的道家文化和神秘诡谲的神鬼文化。

佛也好,道也好,在贾平凹的《废都》里是作为一种透视视角,切入"废都"这一意象世界的。贾平凹似乎要创造一个和尘世对比的清净世界。清虚庵、孕璜寺,本身就构成了一种文化环境,这里与外界相对隔

[①] 鲁思·本尼迪克特:《文化模式》,浙江人民出版社,1987年,第2页。

绝，蒙上了一层面纱，加上特殊的生活方式和习俗，更笼罩上一层神秘色彩。作品中对慧明升做监院仪式的描写，更是造成了一种宗教文化氛围。但是，贾平凹却有意撩开这层面纱，写出了清静世界的不清静。智祥大师被世俗所惑，也办起了气功讲习班。慧明与外界人拉扯，在内收买人心，登上监院的宝座。尼姑庵本是脱俗之地，偏有这么多钩心斗角。更令人吃惊的是，慧明竟然堕胎。这似乎在说明只要有人，就难以清静。在这里，清静世界与现实世界接上了轨。

神、鬼以及人的幻觉，作为一种神秘文化出现在《废都》中，也自然包含着贾平凹的文化思考。但重要的是在审美功能上制造一种神秘文化氛围。

牛月清的母亲，是一个阴阳不分、人鬼相通的文化意象符号。说她清醒，她却常说些让人摸不着头脑的话。在她看来，鬼就是人，人就是鬼，人鬼本是一样的。通过她看到的人和事，这个废都世界，是阴阳交错、人鬼混为一体的。从她身上，我们可以触到对中国神鬼文化的一种生命体验，表现着作家超越现世的思维认识。还有龚小乙抽大烟后的幻觉等，构成了一个虚幻世界。这为废都整体意象，增添了一层朦胧之意。但在具体描写方面，作家采用实写笔法，以实写虚，使人感到好像确实如此，于魔幻诡谲中，窥视到了现实性。

生命情结与心灵造影

贾平凹在一篇文章中说："《废都》是生命之轮运转时出现的破缺和破缺在运转中生命得以修复的过程。"因此，它"不仅仅是一种生命体验，几近于是生命的另一种形式，过去的我似乎已经死亡，或者说，生命之链在四十岁的那一节是断脱了。"[①]对于贾平凹来讲，他的现实生命和

---

① 贾平凹：《〈废都〉就是〈废都〉——关于〈废都〉的一些话》，载《陕西日报》1993年7月17日。

艺术生命是合而为一的。在四十岁上，他的苦闷、困惑、焦虑和忧愤，来自现实与艺术两个方面。他的生命发生了淤结与破缺，他需要疏通与超越，所以，《废都》作为他生命存活的一种方式，不仅仅安妥了他的现实灵魂，也安妥了他的艺术灵魂。

《废都》是贾平凹生命的一种心灵造影，为我们提供了当代人生命运动的真实心迹。西京（这里说的是它作为一个历史古都），作为中国的一个废都，作为一种生命的集结体，将要被遗弃，一种新的生命体无可避免地将要代替它。这实际上象征着一代文化人生命的结束与新生。从作品实际来看，主要展示了旧生命体的死亡过程和新的生命的孕育。如果说庄之蝶是以废都一代文化人的代表出现，他生命的苦闷与焦虑，作家剖析得淋漓尽致，周敏则是文化人一种新的生命体的象征，他的生命运动过程，作家还未能更为充分地展现出来。但是，不管怎么说，作家还是为我们创造了一束生命之光。

这种生命的苦闷与焦虑，来自生命的郁结。每个生命体，都是按照自己的方式而存在，沿着自己的轨道在运动。这种生命可以说是一个历史延续过程。因此，每个人的生命之中，都蕴存着历史的积淀。这种历史的积淀，在人的生命结构中起到了稳定作用。但是，如果这种积淀过于深厚，新的生命基因无法补充进来，必然会出现腐败，造成生命的枯萎。这一点，在庄之蝶身上表现得最为突出。

庄之蝶的生命中，积淀着深厚的历史文化。但是，在此之前，他还是按照自己的生命方式运行的。如今，他的生命渠道却被堵塞，他再无法按照自己的方向前进。新的生命力量，一方面向他发出了有力的冲击，另一方面也要补充他的生命。而他已经定型的生命结构，虽然承受了这种生命活力的冲击，却难以被打破，去重建一个新的生命体。这样，他生命的能量不能正常释放，必然造成生命的压抑、苦闷、焦躁、忧郁。他成为一个生命忧郁症患者。他与生存环境不能合拍。虽然他做了努力，试图适应环境，但结果是更加重了他的生命苦闷。他处在一个被动的境地，譬如他被扯进一场官司，他也想打赢这场官司，但不是为了自己，而是为了别人。

当然，庄之蝶也在寻求着新的生命力量，这主要表现在对女性的追求上。也许会有更多的人责难他，但我觉得首先应该给予他更多的理解。庄之蝶对女性的追求，内在本质是对一种生命美的渴望。他处在性压抑的苦闷之中。这种性压抑是各种力量挤压的结果，是他生命枯萎的一种表现。他和牛月清的性生活是一个失败。在牛月清面前，他不是一个真正的男人，而是一种社会名誉符号，这种符号只有空洞的形式，而没有实在的生命内涵。但是，在唐宛儿、柳月、阿灿等人面前，他才是一个真正的人，一个有生命活动的人。因此，他成功了。这实际上是他对生命的一种修复。他的悲剧在于，每次对女性的追求，使他的生命得到暂时愉悦，却更加重了他生命的苦闷。这是因为，他生命中的自然人格在与唐宛儿等人的接触中得到了恢复，但他生命中更为重要的文化人格与社会人格，并没有复归和确认。至于作品中性描写的轻与重、是与非，我们不想去做过多纠缠，这有待于时间进一步考验。但是，我们认为，这里的性描写，并不是一种玩弄，而是与人物性格和作品所揭示的问题内涵相一致的，是艺术的需要。因而，作品通过对庄之蝶性压抑和性渴求的描写，来完成对他的心灵造影，是与作品整体意象的创造相交融的。也就是说，对性压抑与性渴求的揭示，构成了废都意象世界中生命境界的一个方面。

生命的困惑与苦闷，还来源于文化的冲突和现实的挤压。这些在前文已有论述，在此就不再赘述了。我们必须申明的是，这些生命的困惑与苦闷，并非只庄之蝶一人存在，实际上孟云房、龚靖元、汪希眠、钟维贤、周敏以及那些女性身上都有所表现。但是，孟云房等人采用非本我的方式，将这种生命苦闷释放出来，显得没有庄之蝶、牛月清等那么灾难深重。孟云房逃到了气功、《邵子神数》之中，汪希眠成了文化商人，龚靖元以赌博来化解生命的郁结。他们于不知不觉中演着生命的悲剧。龚靖元因画的失去而自杀，就是一个很好的佐证。

作家在揭示生命郁结与苦闷时，还探析了生命的神秘性，为生命的心灵造影打上了一层虚幻诡谲的色彩。《邵子神数》是一部破译人生命密码的奇书，但是，人们现在却无法破译这部书。孟云房对《邵子神数》破译的努力，实质上是对人生命奥秘的探寻，而且能够照应牛月清母亲所说的阴间话。如果说庄之蝶等人表现的是现实生命的可知性，那么，这些所表现的便是生命的不可知或者未知方面，在这里，作家并不是宣扬生命虚幻，而是积极地吸收现代人生命科学研究成果，用艺术的方式，去思考和探索生命的奥秘。

超越生命与哲学的思考

贾平凹在《废都》中所创造的意象，最深层次和最高境界，是对生命的超越和超越中的哲学思考。但是，这种形而上的哲学思考，又不是孤立的纯理性的。它和废都整体意象融为一体，渗透在历史、现实、文化、生命等各个层面，是一种形而上与形而下的共体建构。作为一种意象世界的构筑，各个内涵层面也不是界限分明的理性显现，而是你中有我、我中有你的浑然整体。

对历史与现实等问题的哲学思考，主要表现在庄之蝶身上。庄之蝶发出的"我是谁"的叩问，是对现实人生命运和价值的一种探寻。庄之蝶成了名人，却失去了自身的价值，他说他什么也没有了，只剩下名字三个字，就连名字也被人们瓜分了，拿去卖。市长敬的，朋友抬的，老婆供的，世人羡的，都不是他作为生命实体的人，而是悬浮在他生命之外的名。他的名倒了，或者说他再不能制造名了，人们也就一个个离他而去。我变成了非我，庄之蝶失去自己的独立人格，成为古都的一种摆设，就像文物古董一样。人们看重的不是他创造的价值和价值创造的过程，而仅仅是一种外在的形式。作家在这里发出了对人的呼唤。

在这里，我们不得不对那头奶牛进行详细分析。有人说这头奶牛就像一位深沉的哲学家，这种看法是很有道理的。作为一种意象象征符号，这头牛隐喻的是对人类、对世界乃至宇宙的哲学思考。正是这头牛，把废都这个意象世界的时间与空间大大拓展了，将意象内涵伸向了更为深奥的领域。

首先是对人类历史的思考与探寻。人是从哪里来？又要向哪里去？牛对人是猴子变的提出了疑问。认为人与牛是同一本源。人类之所以成为万物之主，那是因为人背信弃义。人类创造了文明，但是，"社会的文明毕竟要使人机关算尽，聪明反被聪明误，走向毁灭"。人类的历史，既是一部文明史，也是一部野蛮史。人类一方面为自己创造美和更为美好的历史，另一方面也在戕杀着自己的生命。生命的张力和生命的萎缩相辅相成。人类在征服大自然的过程中和自身的一个个胜利中，一步步走向自我灭亡。作家通过牛的思维，不是站在人类自身来思考问题，而是换了一种思维视角，站在超乎人类之上的宇宙去审视人类的。人类如果不能超越自身，陷在自己为自己设置的泥潭中，那永远也无法真正看清自己。人类只有站在更高层次来反视自身，才能看清自己，看到一种人类的希望。

其次是对人类生存环境的思考。这主要表现在牛对废都的观察与反刍。人类文明高度发展，创造了现代化城市，但同时也与大自然隔绝了。一方面是舒适的环境，高楼、电视、小卧车等向高科技发展；但是另一方面，人类生存环境的危机却一天天加重。当今人类面临的灾难是："饥荒、环境污染、能源消耗和热核使人类面临的自杀危险"；特别是"在我们的地球上，海洋与河流在遭受严重污染，森林在大片毁灭"；[①]还有人口问题，生态失去平衡问题以及社会治安、色情、毒品等问题。人类已经开始觉醒，但对生存环境被破坏的严重性，显然重视还不够。地球已经向人类发出了严重警告，它难以负载人类越来越沉重的负担。如果人类再不彻底省悟，总有一天人类会自己把自己的生存环境彻底毁掉。

对人种退化的思考。人类在追求文明、追求创造美的过程中，失去了

[①] 古茨塔夫·勒纳·豪克：《绝望与信心——论20世纪末的文学艺术》，中国社会科学出版社，1992年，第3—4页。

人的天然属性——自然美；人类营造了自己的第二世界，却逐步丢掉了自己的第一世界；人类创造了自己的第二种生命存在方式，却抛弃了自己的原始生命存在方式。人的社会属性，埋没着人的自然属性。人类思维高度发达和人种的退化，这是一个永远存在的矛盾。在这里，作家表现出对城市的某种厌倦。但更主要的是，牛的思考与庄之蝶们生命的困惑有一种内在的联系。牛所思考的返归大自然，也隐含着恢复庄子蝶们的生命活力的意义。

从这些分析中我们可以看到，《废都》中所表现出来的哲学思想，是对中国古典哲学精华的继承吸收和对世界现代哲学思维成果的借鉴，在此基础上，建立起自己的哲学观念。人类生命既要积极创造，又要顺乎自然。而宇宙是更大、更高层次的自然。站在整个宇宙来俯瞰人类，将会得到一种新的认识。从西京看西京，它是一个古老的文明古都。从整个中国看西京，则是一个废都。旧的正在消失，一个新的城市正在诞生。扩而大之，从世界看中国，从宇宙看地球，那又是怎样一种感觉呢？这恐怕是《废都》意象世界的内核。

原载《当代作家评论》1993年第6期

历史把握与审美建构

——读京夫长篇小说《文化层》《八里情仇》

在陕西这支文学创作劲旅中，京夫的起步是比较早的。但是，他前进的步履却是甚为艰难的。这既有来自生活重担的挤压，也有发自内在艺术生命的困惑。就其文学创作时间而言，从20世纪60年代初到90年代，已有三十年了。这三十年间，他创作的小说、报告文学等已超过三百万言。不管别人怎么看待京夫的文学创作，我从来只忠实于自己的阅读感受。在我看来，京夫的中短篇小说，的确有不少上乘之作，像《手杖》《娘》《神事》等。但是，我们不得不承认这样一个事实，京夫自70年代末80年代初《手杖》《娘》等作品塑造了自己在当代文坛的形象，直至长篇小说《文化层》《八里情仇》相继问世以后，才把自己的文学形象，进行了一次重塑。

我之所以如此看待京夫的文学创作，特别是这两部长篇小说，并非出于京夫最近产生的社会轰动效应，也不是要把京夫评论成大作家，或者把这两部作品评论成不朽之作。最根本的是因为，就如同我看待陈忠实的《白鹿原》、贾平凹的《废都》、高建群的《最后一个匈奴》、程海的《热爱命运》等一样，它们不仅塑造着各个作家的个体形象，也共同塑造着陕西文学创作的整体形象。就京夫的文学创作整体而言，这两部长篇小说，最能体现他的审美理想与艺术追求。

在阅读京夫这两部作品的过程中，我感受最为深刻的是，作家进行艺术创造时，对审美对象的历史把握，以及由此产生的对审美世界的艺术建构。贯穿于其间的是对浸泡着生命苦难的悲剧美学精神的追求。而这种悲剧美学精神追求，则是通过展现中国芸芸众生的社会历史命运和心灵被撕裂的过程，渗透在作家作品强烈的审美意识建构之中。这就是作品文本为我们所昭示的强烈的平民意识、文化意识和充满内在张力的生命意识的同体建构。

一

反观京夫的小说创作，平民意识是纵贯始终的。在他小说创作的审美意识中，平民意识作为其审美建构的一个要素，并非生发于君临一切的理性判断，也不是出于一种公子落难式的体察，而是作家自己内在生命张力的一种自然迸发。因而，京夫的平民意识在作品中表现得尤为深切与强烈。这一点，在他的这两部长篇小说中，表现得更为突出。我甚至感到，作家将自己完全与作品融为一体了，在描写那些芸芸众生历史命运的时候，也写出了自己的生命历程，作品中浸泡着自己生命的血液。

《文化层》表现的是陕南山区小县城文化馆里一群如同毛毛虫一样的文人的生活。对于京夫来说，这是一种回忆。这种回忆是过去与现在于心灵上的交融。我们不能说作品中的某某就像作家本人，或者带有作家的影子。但是，我们必须承认，这部作品的确写出了京夫的生活体验与生命体验，是作家心灵运行轨迹的外化。贾芝老人，以及丁一帜、孙莉、王云武、秦文雍、秦卫民等人身上，都流淌着从作家生命深处迸射出来的血液，熔铸着作家的人格力量。《八里情仇》更是作家内在生命张力自然扩张的结果。京夫与荷花、林生、兴启等人，不仅于情感上是相通的，更与其生命相融合。因此，这两部作品的创作，与其说是作家的一种历史的、审美的选择，不如说是作家生命的自然运动的显现，是作家审美意识中平民意识的对象化。

　　作家的平民意识，是通过笔下人物的历史命运得以实现的。我感到，京夫的平民意识中，带有更多的人生苦难的意味。他所描写的普通人的人生，是苦难的人生。这就更增强了他作品的悲剧色彩。京夫曾经说过，没有苦难的人生，是残缺的不完整的人生。他的这种人生体验，自然决定了他笔下的人物要经过人生苦难的磨砺。悲剧，就既是一种历史的必然，也是生命的必然。丁一帜、孙莉是一对恩爱夫妻，但是，一场"文革"，使丁一帜失去了性功能，把这对夫妻抛进了苦难的深渊。荷花与林生相爱，但有情人难成眷属。左青农用一个小小的阴谋，把荷花嫁给了兴启，使其经受着人生的种种磨难。他们的儿子金牛，一双大睁的眼睛无法理解他们。儿子亲手杀了自己的亲生父亲后，也卧轨自杀。在这里，不仅作品中的人物，就是作家自己，对命运、对人生也表现出了无可奈何。作家的审美意图，显然不仅仅在于对人生苦难的展示与开掘，更在于这种人生苦难所产生的悲剧力量，以激励人们去消除这种人生苦难。平民意识在这里得到了更进一步深化。

　　当然，作家在表现人生苦难时，要作出自己的历史把握与判断。在个人命运中要写出历史的必然，写出历史的规定性。特别是作家还写出了历史的荒谬性。在这里，作家的平民意识与历史意识发生着冲突、碰撞。孙莉、荷花等人，并非一味地顺应命运，逆来顺受，她们也进行了种种抗争。孙莉向王云武倾吐真情，与郑馆长拍案而起，奋力反驳；荷花抗婚，与林生大胆相爱，在"文革"后承包果园；等等。但是，这些几乎是徒劳的。作家指出了他们命运的不合理性。但是，合理的难以实现，不合理的却恣意横行。可悲而又可恨的是，不合理的东西却在"合理"的幌子之下，得以发展。秦卫民被逼疯，跳起了"忠"字舞，却被冠以"正当"理由，让美籍华人参观。左青农无恶不作，"文革"后却成了著名的乡镇企业家。这是历史的荒谬，也是历史的必然。作家用血与泪写出了这些充满血与泪的史实。在这里，作家的同情心，服从着历史的判断。

从这两部作品看，作家的平民意识与现实参与意识是紧密结合的。作家不仅写出了孙莉、荷花等人的悲剧命运，而且对其悲剧命运的制造者进行了冷峻的揭示与批判，并进而探析了社会历史原因。郑馆长、左青农是孙莉、荷花等人悲剧的直接制造者。他们的存在是不合理的。作品的深刻之处在于，揭示出了左青农们不合理存在的历史必然性和现实"合理性"。在百业复兴的新时期，郑馆长们失去了外在的生存环境，但他们并未因此而消失。他们很好地将自己保护起来，一旦有机可乘，便又会跳出来。更重要的是，于显形生存环境中，潜存着一种隐形生存环境。郑馆长们是中国历史造就的极左人物，中国的极左一日不根除，中国传统文化环境中的糟粕一日不废弃，郑馆长、左青农们就会继续存在，继续作恶。孙莉、荷花的悲剧也就在所难免了。由此可以看出，在京夫的平民意识中，包含着一种历史批判意识，体现着一种历史批判精神。正像作家所说的那样，小人物还往往爱忧国忧民，自觉地肩负着历史的重担。这话是作家内心的一种表露，体现了作家平民意识中的历史责任感。

二

中国当代文学的文化意识，从20世纪80年代初开始觉醒，到了90年代已经发展成为一种文学创作的自觉意识，成为作家们艺术创造上把握审美对象的视角，融会于审美意识之中。京夫从80年代中期开始，在他的中短篇小说创作中，已经对民族传统文化进行了思考与探索。到了长篇小说《文化层》《八里情仇》，文化意识已成为他审美意识中一个重要构成部分。他自觉地将这种文化意识，融会在自己的审美建构之中。

作家用《文化层》《八里情仇》，为我们创造了具有典型意义的文化环境。人物的一切活动，都渗透着浓厚的文化内涵。《文化层》创造的是山区县城的文化环境和文化氛围。县城作为城市与乡村的交叉地带，具有城市文化与乡村文化双重特征。从大城市来的文化人，带来了现代城市文化，但另一方面，更多的人来自农村，又保留着乡村文化与生活习俗。这二者又都根植于民族文化传统。所以，这里有着两种文化的冲突与撞击，更有着两种文化的融合，突出地表现为传统文化对现代文化、乡村文化对城市文化的消融。在人们的生活方式和思维方式中，传统的文化习俗起着主导作用。孙莉与王云武的悲剧，是社会的习俗力量造成的。而郑馆长在搞政治斗争的过程中，则利用了社会习俗的力量。因此，这种社会习俗与政治结合，便具有了更为残酷的特征。而且，这种结合渗透在人们的生活之中，构成了一种生存环境，它就像一座无形的围城，你怎样冲撞，也无法摆脱它的束缚，直至把你也变成这座围城的一块砖。否则，它将会把你挤压得粉碎，化成尘沫。秦文雍改革文化馆的失败、秦卫民重演"文革"的一幕、丁一帜等人最终走向海眼等，都说明了这个问题。

不必讳言，《八里情仇》在文化环境的创造上，与《文化层》相比，要显得淡弱一些。如果说《文化层》是直接描绘文化环境，重在揭示文化建构内涵，那么，《八里情仇》则是将文化背景渗透在具体的故事情节之中，通过人物的生活活动显示出来。荷花与林生真心相爱，特别是杨文霖与毕淑贞的爱情，被视为伤风败俗，被斥为异端。生活习俗的力量将两代人推到了绝境。与其说金牛亲手刺杀生父林生，是出于维护母亲、父亲的尊严，不如说是于金牛心灵深处所形成的世俗心理将林生置于死地。他们所生存的文化环境，规定着他们的命运。

丁一帜、荷花等人的悲剧，也来自他们自身的文化心理结构。每个人所生存的民族文化，一旦形成了，作为一种历史积淀，不仅以书本的形式保存下来，更重要的是作为一种遗传基因，保存在具体的生命之中。因此，人从他诞生的那天起，就成为自己生存环境中文化习俗的继承者。正像美国著名的文化人类学家鲁思·本尼迪克特所说："每一个人，从他诞生的那刻起，他所面临的那些风俗便塑造了他的经验和行为。""人们总是借助于一套确定的风俗习惯、各种制度和思维方式来观察这个世界。"[①]文化人贾芝、

[①] 鲁思·本尼迪克特：《文化模式》，浙江人民出版社，1987年，第2页。

丁一帜等，他们的文化人格，都受中国传统文化的深刻影响，他们所处的文化环境和所接受的文化教育，铸造了他们的文化人格，构成了他们的文化心理结构。这些导引着他们，使他们难以走出文化人格的误区。丁一帜已经接到南方某大学的邀请，王云武也有机会出国。但是，他们却神使鬼差似的，跟着秦卫民走进海眼。这一象征寓意深刻，暗示着他们的文化人格，导引他们向历史回归，他们对传统文化的向往比起背离更为强烈，他们更易走向传统。

比起丁一帜们，《八里情仇》中的荷花、林生、兴启等人，文化心理结构更为稳固。他们完全按照传统的价值观生存。荷花虽然也上过初中，但远没有从母亲那里得到的生活习俗教育深刻。她也抗过婚，但最终还是认了命。我们不否认，作家在描写上，极力渲染了荷花的善良与美德，表现了其人性美。但是，我们更应当承认，荷花对命的认同，本身就包含着传统文化习俗的不可抗拒性。这更加重了她命运的悲剧色彩。

京夫对传统文化进行历史把握与批判时，并未一味否定，这在上文论述中已有涉及。他对传统文化中的优秀品质，给予了充分的肯定，这表现了他的一种审美理想和文化思考。在京夫看来，民族文化中优秀品质，是支撑我们中华民族的脊梁，是民族的希望所在。《文化层》中对贾芝老人、丁一帜等人是以一种赞美的笔调来写的，对他们文化人格中的优秀品格，给予了充分肯定。《八里情仇》中，对周老八、老朱等人正直、淳厚的品格，也是充分肯定的，并将他们与左青农等人相对比，更显出了蕴含于周老八，荷花、老朱等人身上的传统美德与人性美的力量。这体现着作家在文化上的审美选择。在这里，我们不应该将其看成作家的保守，或者简单地归结为京夫向传统的复归，而应该看到，这是作家对民族文化进行全面思考后的一种选择。

在京夫的文化意识中，还存在着一种宗教意识。虽然他一再申明，他不迷信，也不信仰宗教。在他显性的审美意识和理性的审美心理层面，并未自觉地去追求宗教。但是，我们不能无视作品文本为我们提供的信息。

他的审美意识中，潜在地存在着一种宗教意识。当然，我们可以将这解释为作家无法为自己笔下被损害的人物寻找更好的出路，只好归结到命运。但是，这种命运的无奈与宗教正好有某种暗合。这是不是说明，作为一种非自觉的文化遗传基因，宗教意识潜存于他的审美心理之中呢？宗教也是一种历史的选择，也是一种历史文化建构。宗教作为人类征服自然与自身的过程中解释自然与人的关系的方式，有它存在的合理性。宗教作为一种特殊形态的文化形式存留下来，是历史发展的自然产物，每个人都难免带有它的遗传基因。丁一帜、荷花等人，历史与现实为他们作出安排，他们别无选择。当然，作家也可以为他们安排一种毫无宗教色彩的结局，为他们涂上一层战胜命运的光泽。但是，历史与现实却要顽固地证明，这层光泽将是多么荒谬，经不起历史与现实的拷问。因为，这一切是无法用简单的政治概念解释清楚的。在这里，也体现着作家对历史与现实的一种文化思考。这种文化思考是对变革时期人们现实文化心态与观念的一种把握与剖示，也是一种文化冲突与困惑的现实表现。这一点，我们只要对农村，特别是山区农村作一了解，就不难理解。

三

《文化层》《八里情仇》还告诉人们，京夫在对审美对象作出历史判断和审美判断时，并没有忽视生命这一重要的审美视角，表现出强烈的生命意识。对人生命本体与生命内在张力的揭示，构成了他审美意识建构的另一个基本要素。在具体的艺术建构中，他在写出一个个历史命运悲剧、文化悲剧的同时，也剖示出一个个生命的悲剧。

生命的内在张力，首先来自生命本体自然属性的冲击力。京夫在这两部作品中，对此作了适当的揭示与表现。《文化层》着重表现了性压抑与性渴求。食色，人之本性。缺少性的人是不完整的残缺人。性，作为人的本质属性虽然被赋予了神秘色彩和许多文化禁忌，但是，它始终是无法回避的现实存在。因此，人大胆地追求合理的性，是合乎人性的自然法则和道德的。丁一帜失去性功能，但并没有完全泯灭性欲望，只是由于自身的残缺，性欲望被残酷地压抑下去。他的性压抑还表现在他的性功能缺失给妻子孙莉所带来的性苦闷，反过来又给他的生命之中增添了一层痛苦。而孙莉则处于极度的性苦闷与性压抑之中，处于性冲动与性压抑的极度痛苦的深渊。她的生命活力，得不到正常释放。她用拼命工作来转移生命运动的矢向，但生命之火并未熄灭。所以，她与王云武困于山洞之中，她向王云武渴求性爱，是她被压抑生命力的迸发。两个苦难的生命应该互相交融，焕发更为有力的生命力量。但是，他们的这种合理的生命需求，被埋葬了。在这里，作家的道德判断胜过了情感判断，社会、文化生命扼杀了自然生命。

《八里情仇》对性压抑与性苦闷的描写，更强调了社会历史文化内涵。荷花与兴启有婚姻却没有性爱，她与林生有性爱却没有婚姻。而左青农与她的性行为，则完全是一种兽对人的占有，既无婚姻，也无爱情，是一种性侮辱。性行为与爱情的分离，是中国农村普遍存在的现实。生命在这里被肢解。杨文霖与自己的妻子没有爱情，却制造了新的生命。其间包含了中国传统文化中的某种道德观念。这是中国农民的一部家庭婚姻史，其间蕴含了多少生命的悲剧。

在这里，我们要特别提到左青农这个生命悲剧的直接制造者。他一手制造了几个人的生命悲剧，将杨文霖送进了监狱，又将荷花抛进生命苦难的深渊。他强行占有了荷花，报复了杨文霖，同时也满足了自己的罪恶欲望。荷花与左青农的性行为今天看来令人费解，但如果对中国六七十年代的历史有所了解，就会理解荷花的所作所为。荷花为了母亲、兴启、林生，以及儿子金牛，她别无选择。被关进狼洞的羊，没有什么可供自己选择的。左青农代表着人类生命中的邪恶力量，但是，我们不能否认，在这个邪恶的生命体中，也包含着一丝的真诚。作为一个人，他也需要家庭、爱情，也需要骨肉之情、人伦之乐。开始，他对毕淑贞不能说没有一点真情，与其交往也不仅是为了报复，就连对荷花，在他那罪恶的深处，也还存留着一丝人性。特别是女儿秋英，成了他生命中的一个支柱。我以为，京夫的独特之处，也是深刻之处，在于写出了善也苦、恶亦苦，两种生命存在，都处于苦难之中。左青农也是一个生命的悲剧。他具有非常强烈的占有欲，最终什么也没有得到。历史就是这样，无情制造悲剧的生命，最终也难逃悲剧结局。

在这里，体现着作家的道德判断。京夫在对各个具体生命内涵的揭示中，渗透着他的道德价值观念。表现的是善与恶、美与丑的搏杀。因此，他写的是人性的两极，以及两极的交叉。这一点，在这两部作品的人物构设上表现得非常明显。《文化层》中贾芝、丁一帜等表现的是人性的善，而郑馆长等是人性恶的代表。这部作品的悲剧力量，首先表现在恶对善的扼杀。人性善得不到正常发展，而人性恶却在膨胀。《八里情仇》中荷花、林生等人代表人性善的一方，左青农、禾禾代表人性恶的一方，两方搏斗的结果是善的毁灭。这一切又蕴含着历史、文化、社会现实的内涵。所以，每个生命的悲剧，都是历史文化、社会生活的悲剧。

很显然，作家所揭示的生命内在张力，不仅源于生命的自然力量，还源于社会、历史、文化等方面的冲突。这一方面表现在个体生命之间的冲突上，更表现在个性生命与生存环境、文化环境的撞击上。这更加重了生命的悲剧色彩。丁一帜、荷花们都与自己的生存环境与文化环境进行了抗争。同时，他们也是这种生存环境与文化环境中的一员。他们一方面充满了生命的内在张力，另一方面，他们的生命之中又潜伏着历史的惰性，萎缩着他们生命的活力。在同一生命体中，内在张力与内在萎缩力并存，自然生命与社会、历史、文化生命共建。因此，京夫在这两部作品中，所要揭示的是一段生命复调乐章，一幅彩色的生命图画。这表现出他的审美意识，趋向于多色复调建构。

当然，京夫这两部作品所完成的现实，与作家的设想，还有一定的距离，其间也有可指责之处，就是作家的审美意识中，也不无缺憾。他在进行历史把握与审美建构时，其深度与完美度，还有待于进一步深化与完善。但是，不论就京夫本人还是就新时期文学创作来看，这两部作品，都是应当引起人们重视的。

原载《小说评论》1994年第2期

贾平凹、路遥创作文化心态比较

毫无疑问,贾平凹与路遥的创作,存在着明显的差异。一个是致力于小说意象世界的构筑,一个是痴心于社会现实生活的摹写。同为中国新时期成长起来的第一代作家,又同居于一座古城,又有着大体相同的人生经历——从农村到城市,他们的创作为何差异如此之大?当然,可以找出许多社会的、历史的、时代的、个人的等原因。但是,笔者在阅读他们的作品并翻阅他们的有关创作的言论时发现,影响他们创作并形成其各自艺术个性的一个非常重要的因素,就是他们的创作文化心态存在着很大的差异。这就引起了笔者的进一步思考:又是什么东西,造成了他们创作文化心态的差异?

从二人对现实主义的态度谈起

现实主义在"十七年"文学中,一直处于统治地位,这几乎成为衡量一位作家文学创作的基本标尺。到了"新时期",现实主义文学创作"一统天下"的格局已被打破,各种现代主义的文学创作不断向其发起冲击。但是,现实主义并未因此而消亡,恰恰相反,它仍以顽强的艺术生命力存活于文学艺术创作的大家庭之中。相较"十七年"而言,现实主义有了很大改进,出现了新的艺术因子,而且,新的文学创作观念大有与之抗衡之势。作以如是描述,并不是要归结出某种评断,指出谁高谁低。于此想说明的是，在现实主义文学创作"一统天下"的格局改变的过程中，与之相伴的是新的艺术探索，其中，也潜存着作家创作文化心态上的变化。

客观地讲，中国新时期文学创作，是在恢复"十七年"现实主义文学传统中发展起来的。因此，不管后来有些人走向何种新的艺术领域，第一代新时期作家的文学创作，都是从现实主义迈开第一步的。贾平凹与路遥亦是如此，这可以从他们70年代末80年代初的作品中得到印证，这种选择带有历史的必然性。新时期文学伊始，客观社会条件和文学创作现实情境，规定了他们只能选择这条道路。你自觉也好，不自觉也罢，恢复"十七年"现实主义文学创作传统的历史使命，不由分说地落在了作家的肩上。但是，历史命运为他们作了同样选择，并不等于这一代作家不能再有自己的思考与追求，也不能说，这是他们创作的唯一选择。事实上，当他们基本完成这个必须完成的历史使命之后，便产生了写作上的分化，进行了文学创作艺术道路的二次抉择。就贾平凹、路遥而言，前者于80年代初期便开始了新的艺术创作探索。一方面，他始终没有背离现实主义；另一方面，则向着意象主义进军（贾平凹的意象主义不是西方意象派式的，而是在继承东方文化和文学艺术传统的基础上所建立起来的中国式的意象主义）。路遥在二次抉择中，感到自己更适合也应该继续在现实主义道路上走下去，并力求有新的发展、新的突破。

不论就路遥自己谈到有关创作的观念，还是就其创作实践来看，始终表现出一个坚定的现实主义者的勇气和特点，一以贯之坚守现实主义阵地。这不仅在陕西，从全国范围来看，路遥都是最坚定的现实主义作家之一。面对新思潮的冲击，他并不一概排斥，也"十分留心阅读和思考现实主义以外的各种流派""从陀思妥耶夫斯基和卡夫卡开始直至欧美及伟大的拉丁美洲当代文学"对他都有"极其深刻"的影响。但是，比较而言，"列夫·托尔斯泰、巴尔扎克、司汤达、曹雪芹等现实主义大师对"路遥的"影响更要深一些"。[①]在他看来，"在现有的历史范畴和以后相当长

[①] 路遥：《早晨从中午开始》，中国文联出版社，1993年，第15页。

的时间里，现实主义仍然会有蓬勃的生命力"。即使"更伟大的'主义'莅临我们的头顶，现实主义作为一定历史范畴的文学现象，它的辉煌也是永远的"。①正因为如此，路遥的小说常常是正面开掘题材，反映社会现实生活。《人生》从正面揭示了现代社会生活中一个严肃问题，描写了一个青年人的命运。在艺术表现上，严格按照现实主义原则塑造艺术典型形象。《平凡的世界》承续《人生》的艺术风格，虽有所突破，试图全景式反映中国社会过去一段历史时期的生活，但从艺术表现本质来看，着墨仍侧重于艺术典型的塑造，追求艺术构造与社会现实生活的一致性和同步性。基于此，《平凡的世界》是对《人生》的一种丰富，甚至连人物形象的塑造也与其有很大的相似性和某种重复性。当然，这绝对不是简单的重复，而是一种丰富和发展。《平凡的世界》使路遥的现实主义创作更为成熟。可以说，路遥清醒与明智的地方在于，没有背离自己的艺术个性，没有追赶潮流，因为他非常清楚自己的长处与短处，看到了自己所处的位置，这样，路遥在现实主义道路上获得了成功。

贾平凹是一个"不安分"的作家，其小说创作价值在于艺术创造上的不断突破。他又是一个充满好奇心的作家，总想挤到文学新潮中去看一看、体验一下。但他又有着自己的思考，因此，贾平凹始终没有将自己变为一个新潮作家，而是从东方传统文化与文学艺术中寻求创作的真谛，试图在中国传统文化与艺术和现代之间架构一座桥梁。他要用东方的艺术方式传达现代人生活的一种味，追求一种"表现他对人间宇宙的感应，发掘最动人的情趣，在存在之上建构他的意象世界"②。贾平凹这种艺术创作追求，就决定了他不可能将现实主义视为自己艺术上的唯一途径，不可能对现实主义抱定守一而终的态度。对现实主义，他虽有继承，也始终未去掉文学创作的现实性，但是，他更注重超越。他的文学创作呈现出这样的运动轨迹：现实主义创作原则在淡化，意象主义色彩在加重，融写实性、

---

① 路遥：《早晨从中午开始》，中国文联出版社，1993年，第18页。
② 贾平凹：《静虚村散叶》，陕西人民教育出版社，1990年，第4页。

表现性、象征性、神秘性等为一体。这一点，可以从他从80年代初期开始的探索性小说创作实践得到佐证。《古堡》等中短篇小说，《浮躁》等长篇小说，意象的创造已十分明显。到了80年代末90年代初，《太白山记》《五魁》等，特别是长篇《废都》，可以说，他已然在按照自己理解的意象主义建构意象世界。特别是《废都》，其内在深层审美意蕴，并不在表面的生活意象的描写，而在于意象中所传达的人类生命意义。仅仅将其生活具象视作内涵所在，在我看来是对文本的一种误读。贾平凹追求意象主义，并不是说，他完全摒弃了现实主义原则，他对意象世界的构筑是基于现实之上的，现实主义创作原则某些方面的特质，经过作家的艺术创造化于其中。

文化心态比较分析

要对作家具体的创作文化心态进行分析，首先应该对文化心态概念范畴作出必要的解释。而要说清文化心态，又须对与之相近的文化心理结构作必要的阐释。

文化心理，是一个民族文化及其传统在人的心理上所形成的深层文化意识积淀，具有相对的稳定性和连续性，对人们的生活方式和思维方式有一种潜在的制约作用，是历时性与共域性的产物。一种地域，形成一种文化传统，经过历史的积淀，形成一种文化心理。因此，我认为文化心理是历史纵向与空间横向组成的一个十字坐标。这个十字坐标中许多文化心理素质运动点，便构成了人的立体的整体文化心理结构。而人的文化心态，则是这个立体的、完整的、正处于运动状态的文化心理结构的剖面图。透过这个剖面图，可以窥见一个人文化心理结构的整体面貌。因此，文化心理结构与文化心态有着密切的内在联系，又有着透析视角上的区别。相比较而言，文化心理结构研究，更注重人的文化心理的历时性，而文化心态研究则注重其共时性；前者更侧重于文化心理的深层构造及特质探究，后者却侧重于对文化心理现状的解析。

从这一基本看法出发，我们分析作家的创作文化心态，主要是对他们文化心理现时性表现状态及特征的分析。通过对其现时性进行剖析，进而窥视它深层结构和历史发展运动轨迹。

在我看来，陕西作家的文化心理结构，基本上同属于黄土文化型。这一类型的文化心理结构，具有三个比较明显的特征。一是具有较为严密的封闭系统。如同我国古代的兵阵，对内有严密的阵法布局，对外形成一个封闭整体，使外界力量很难闯入。因此，它更注重内部诸要素的调节，具有较强的内向力。二是具有超常的稳定性。几千年的生活方式，特别是三秦之地是中国十几代皇朝之都，传统文化积淀非常深厚，形成了稳定的文化心理结构。宁静勿动是其突出的表现。三是具有深厚的包容性。如同黄土地一样深厚博大，能够容忍，以广阔的胸怀待人。对外来的东西并非一概不接受，但不是以一种自觉的开放姿态，而是以一种被动的姿态。这可以从中国历史上几次大的民族文化融合对三秦文化的影响得到证明。正是这种群体文化心理及其结构，给个体——作家的文化心理结构，打上一个基础底色，表现出同一性来。

这种深层的文化心理结构，便形成了他们文化心态上的现实性具体表现。在进入创作过程时，不仅是贾平凹、路遥，就是其他陕西作家，都自觉不自觉地归向土地，或明或隐地表现出一种恋土情结。心理矢向趋于自己童年的"梦界"。路遥笔下的高加林、孙少安等，都表现出非常强烈的恋土情结和回归土地的基本心理矢向。贾平凹笔下的金狗，最终还是回到了自己的出生地——州河岸边。就是庄之蝶，也无法离开故都——都市中的乡村。不论是路遥，还是贾平凹，最终都没有完全冲破固有的文化心理结构，自然不可能构建起一种全新的文化心理机制。因而，他们的创作文化心态，具有相对的稳定性。但是，这种稳定性中又蕴含着一定的可变性。人的文化心理结构，作为一个完整的结构系统，在外部和内部条件作用下不断地进行着自我调节，其文化心态的现实性形态，又表现出运动变化性来。就这两位作家来说，他们创作文化心态的运动变化，主要有两个方面，一是从农村到城市，新的生存环境、新的文化环境，对他们的乡土文化心理结构形成反差对比，产生了冲击力，促使他们部分地接受城市文化，调节自己的文化心态。二是面对新的文化、文学思潮，特别是现代主义创作思潮的冲击，作为作家，他们自然不可能无动于衷，他们的创作文化心态，势必要受到程度不同的冲击，迫使他们再度审视自己，其创作文化心态，或多或少都要发生一些变化。这恐怕是他们创作文化心态的共同特征。

但是，人的文化心理结构建构及其运动过程作为一个有机的整体，它的这种稳定性和可变性，在具体的作家那里，其现实性状态，却是千差万别的。有的人，是以文化心理结构的稳定性为基本特征，有的人，则是以可变性为基本特征，即使是文化心理结构的变化，也存在着差异。如有的人是在原来的结构机制上进行的内部要素间的自我调节，属原质再构；有的人，却是对外来文化新质接受后的机制调节，属于原质与新质的同构；等等。文化心理结构建构及其运动过程上的千差万别，自然形成了不同作家创作文化心态的特殊性。相比较而言，路遥的创作文化心态，表现出更为明显的稳定性和包容性；而贾平凹的创作文化心态，则体现出相对的开放性和自变性。

我们说路遥的创作文化心态表现出更为明显的稳定性和包容性，是基于这样的事实：作为一位坚定不移的现实主义作家，路遥于80年代初期，即《人生》发表后，形成了自己的艺术风格，建立起自己的文化心理结构机制，基本没有发生大的变化，处于一种稳定运动状态。比如，形成文化心理机制的主要单元要素，如心理素质（如情感、情绪、意志、信仰、理想等），价值体系（如习俗风尚、道德规范、审美情趣等）和思维方式（如感知方式、审美判断方式、观照方式等）形成之后，它们按照一定的结构方式建立起来，不论外界如何变化，这种机制都未能打破原有的图式，建立起新的图式。

这样说，也许显得过于空泛，我们还是以创作实践来作进一步的分析。作家的创作文化心态，固然可以从其他方面进行说明，但是，我以为最终还是要落在其创作上，落在他为我们提供的作品文本上。从《人生》到《平凡的世界》，路遥的文学创作，基本上是沿着一种创作思维矢向发展的，形成了自己较为稳定的创作模式。这就是以社会中人为其小说结构核心，以社会发展基本历史趋势为作品建构框架，重在揭示人物的性格命运，使作品带有明显的条块状结构的基本特色。这种艺术创造上的稳定发展与追求，正体现着作家创作文化心态的稳定性特征。这一点，我们也可以从路遥不多的有关文学创作的论述中得到进一步的印证。

稳定性与可变性是相对而言的。路遥的充满激情的《早晨从中午开始》，在反顾《平凡的世界》创作过程时，非常真诚地剖析了自己。在谈到面对新的文化、文学思潮冲击时，他自述所采取的态度是冷静思考，思考后的抉择是继续坚持自己的艺术追求。对现代主义等文学艺术、现代文化等，他也并非一概拒之门外，而是作了严格滤筛。但是，这些新的东西，并未能构成他文化心理机制的重要素质，而是被原有机制所消融。因此，我把这种文化心态特征称为包容性。包容，是在文化心理结构稳定的基础上，不改变原文化心理图式的基础上进行吸收，并将所吸收的东西进行同化式的改造，与原质相适应。所以，路遥对新的文化、新的艺术素质，不是大开心灵大门，张开双臂去拥抱，而是将心灵之门开了一条缝，从这个缝隙中去窥探外界的东西，将适合自己创作个性的东西拿进来，消融掉，以使自己的现实主义创造更为丰富。

贾平凹的创作文化心态，则具有更为强烈的骚动性。从他的成名作《满月儿》，一直到90年代初期的诸多作品，我们将其作以纵向排列，就会发现，贾平凹的文学艺术创作，虽也有一个基本的追求——构建自己的意象世界，但是，其艺术构建却有着很大的变化。正像有人所说的那样，贾平凹是一个不断否定自己、超越自己的作家。也有人将其创作归结为"多转移"等。这些都说明什么呢？从其创作文化心态上去看，我把它归结为相对的开放性和自变性。

　　我之所以把贾平凹的创作文化心态，归结为相对的开放性，这是因为，贾平凹在继承中国传统文化，特别是道家文化的基础上，建立起自己的文化心理结构机制。但是，他又不是亦步亦趋式的和盘承接，而是在中西文化交汇中重构。因此，我既不同意将贾平凹视为中国传统文化模式的作家，也不同意将他当作现代文化模式的现代派作家。他是在中西文化碰撞、交融下生长起来的。一方面，对西方的现代文化、现代文学思潮，他敞开了心灵大门，任其冲击，并以现代文化作为一种审视的参照系，来比照自己的文化心理结构，反思自己以及民族文化，不断地调整自己的创作文化心态，表现出开放性。另一方面，这并不是完全的开放，而是相对的。从他的创作实践及其有关文学创作的论述中可以看到，对现代文化、现代艺术，他采用的方法是先接受过来，然后再进行选择。他也曾想建构一种新的文化心理结构机制，并作了种种努力。但是，他最终仍然没有完全冲破原来的文化心理结构图式。他好像是于保持中尽量求变，于变中又求保持。所以，他的创作文化心态，处于变与保持的二律背反的运动之中。前面所谈到的，人们有的将他视为中国传统文人式作家，有的又将其当作具有现代意识的作家，也正好是一个佐证。

　　最后需要说明的是，我们把贾平凹创作文化心态上的可变性，称为自变性，那是因为，正如前文所述，贾平凹对外部世界的变化，以及不断出现的新事物，不是被动地在承受，而是主动地去接触、去探析。他对文化心理结构机制的自我调节，也不是出于外部客观力量的强迫，而是比较自觉地去主动审视的结果。在他的文化心态中，活跃着一种不断要求改变自己的因子，具有明显的自审意识。正是创作文化心态上的自变性，促使他在创作上不断地调整自己，创作出具有明显特征的文学作品来。反过来看，我们也正是从贾平凹自70年代末80年代初开始，一个阶段一个阶段，创作出一组组集束式的作品这一事实窥视出，并进一步反证他文化心态的自变性的。

创作文化心态成因初探

一个人的文化心态，是由多方面因素决定的。而且，这是一个非常复杂的过程。历史文化及其心理因素的积淀，时代文化心理的影响，民族文化的制约，地域文化环境的潜移默化，社会生活经历的烙印，以及个人心理性格、气质、文化教养、知识结构等，对一个人文化心态的结构机制及生成过程，都有着各自的作用。在此，我想主要从如下几个方面进行分析。

地域环境上的差别。在我们中国这个半封闭地理环境中，又有着不少小的地域环境，最明显的是长江流域和黄河流域两大自然地理环境。长江流域气候湿润温暖，多山多水，以丘陵为主；黄河流域，气候较为干燥，大部分是由黄土构成的高原平川。这不同的地理环境，便形成了不同的生活习惯和生产方式、民风民俗，进而形成了各异的文化传统和文化心态。路遥生活的陕北属黄土高原，处于黄河中游。那里到处可见沟沟坡坡，山峁川塬。路遥是在黄土高坡上滚爬大的。这块贫瘠而又深厚的黄土地，在他心灵上打下了永不可磨灭的印记。这一点，从他的作品和有关谈创作的论述中可得到印证。我们虽无法准确地证明，这块黄土地对路遥文化心态形成的影响所占的比例绝对数值，但是，有一点是可以肯定的，路遥相对稳定的文化心态结构，与这种相对封闭的块状结构的黄土高原地理环境，有着相似性。这说明他文化心态的生成，与地理环境长期的潜移默化影响，有着密切关系。贾平凹生活的高川山地，处于长江流域的北部边沿与黄河流域衔接的地带，虽然也有山有川，但与黄土高原迥然不同。这里山清水秀，草木丛生，山石千姿百态，层层叠叠，好像有无穷的奥秘藏在其间。贾平凹家乡有丹江流过。丹江历史上是秦鄂水上交通要道，现虽已废弃，但长坪路接替了它。所以，商州的丹江河流域虽属山区，却并不十分闭塞，有某种程度的开放性。贾平凹说过，他自小就喜看山，从中总能悟出一些东西。在谈他的创作时,他也多次提到地理环境对其创作的影响。这些都说明了商州山地对他创作文化心态形成的影响作用。奇崛清秀的山岭,弯弯曲曲的清流,与他的文化心态有着某种相似性。

地域文化习俗的差别。在中华民族大的文化范畴下,存在着许多小的文化圈。不同的文化圈,生活方式、习俗上的差异是非常明显的。现代文化学研究表明,一个人出生地的地域文化,对人的影响是至关重要的。"每一个人,从他诞生的那刻起,他所面临的那些风俗便塑造了他的经验和行为。到了孩子能说话的时候,他已成了他所从属的那种文化的小小造物了。待孩子长大成人,能参与各种活动时,该社会的习惯就成了他的习惯,该社会的信仰就成了他的信仰,该社会的禁忌就成了他的禁忌。"[①]路遥、贾平凹都是长大成人后方离开故乡的,再从他们进城后的生活习惯等方面看,各自的地域文化习俗影响是不言而喻的。路遥生活的陕北,处于黄土高原向蒙古草原过渡地带,因此,其地域文化带有汉民族黄土文化与蒙古草原文化交融的特征。粗犷广阔、深厚雄浑的文化性格,在路遥的文化心态形成过程中起到主导作用。贾平凹的商州文化,具有汉文化与楚文化交融的特征。浑厚质丽、奇谲怪异的文化性格,构成了贾平凹文化心态的主导因素。如果再将陕北人与商州人的生活习俗等作一比较,就更能说明其文化心态上的差异性。限于篇幅,在此就不再赘述了。

民族文化传统继承的侧重点不同。中华民族文化传统是经过千百年的发展演变、交融整合形成的,从总体上看,主要有儒、道、释三大文化思想体系。这三大文化思想体系,相互区别,又相互联系,相互交融,相互渗透,共同构成中华民族文化传统。这一点,已被近现代专家学者充分论证,并得到公认。路遥对民族文化传统的继承,主要是接受了儒家思想,注重社会现实,持积极入世的态度,继承了儒家温柔敦厚、重义、重民等文化思想。同时,他也将儒家封闭固守等文化心理继承过来。贾平凹主要

[①] 鲁思·本尼迪克特:《文化模式》,浙江人民出版社,1987年,第2页。

继承了道家文化传统,清和平淡、心之虚静等文化思想对贾平凹的文化心态影响较大。当然,作家对民族文化传统的继承,主要是从文学艺术精神角度入手的。文学艺术作为文化系统的一个有机构成而存在,在本质精神上是与文化相通的。儒家文化思想形成的艺术精神,是以"善"为核心,以"善"为主导因素,协调真、善、美的关系,以达到统一。而道家文化思想形成的艺术精神,是以"美"为核心,以"美"为主导因素,协调真、善、美的关系,以达到统一。路遥与贾平凹的创作实践,显示着他们对中国文学艺术精神继承的侧重,这不也可以进而反证他们的文化心态及其形成与民族文化的关系?

在此还须说明一下,他们当然不仅仅是继承民族文化传统,对西方文化的吸收也有所侧重。从各自的表述与作品文本来看,路遥更侧重对俄苏文化及其文学传统的吸收,贾平凹更侧重对西欧现代文化及其文学艺术的借鉴。这对他们二人的现时性的文化心态有着一定的影响。

家庭环境与个人经历上的差别。家庭环境对一个人文化心态的影响,是显而易见的。不同的家庭环境、不同的人生经历,对人的性格、气质乃至价值取向、思维方式等文化心态要素的生成,起着重要作用。路遥出身贫寒,从小饱受饥饿之苦、冷寒之罪。其父亲是典型的陕北农民,只知道在土地上劳苦,这对路遥震动很大。一方面他从父辈那里继承了庄稼人的品质;另一方面,他从小就想着冲破现实破败的生存环境。饥寒的煎熬,特别是在七岁时被父亲送给几百里外的伯父家,给他心灵上造成了终生难以愈合的创伤。贫穷,使路遥过早经历了人生苦难与骨肉分离的煎熬,受到人们的冷遇、歧视,使他从小就形成了倔强的性格、极强的忍受力,于心理上印刻了苦难意识。贾平凹出身于一个大家族的小康人家,父亲是一位教师,生活上相对少受一些饥饿寒冷之苦,却承受了另一种痛苦。还未出生,只因阴阳先生说他不宜在家中出生,其母便被送到二十多里外去生他。家庭大,自然要求和谐,他从小感受到了和睦的家庭氛围。但是,他自幼体弱,常受欺凌与耻笑,便养成孤独寡言的性格。后来随着家境的变化，他更看清了人间世态炎凉。这些便形成他平淡温和、外静内动、富于幻想、性格内向等文化心态特征。

他们二人的经历，有相异也有相似之处。不同之处主要是家乡那段生活；相似之处在于他们都是由农村到城市上大学，最后落居同一座古城。他们心理上都经历了两种生活、文化环境的转变，感受到了二者之间的差异。因此，他们都有农村-城市两种文化心态比照的特点。但是，由于他们各自的文化修养、知识结构、心理性格、气质等诸多方面的差异，这种农村-城市比照文化心态具体构成之间的差别，也是明显存在着的。

原载《唐都学刊》1995年第2期

（收入本书时有增删）

反省与批判

——文学创作的一种深度模式

如果要用一句话，或者一篇文章对20世纪90年代的小说创作做出结论性的概括，那几乎是不可能的。同样，如要用一种创作模式来统摄90年代的小说创作，也是单相思。中国的小说创作进入90年代，不论是从理论探讨还是从创作实践上看，都呈现出多元并存的发展趋势。作为理论探讨，理论家们做出了种种努力，从不同的理论视野去探悉小说创作，以后新时期、后现代主义、转型时期等加以概括，真可谓众说纷纭，莫衷一是。就创作而言，群体、流派纷呈，几个人扯起一面大旗，便形成了一种流派，不管你承认与否。在此，我并不想对90年代的小说创作进行概括与判断，只想从一个方面入手，对中国的小说创作发展，提出自己的一点粗浅的看法。我认为，小说创作，乃至整个文学应该将关注的基本点，放在对人类历史命运与文化精神的反省与批判上，而不应该将艺术的触须伸向脱离现实的将一切意义都要消解掉的超然的仙境。因为虽然同为20世纪90年代，但中国的生存状态毕竟与西方不同。

中国的当代文学，是在一片批判声中进入新时期的。而新时期文学又是在对历史与文化传统的反思中进入一个更新的历史时期的，从英雄主义走向平民主义，从高雅走向世俗，从单一走向多元并存。80年代的小说创作，在艺术建构上进行了种种探索，并取得了可喜的收获，为90年代小说创作的发展与深化，提供了许多可资借鉴与参照的经验。其中，民族自我反省意识与文化批判精神，就是一个重要方面，但从总的发展趋向上来看，不管"伤痕文学""反思文学""改革文学""文化寻根文学"以及后来的"新写实文学"的概括有多大的准确性与涵盖力，其基本脉络还是比较清楚的。艺术创作思维是由多矢向的个性探寻，逐步走向综合性的复合建构。

90年代的小说创作，与80年代相比，情况要更为复杂。多元并存与多种叙事艺术的融会，给理论家和批评家出了不少难题。对90年代小说创作，理论家与批评家进行着多种阐释。每一种理论阐释，都有自己的合理性，也存在着一定的局限。所以，试图用某一种阐释去概括或者替代其他阐释，是不可能的，用一种现象来对90年代的小说创作进行概括，也是徒劳的，想用一种创作去代替多种复杂的创作，也只是一厢情愿的事情。用现在流行的一句话说，90年代的小说创作在消解着权威话语。不论是传统的现实主义，或者新的现实主义，还是其他新出现的什么主义，都无法一统90年代的小说创作文坛。各种小说创作并生存、共发展，只能在多元并存中谋得自己的一席之地。老的权威被消解掉之后，新的权威也难以形成。各种小说在发展的过程中，最为明智的选择，就是自觉不自觉地汲取别人的优长，摒弃自己的短处，在融会中突出自己的独立风姿与艺术个性。因此可以说，90年代的小说创作，表现出明显的艺术上相互吸收、相互辉映的发展态势。

平民化、世俗化、商品化等创作倾向，引起了人们的较多关注，几乎构成了一个话题热点。对此，有的人给予了充分肯定，有的人提出严厉的批评。艺术表现上，除各种小说之间的交融之外，小说还与其他姊妹艺术联姻或者嫁接，如诗歌、散文乃至影视等等。特别是小说与电影、电视的结缘联袂，使得小说与影视相得益彰。而小说借助宣传媒介，使自己一方面具有更多的读者，也获得了更多的商业价值。另一方面，小说在吸引更多读者的同时，也引来了更多的批评。这种种现象，既反映出90年代的小说与小说家们的浮躁情绪与心态，也说明了小说艺术在市场大潮冲击下的困惑与窘态。同时，它还表现了，小说创作面对影视艺术对艺术市场的巨大冲击，为巩固自己已经获得的艺术地位所进行的抗争。90年代的小说创作，也出现过不少的热点，最为典型的就是1993年以《废都》《白鹿原》等为标志的陕军狂潮。长篇小说创作上，一部部用各式手段包装过的大部头作品推出，加之一连串的"新"字号小说的涌现，似乎为90年代的小说创作注入了新的生机。但是，不论是批评界还是创作界，并不是乐观一片，进而发出了数量多、"巨著多"而实际质量不高的呼声。

不必讳言，90年代的小说创作在发展的过程中，的确存在着一种浮躁的情绪。也不可否认，不少作家作品的推出，经过了艺术之外的宣传媒介的包装。但是，作为理论家与批评家面对这种现象，难道都保持了客观冷静的态度，而没有出现浮躁乃至狂躁的情绪吗？问题的关键，不仅仅在于小说创作上出现了什么，还在于理论家与批评家是以何种态度、何种心态去对待它。是冷静地思考，客观地分析，还是以同样的心态、方式去评价、批评浮躁的小说创作呢？更何况，也并非所有的作家都处于浮躁之中。即便是经过包装的小说作品，也并非都是粗制滥造、一无是处之作。因此，在这种情况下，更需要深入细致分析基础之上的批评。

90年代的小说创作，最引人注目的大概有这么几种情况。一种是平民小说、世俗小说。这些小说表现出主动向市场靠拢的态势。一种是一些"新"字派的小说，如新写实、新状态、新体验、新都市、新乡土、新历史、新新闻、新文化等等。这些"新"字派小说情况非常复杂，既有向典雅艺术殿堂靠拢的，也有向世俗化贴近的。还有一种就是所谓坚持艺术化、审美化的小说，坚守高雅的艺术殿堂。至于说何种小说是主导性的，或者孰是谁非，我也不想去评说，我只是感到，这些小说之间，于艺术上既有区别，又存在着交融。在艺术创造上，呈现出多视角、多方位综合性的艺术透视。这种承续了80年代末期所形成的小说艺术建构复合状态的思维惯式，在综合中寻求着新的独立存在的艺术个性。因此，我总觉得90年代的小说艺术是综合的艺术，它不仅是多元并存，而且还是多元素的化合。比如新状态、新体验小说等，它们的界限是很难划分得一清二楚的。就连被有些人称为故园的守望者的张炜的《九月寓言》，在叙事艺术上，也在尽力超越着传统，也超越着他的《古船》，融合了多种艺术素质，甚至在向"新"字派靠拢。我们阅读批评文章时，经常发现在作家作品的划分上，存在着严重的交叉现象。常常有这种情况，一个作家，甚至一部作品有几个归属。假如不从消极的方面去看待文学批评上的这种现象，而从积极意义上说，批评家在坚持着自己的个性。我还感觉到，某种归属划分上的交叉，也在说明着创作上的艺术交融。一种新的现代综合艺术创作思维，已经开始向小说创作领域渗透。

小说艺术上的探索，不仅仅局限于叙事方式上，还表现在题意的复杂化上。90年代的小说创作，更为自觉地关注人的存在，关注人的命运、人的生存状态，关注人的内心情感世界与精神世界，关注人的生命与文化的意义。池莉、刘震云、刘恒等作家，于80年代后期就开始关注人的现实生存状态，写出了人在现实生存中的困窘与人生的尴尬境遇。苏童、余华、格非等作家，或写人于历史中的窘境，或写人于生命上的尴尬，或写人于文化上的尴尬，等等。虽然每个作家具体的切入人的视点有一定区别，但是总是紧扣着人这一基本关注对象。苏童从《妻妾成群》到《米》《我的帝王生涯》这些被称为新历史小说的作品，用一种新的观念来重新阐释人的历史。与其说这是在写历史，不如说苏童是在营造自己心目中的历史。我读苏童的这些历史小说，感到一种强烈的力量，这就是贯穿于历史之中的对人性恶的充分展示与鞭挞。余华从《河边的错误》《现实一种》到《活着》《呼喊与细雨》等作品，贯穿着对人生、人的生命尴尬的思考与剖示。贾平凹从80年代末那批被有的人称为土匪小说的作品开始，到《废都》，更多地将艺术关注点投射在人生的困境与人性善恶的交织上。比如《废都》这部人们评价截然不同的作品，在对庄之蝶这一文化人生存与生命的困窘、尴尬的揭示中，表现出最为强烈的对人自身的反省与批判精神，表现出对社会历史的多角度的思考。当然，90年代的小说中，也有着消解题意的作品，这些作家在进行着叙事与语言的游戏。最有代表性的是王朔、马原等人。王朔是以反叛传统与高雅的世俗化面目出现的。他既在游戏人生，也在游戏文字。我觉得王朔小说的意义，不仅在于本文之内，更重要的在于本文之外。王朔敢于撕破人与艺术的面皮，从圣堂走向世俗，敢于媚俗。这恐怕不能简单地用一个"痞子"加以概括。作为小说创作上所出现的一种现象，背后似乎隐喻着一种更为复杂的东西。我总认为，这些被认为具有消解意义的作品之内之外，隐含的仍是一种意义的深度。在消解权威话语、消解意义的同时，还在进行着新的意义的开掘。对权威的消解，在我看来至少其本身就暗含着一种否定，一种批判。所以，我不赞成将小说的意义全部消解的说法。就是再以游戏的方式消解题意，也无法完全进入无意义的境地。我感到，与其说是小说在消解着意义，不如说是理论家、批评家在按照自己的理论来认定小说，在消解着意义。

在我看来，中国的小说创作从另一方面来说，更需要的是面对现实、直面人生的创作。但是，这并不等于不要或者反对其他创作。比如后现代主义在中国。后现代主义还处于介绍阶段，还需要做更为深入的研究与探讨。被认定的后现代主义作家与作品，表现出多大的自觉追求与自觉的后现代意识，现在下结论恐怕还有点为时过早。小说作为文学艺术的一种门类，首先应当将自己的关注点放在对人的关怀上。从中国现实和小说创作现状来看，强调对人类命运与人的文化精神的终极关怀，要比将一切意义都消解掉更为切合实际。我不反对后现代主义，但我不赞成用后现代主义去代替一切，或者用后现代主义去要求所有的小说创作。在现实主义大一统的权威话语被破除之后，应该多元并存，而不应该再树立起新的权威话语，以此来一统天下。虽然同处20世纪90年代，但毕竟中国的现实与西方的现实不同。就如同不可能用中国的思维方式去要求西方一样，也不可能用西方的思维方式来要求中国，只能从人类精神上去寻找契合点。80年代末至90年代的中国文学,与西方批判现实主义时期的文学有着某种相似性。在政治上,我们自然认为中国的社会主义与西方的资本主义存在着本质的区别。但是在某些形式上,二者却有着相似之处,旧的传统观念、文化等在裂变着,而新的观念、文化等还未构建起来,处于历史的转型时期。在这场社会历史的大变革之中,人性中美好的一面被张扬着,但是,也不能否认,人性中丑恶的东西也全面地暴露出来。中国社会历史的前进,中华民族文化与精神的重铸,更需要的是对人性丑恶的批判。人们应该从人类发展的角度,去进行反思。90年代的小说创作,已经做了这方面的努力,但是,大部分作品是从本土的角度去反思本土,或者以西方的视角去反思本土,而没有进行更大的超越。

站在本土对自己进行审视,可以达到一定的深度,小说创作上也有了这方面的收获。但是,我总觉得这种审视与反思,难免带有一种先天的局限:历史的、文化的、心理的、情感的等等。审视的视域上,也难免有些狭窄,会给人一种只缘身在此山中的感觉。当然,从民族的历史、文化、心理等方面,来审视当代人的现实生存状态,出现了一批很有深度的作品。但是,与世界文学相比,特别是与世界上公认的小说经典相比,总觉得还缺少一些东西。在我看来,缺少的就是对民族局限性的穿越。中华民族是具有光辉的历史、灿烂的文化、优秀的传统的民族,对人类的发展与进步,对人类文化的建设,作出过自己的贡献。但是,人类在发展中,观念、文化等的合理性是受历史阶段性制约的。过去对人类历史发展起过促进作用的观念、文化等,在今天看来可能会成为一种沉重的包袱,可能与人类的发展与进步,产生诸多的不协调与不适应,会对人们的思维与行为形成严重的局限。这些,中国的理论家与作家们都意识到了,许多理论批评文章与作品已经说明了这一点。但是,就90年代的小说而言,能够超越本民族的局限,将中华民族纳入整个人类的历史发展这一大视角的作品,还是很少的。有一种文学观念产生着误导作用,即愈是民族的,愈是世界的。这只是片面真理,还应该再增加一句:超越民族的更是世界的。在超越方面，有一些作家做了探索，最为突出的就是以西方的人文精神为参照，来审视本民族。这是一种前进，也是小说创作上的一种深化。通过比照，把自己的优长与短小可以看得更清楚一些，更深刻一些。80年代中期以后的小说创作，在这方面所做的努力是应当给予充分的肯定。但是，也存在着另一方面的局限：有形无形之中，将西方作为标本而奉行。这是从问题的一极跳到了另一极，仍带有一定的局限性。东方也好，西方也罢，都有所长，也有所短。假使我们既不囿于东方，也不限于西方，而是去努力超越二者的局限，从整个人类的角度，从人性的角度去审视，情况将会如何呢？作家将关注的基点，确立在人类共同的历史命运与文化精神上，由此来审视自己生存的这片热土，使自己的小说艺术与人类命运和文化精神、人性构建产生共振。在具体的小说创作上，既不离开本土，又能够穿越本土，将形而下的具象世界与形而上的抽象世界相统一，寻求民族与人类的契合点。当然，从艺术创造角度而言，这种契合点的探寻，并非千篇一律，或者一种格调，而是从不同的视角去做多种探寻与建构。因为人类命运、人的文化精神、人性等的内涵是极为丰富而复杂的。所以，小说创作应该呈现出本体多元的艺术状态。不论是典雅化的还是世俗化的艺术，都可以成为通向这一问题的法门。问题不在于对象，而在于如何把握和审视对象。中国文学说了多年要走向世界，而缺乏世界意识、人类精神，光在脚下的土地上打转转，最终也还是难以走向世界。在必要时，只有与现时性拉开一定的距离，甚至设置某种审美心理上的阻隔，才有可能不被民族的现在、历史、文化等的某种呓语或失语现象所迷惑。

对人类精神与命运、人性的关注，在超越民族局限时，应该倡导自我反省意识与自我批判精神。人类自我反省意识与批判精神，是促进人类不断进步的两只轮子，是人性完善的一种基本驱动力。人类只有不断对自身进行反省，自我否定，才能前进得更快一些。在人类的发展历史过程中，人性中的善与恶是相伴随的。对人性善的张扬，无法代替对人性丑恶的批判。而人性中丑恶的一面更容易膨胀，所以人类必须时时对其加以警惕。人类的命运，有喜剧，有正剧，但更多的，对人类发展产生深刻影响的是悲剧。人类文化精神的建构，也是一种复杂的系统工程。这个复杂的系统建构之中，也是既有优秀品质，也不可避免地存在劣根性。作为文学艺术，应该更自觉地思考人类的悲剧命运和剖析文化精神中的劣根性。在对民族历史的反思中，也应该如此，要有清醒的反省意识与批判精神。而且，不要把民族发展中所出现的问题，仅仅视为自己民族的，而应该将其看作人类的。在人类反思的思维逻辑点上，去审视民族的历史与现实，可能会看得更为清晰、更为深刻。遗憾的是90年代的小说创作，就是站在本民族立场，或者以西方文化精神为基点，对民族的审视与艺术开掘，也很难找到像鲁迅小说那么深刻的作品，这不能不引起人们的深思。

面对世界，面对下个世纪，20世纪90年代的小说创作在人类自我反省与批判上，要有一种现代的综合性艺术思维。人类社会进入20世纪末，一方面存在着地域差异，另一方面，人们在文化、心理、精神等方面的距离在缩小，人类在生存中所面临的问题，不再是单一的，而是错综复杂的，各种问题相互联系，相互交织，相互制约。因此，从某一方面去思考问题，难免失之于偏颇。中国新时期以来的小说创作，从政治、社会、历史、文化、生命等角度，进行了艺术表现，各自都达到了自己的深度。但是，各种视角，也总存在着片面性。片面的深刻固然能使人们产生一种惊叹，但怎么说也是片面的。90年代的小说创作，与80年代相比，艺术思维上的综合性特征表现得更为明显突出。作品文本的多义性、多矢向性，已成为大部分小说家的共同艺术追求。在这里，我想以《古船》与《废都》为例做一些分析。这两部作品，你可以有不同的看法与评价，但有一点应该引起注意，这就是它们为人们提供了多种思考的可能性。《古船》这部出现于80年代中期的作品，具体叙述的是洼狸镇为承包一个粉丝厂所展开的冲突。在审视上，作家尽可能从政治、经济、社会、历史、文化、生命等多种角度去考察，而且，尝试着不仅将洼狸镇置于民族历史的背景之下，而且在试图穿越民族，与世界的现实背景相联结，视野显得更为开阔。90年代的《废都》，叙述的是古都西京以庄之蝶为首的文化名人于生活与精神上的溃败。作家试图将形而下的具象叙述与形而上的多种思考相结合，环境污染、人口暴增、战争等世界性的问题，与中国历史转型期传统文人的困窘、焦灼、盲目的冲撞相联系。它虽然在艺术构建上还存在着不尽如人意之处，甚至有些地方的艺术表现还比较粗疏、生硬，有人还批评它的媚俗、对传统的回归等，如果不偏激，还是应该看到，作家引发了多种思考，采用的是多视角观察。在我看来，这两部作品在艺术思维上，展露出综合性思维的端倪。当然，现代综合性思维，并不是将小说写成综合性报告，也不是大杂烩的拼凑。而是说，作家在审视具体对象时，进行多矢向的思考，从整体进行综合考察。可以选择某一方面、某种视角作为具体叙事的切入点，但某一方面、某种视角不是孤立的，而是与其他诸多方面、视角相联系的。比如文化视角，作品中所展示的文化视域，是与社会、历史、生命等相呼应的，在综合中突出其视角特点，突出自己的艺术个性。

在艺术上，综合性思维还表现出多种艺术方式方法交融中的综合。80年代是中国小说艺术探索与试验的年代。各种小说都在中国的小说创作上进行了尝试。各种风格、流派、主义，基本上都过了一遍。正像有些人所说的，在几年间，中国的文学创作把西方的几十年，甚至百十年的各种方式方法都尝试了一遍，几年间走过了西方几十年乃至上百年的路。到了90年代，靠花样翻新，已难以引起人们的共鸣。当我们愈是与世界文学艺术接近或同步时，西方可供我们借鉴的新东西就会越少。这种情况下，小说创作的出路不在于寻求西方新的东西，而在于更进一步地消化，向深与广的方面深化。因此，90年代的小说艺术，是在综合中求深化的时代。在综合中创造新的个性。对于新体验、新状态等"新"字号小说来说，正如前文所提到的，旗号打出了，做一下深入的分析，这中间究竟有多少本质的区别？这是值得进一步思考与探讨的。我这样说，并不是要否定它们的存在，相反，我对小说艺术上的探索是持肯定态度的。探索前进总比故步自封好。就个人的爱好而言，我向来是各种小说都喜欢阅读。任何一种风格、流派都有它存在的价值和地位。在此，我想再次说明的是，这些"新"字号的小说创作之间，存在着诸多的共性。之所以会出现这种现象，我以为是作家在强调自己独立个性时，还是自觉不自觉地吸收了其他人的优长，在综合中突出、显示自己的特性。因此，90年代的小说艺术，在于综合，在综合中求发展，求深化、求个性。吸收众家之长，使自己得以丰富。90年代的作家要有宽容的态度，有敢于取他人之长的勇气。如果固守一己，单一发展，是难以有更大前途的。在艺术综合之中强化人类自我反省意识与批判精神，是我对90年代小说创作深度模式的一种期望。

原载《重庆电大学刊》1997年第2期

（收入本书时有增删）

上帝还会发笑吗？

——对陕西90年代小说创作的思考

捷克著名作家米兰·昆德拉在接受耶路撒冷文学奖时的讲话中，借用犹太人的谚语"人一思索，上帝就会发笑"来说明小说是一种创造的艺术，是人类不断反思与创造的智慧结晶。

就中国当代这一历史区段而言，陕西的小说家们听到过两次上帝的笑声。第一次是50年代末。继50年代初《保卫延安》之后，50年代末《创业史》（第一部）的出现，标志着陕西小说创作，乃至中国当代文学的一个艺术高度。但是，今天看来，这笑声中不免带有几分苦涩。这苦涩中隐含着深意。第二次笑声，是在90年代初。陕西小说创作在80年代《人生》《浮躁》《平凡的世界》等之后，以集团军的力量，推出了《废都》《白鹿原》等多部长篇小说，同时又有《赌徒》《老旦是一棵树》等中短篇小说。这次，上帝的笑声似乎更为会心一些。但是，这会心之中，仍然隐含着一种焦虑与期待。但是，不管怎么说，上帝总算发出了笑声。现在的问题是，在认真反思前两次上帝发笑的基础上，去更为认真地思考在世纪之交如何创造出能够让上帝真正会心地发笑的艺术殿堂。

新时期以来的中国小说创作，走过了一条从在激情推动下近乎疯狂的艺术试验，到拉开文学艺术历史区段进行艺术沉思与综合的道路。不可否认，80年代中期，中国小说创作在艺术探索上出现了惊人的景观。过后，人们不能不承认，这种景观中，激情有余而冷静思考不足。此时，陕西虽然也出现了《人生》《浮躁》等引起上帝瞩目的作品，但从整体上来看，还不足以引发上帝的笑声。在这充分张扬激情和个性的年代，陕西小说创作并未走向全国的最前列。或者说，陕西的小说家们不善于在激情的波浪中去充分显现自己的风采，而更长于脚踏实地地去思考，去苦苦地写作。正因为如此，他们在比别人慢一拍的同时，也获得了更多思考的时间与空间。当赶潮者们把西方所有近现代小说艺术样式都过了一遍之后，陕西的小说家们才姗姗地把带有一定西方味的艺术吸收到自己的艺术创造世界。与别人相比，他们的艺术构造中，仍然是具有更多的中国味。这样，当中国小说发展的历史，给小说家们提出深思与综合的期望时，陕西小说家的慢却发生了可喜的转化。90年代初期，更具中国传统文化与文学艺术精神的《废都》《白鹿原》等作品，赢得了人们更多的关注，直至今日，仍谈兴未减。《白鹿原》《废都》等作品引人深思的地方，在于能面对具有几千年民族文化传统的这块深厚的黄土地的意蕴，揭示其中所蕴含的民族历史命运和文化精神。这大概是上帝对陕西小说创作发笑的根本原因所在。

但是，艺术创造，是一部不断超越的历史。人一思考，上帝就会发笑。对于处于世纪之交的小说家们来说，面对小说艺术探索已经走过了几百年历史的今天，更为重要的恐怕不是艺术形式的戏法变换，而是小说家们对人自身，对人类历史命运和文化精神的更为深刻的反思与批判。这种反思，不是从某种先定的意识形态，或者外在社会话语出发，而是从小说家对人、对人类命运、对生命的深切体验与思考出发，去发出自己独立的艺术声音。当以此为思考的逻辑起点，去审视陕西90年代的小说创作时，人们就会体味到上帝笑声中所隐含的焦忧与期待意味。特别是当21世纪一步一步向人们逼近时，陕西小说创作上潜存的甚至以优点面目出现的缺陷，就越来越明显了。对此，人们难免不无忧虑地发出疑问：面对21世纪，上帝还会向陕西小说创作发出笑声吗？

陕西的小说创作，就创作主体而言，主力军是新时期成长起来的第一代小说家。他们以陈忠实、贾平凹、路遥为代表。他们这一代作家，虽然有的人从60年代便开始了文学写作，但是，从整体上来看，邹志安、京夫、赵熙、王宝成、莫伸、程海、高建群、李天芳、王蓬、王晓新、蒋金彦、韩起等所构成的庞大阵容，真正走向中国文坛是在70年代末80年代初。他们于80年代后期，显示出了自己的创作实力，并开始分化。像王宝成、莫伸、王吉呈等，将主要精力或放在了影视文学创作上，或对报告文学创作表现出更大的热情。就其成分而言，他们大部分是从农村到城市的"农裔城籍"作家（借用李星说法，见其《"农裔城籍"作家的心理世界》一文），受过高等教育者占的比例小于未受过高等教育者。从所承续的文学传统而言，他们最大限度地继承了陕西五六十年代的艺术传统，走的是一条文学为人生、为社会服务的创作道路。就创作的思维方式而言，他们主要是以自己所体验过的生活为思维的逻辑起点，以社会-历史为基本的思维框架，去构建自己的艺术世界（贾平凹是个特例）。这代作家，由于自己特殊生存历程，大都有深厚的生活积累，对社会生活、对人生有着比较深刻的情感体验。特别是对土地，对乡村文化，对农民的精神、情感、生命方式等，有更为深切的把握。而且，他们这一代作家，历史使命感特别沉重而强烈。因此，他们基本的小说创作模式，是社会生活-历史文化型的。他们在中国当代文坛上，不是以艺术表现形式的新奇性和探索的先锋性见长，而是以深厚的生活积累、沉重的历史使命感和强烈的社会责任感，以对社会生活-历史文化的深刻把握而显示出自己的创作实力。客观地讲，这一代小说家艺术创造的突发性的爆发力目前已经消退，他们于90年代表现出更为沉稳的艺术思考。他们所面临的困境，不是创造自己的艺术形象，而是突破自己的艺术形象。

进入90年代，更确切地说，从80年代后期开始，陕西新时期以来第二代小说家便成长起来，到了90年代末，他们已经走向了成熟。第二代小说家以杨争光、叶广芩、爱琴海为代表。与上一代作家相比，这一代更具个性色彩。他们似乎不具有艺术创作倾向的一致性，也不具备集团军力量。

他们更注重自己独立的艺术话语。他们的艺术创造素质更具混合性。既有像王观胜、冯积岐、李康美等这样更具乡村特质的作家，也有像叶广芩这样更带有贵族文化气质的作家。在他们中间，杨争光是一个最具个性特色又能与中国先锋小说发生某种对话的作家。在我看来，这一代作家，在文化修养与艺术素养上，起始点要比前一代作家具有更多的优长。他们毕竟少了前一代作家的一个漫长的历史使然的过程。他们中间受过高等教育者占的比重要比上一代大得多。在他们这里，受过高等教育与未受过高等教育相比，表现出明显的差异性。他们的小说创作，表现出强烈的生命冲击力。他们突破了沉稳，他们也不着迷于社会生活-历史文化的创作思维模式，而倾心于个体的生命体验与预设性艺术创造，试图通过多种途径去塑造自己的艺术形象，如小说、影视、报告文学等。这样，他们为自己的成功创造了多种可能性，同时，也因此限定了自身在小说艺术道路上前进的步伐。就杨争光而言，他的小说创作，在陕西是独具一格的。《赌徒》《棺材铺》《黄尘》《老旦是一棵树》等，无不表现出作家的艺术个性和创造才华。但是，他近年来热衷于影视，使自己的小说创作在艺术创造上出现了一定程度的旋转性的重复。叶广芩的成功得益于两点，一是她的皇族血统及其所形成的贵族文化心态与气质；二是她去日本进修，眼界的开拓，艺术素养与文化修养的提升。所以，她的小说创作中所表现出的没落皇族的文化韵味，在陕西小说中是独一无二的。她就此开拓下去，会有更大的收获。但她同样表现出将小说变为影视的更大兴趣。就此而言，这一代小说家的自身生存道路，似乎走得更为现实、更为实际。因此，他们这代作家所创造的自己的艺术形象，将是多色调的。

　　总的来说，陕西的小说创作具有"三长三短"。而且，这"三长三短"是相互联系，相互渗透的。

　　这"三长"的第一长是，执着的艺术追求精神和求实的创作态度。有人曾经说过，文学创作是愚人的事业。因此，从事文学创作，没有那种对文学艺术的挚爱和执着的精神是不行的。在此，我们并不否认从事文学创作需要聪智与才华。而且，有的人凭着先天性的才气，也能够写出优秀或比较优秀的作品。但是，作为一种精神创造的事业，更需要那种愚人的持之以恒的执着精神。中国当代小说创作，进入90年代以后，其中一个弊端，我以为恰恰是有相当一部分人失去了这种精神。或经不住金钱的诱惑，将文学作品创作变为产品制作，沾上了浓厚的商人气息；或垂涎于名誉、地位，以文学艺术作为砝码，在获得一定的名誉、地位之后，便穿插于名利场，再不愿受艺术创造的苦难。陕西的作家，虽然也有人弃文从商，或成名之后便干起了沽名钓誉的事情，但是从整体上来看，他们绝大部分仍然甘愿受艺术创造的煎熬，不为金钱、地位所迷惑，对文学艺术的执着依然如故。他们仍然抱定"真正意义上的文学依然神圣"的信念。正因为如此，"陕西作家不悔的操守和不懈的创造性劳动，构成了中国当代文学的一个重要的组成部分"[①]。而且，陕西的小说家们，在艺术创造上从不耍花架子，甚至先天地缺乏那种哗众取宠的机敏。他们的小说创作，是在艺术追寻的道路上一步一步迈进的。你甚至可以说，陕西的小说家们下的都是些笨功夫，他们很像龟兔赛跑里的龟。也正因为如此，在比其他人脚步慢的情况下，其创作更为扎实。否则，是难以想象《人生》《白鹿原》《废都》等一大批作品能够有现在的状况。陕西之所以能够成为中国当代小说创作的一个重镇，其中最为重要的一点，就在于此。

第二长是，陕西的小说创作表现出深厚的生活基础和历史文化积淀。就全国小说创作来看，我始终认为，陕西不以艺术探索的先锋性见长，而以其内涵的深厚性取胜。每次出现新派创作，基本上是没有陕西小说家参与的。但是，陕西小说创作之所以能够引起全国的关注与重视，就在于对现实生活和历史文化的深刻思考。他们的小说创作，是直面现实、直面人生的。关注现实、关注生活、关注历史，是他们小说创作上的一个共同特征。他们从不逃避现实和生活矛盾，而是采取正面攻克的态度，将笔触伸

---

① 陈忠实：《陈忠实创作申诉》，花城出版社，1996年，第140页。

向现实生活和中国的社会历史。人们常常提起的作品，基本都属于此类。不论是赞誉或批评，都与此有关。

在有些人看来，从事文学创作、谈论生活基础已不合时宜。但是，在陕西的小说家这里，创作以生活为基础，仍然是大家共同遵守的一个信条。比如以悟性与灵气高而受到大家称道的贾平凹，人们只看到他于作品中表现出来的灵性，其实，他平常对生活的积累和思考是非常扎实的，只是所表现的艺术方式有别于写实而已。为了《白鹿原》，陈忠实五年磨一剑，赵熙曾在太白山区生活多年。甚至可以这样说，对陕西的小说创作，你可以在艺术上、在观念上、在思维方式上说这说那，但是在生活基础上，几乎是无可挑剔的。就我的阅读而言，我觉得有些作家的作品，艺术创造上的确可以说还较为粗糙，但是从他们的作品中，可以看出其坚实的生活基础。对生活的思考与开掘，陕西作家也有自己的特点。与山东的小说创作相比，山东作家更善于进行社会历史与人的伦理道德价值判断，是一种伦理道德型的创作。陕西作家虽然也进行了这方面的思考，但更为突出的是将此融入社会生活与历史文化的思维轨道。与河南相比，河南的小说创作更长于对社会现实与历史的思考，而陕西小说创作则在历史文化方面表现出优长。由此，我以为，陕西的小说创作与陕西这块土地的文化积淀有着密切的关系。

第三长是，陕西的小说创作，在艺术探索上表现出沉稳的态势。从中国小说创作新时期以来的发展来看，陕西的小说创作在艺术探索上都要比别人慢一拍，甚至表现出某些固守传统的特点。常常是别人已经拿出了作品，并在全国造成了一定的声势，陕西的小说家们才开始接触。即使接触、了解了，也多半是有选择地吸取，基本上是不改变自己的艺术思路，仍按照自己的思维矢向前进着。这固然有内陆省地理上的原因，更为主要的恐怕是沉稳的艺术创作心态在起作用。这种沉稳的心态的优长在于，审视了先锋派的探索过程之后，有更多的时间去思考，更利于进行艺术上的综合。试想，如果《白鹿原》等作品，不是出现于90年代，而是出现于

80年代，那情况将会怎样？正因为它们不是赶潮的产物，而是多年艺术思考的结果，才有了今天的面貌。虽然这批作品无法归于任何一个流行的派别，但我们从中隐约可以感到各种先锋或不先锋的小说艺术探索的某种影响。他们是综合了各种小说艺术的素质，吸取了多种艺术素养，创造出自己的艺术天地。之所以把陕西小说创作上这种特点归结为一种优长，是因为90年代的小说艺术是综合的艺术，90年代是深化的历史阶段，而不是"城头变幻大王旗"的时代。事实也似乎在证明着这一点。小说创作发展了二十年，转了一个圈，把过去斥责、抛弃的东西，又捡了起来。当然，这是一种在新的意义与层次上的某种复归。对于文学艺术创作来说，没有过时的形式，只有运用得好与坏的问题。也没有一成不变的艺术，都是处于发展创新之中的。在别人都像匆匆过客一样赶艺术潮头时，陕西的小说家们却于不声不响中进行综合。虽不能说不停地赶潮，变换自己，最终就会造成自己艺术个性的消失，但可以说不随波逐流，持之以恒地坚守自己的艺术阵地，虽不能造成兴奋点和轰动效应，但最终是会显示出自己的艺术个性的。我想，陕西小说创作如果没有这种固守的精神，是不会有今天的这种景观的。

陕西小说创作"三短"的第一短是，艺术创新意识不够。前文就说过，优长与短处是相联系的。任何事情一旦超过限度就会走向反面，而且文学艺术贵在创新。由于陕西小说家普遍存在着固守心态，从全国小说创作来看，我以为陕西的小说创作，所提供的让人们产生更多新的艺术思考的东西，相对少了一些。艺术冒险精神在陕西小说家身上较少，他们似乎更偏爱于求稳。说到底，艺术创新关键是作家自身要有创新意识，要敢于反传统，要敢于突破已有的、既定的艺术思维模式。在创作思想上要有一种超越意识。当然，创新不是猎奇，也不是耍花样。先锋派的创作，虽然在艺术思考的深度与厚度上还存在着某种不足，但他们的确提出一些让人思考的新文本。在此，我们认为那种外在的人为的制造兴奋点的花样，不是艺术上的创新，艺术创新是实实在在的发生于创作主体内在精神的艺术创造生命的爆发力。我们感到，陕西小说家对传统表现出更大的兴趣，他们大部分更喜欢在已有的艺术思维模式中进行思考。当然，90年代陕西小说创作在艺术创造上有了相当大的发展，但跨度并不大。在此，我们应该对陈忠实、贾平凹、杨争光等人的探索给予充分的肯定。陈忠实《白鹿原》的成功之处就在于对新的艺术探索成果的积极吸收，并在此基础上，创造出自己一种新的艺术思维方式和艺术构建形态。贾平凹对意象世界的追求与创造，打破了以西方近现代小说艺术模式为参照的中国现代小说艺术模式，从中国传统艺术的意象思维中发展而来，创造了当代的意象小说艺术模式。杨争光将小说与电影艺术结合，所表现出的动态画面性，特别是叙事语言上对小说语言传统的突破，取得了良好的艺术效果。

第二短是，社会-意识形态创作思维模式的局限。中国当代小说所形成的基本思维模式就是社会-意识形态模式，即作者从事创作思维的逻辑起始点与归结点是社会-意识形态。这样，就形成了一个基本的艺术结构模型：小说的结构与社会发展和意识形态存在一种必然的对应关系，并且建立在对社会与意识形态的先行肯定的基础之上。这样，从社会意识形态角度去限定小说创作，造成了小说艺术独立性的某种消失。这里涉及一个基本的艺术价值判断问题。在人与社会、意识形态的关系上，观察审视点不同，其价值取向也就不同。以人为观察审视的基本点，就小说创作而言，便是以人性、人情、人的精神建构和人的命运为基本的逻辑起始点，看它们在建构和演进中透视出怎样的社会、历史或意识形态，并以人性等的合理性展现，去审视社会、历史、意识形态是否合理，从而作出审美上的价值判断。如果以社会、意识形态为基点，那就是以此来审判人性等，并将其纳入社会、意识形态的轨道，从而作出价值判断。当然，这两个方面是不可分割的。但是对于小说创作来说，的确存在一个基本视点问题。陕西的小说家，除少数人突破了社会-意识形态模式外，还有相当一部分人仍然处于这种艺术思维的框架之中。在我看来，这是制约陕西小说创作进一步发展与深化的一个桎梏。

第三短是，陕西小说家的文化、人格修养与艺术修养上，还存在着缺陷。从当代陕西小说创作的历史来看，五六十年代那些作家，很显然，他们的人格力量是很强大的，但文化修养与艺术修养存在着先天性的不足。于后天，他们付出了辛勤的努力，如柳青、杜鹏程、王汶石、李若冰等，特别是柳青。这从他们所取得的艺术成就上就可以看出。从总体上来看，这一代作家主要是依靠扎实而深厚的生活基础和社会人生阅历进行创作，以此来弥补其他方面的缺陷。不可否认，这种状况限制了他们在艺术创造上作更进一步的升华与深化。新时期第一代作家与前一代作家相比，情况有所改观，但仍然存在这一方面的问题。他们表现出更自觉的努力，去加强这一方面的修养。像陈忠实、贾平凹等人，文化与艺术方面的修养达到了相当的程度。但从总体来看，他们仍然存在文化、艺术修养与小说创作、艺术创造上的差距。这就限定了他们在艺术创造上难以达到更高的境界。新时期第二代作家的文化修养与艺术修养，就起始而言，要比前一代作家显得更为充分。现在的问题是，他们对进一步丰富与提高表现出某种淡漠，这与他们务实的人生态度不无关系。因此，陕西小说创作要进一步深化，加强文化与艺术修养这一课，是必不可少的。

基于对陕西小说创作以上的看法，我们认为陕西小说创作要获得上帝的再一次笑声，还须付出艰辛的努力。

具备开放的艺术创造心态，是陕西小说创作首先应解决的一个问题。前文谈到陕西小说创作的沉稳性，这是其优长也是其短缺。如果不清醒地认识到这一点，恐怕难有更大的建树。文学艺术的价值在于创新，在于超越。因而开放的艺术创造心态是必不可少的。要有纳四海之流的胸怀，去故步自封之气，也就是要进一步开阔艺术视野和精神境界，彻底突破社会-历史艺术思维模式，从人性建构、人类命运与人类文化精神建构角度去审视、观察自己的对象——生存的现实生活、民族历史、民族文化等。对于陕西小说创作来说，我以为更为重要的是在艺术创造上超越本土观念。越是民族的越是世界的，这仅仅是问题的一方面，超越民族的更是世界的。也就是说，不仅仅要看作品揭示出多少民族的东西，还应看到于民族的东西中透视出多少人类文化的信息。这不仅是一个艺术视野问题，更是一个精神境界问题。人们常常惊叹列夫·托尔斯泰所创造的艺术境界，之所以如此，是因为列夫·托尔斯泰具有一种博大的人类精神境界。他既着眼于自己的民族、自己的时代，又超越了自己的民族、自己的时代，创造了一个更为广阔而深远的艺术时空。如果陕西小说创作不能超越三秦之地，或者不能超越西北黄土高坡，是难以有新的发展与突破的。这样说，并不是要小说家脱离这块土地，恰恰相反，而是要立足于这块土地，于这块土地中融进人类命运的历史演进和精神发展的内涵。

因此，小说创作离不开艺术创造上的综合思维。我非常赞同德国人类学家古茨塔夫·勒内·豪克的观点。人类进入20世纪末，应该建立一种综合思维。在此，它有两层含义。第一，要有思考问题的综合方式。即在进行艺术创造思维时不是从单一视角入手，而是从多角度、多层次的综合中切入，甚至从相互矛盾、相互对立的方面去考虑问题。但又既不进行二元对立式的思考，也不进行调合式的"综合"，而是"在当代人的概念中，把它们与当代人的新的经验加以逻辑的整合，一种真正的综合不是从抽象的关系中演绎出来的，而是产生于人类复杂而多层次的本性"[1]。也就是从人类的综合命题去思考。第二，在艺术创造上要有一种综合精神。各种小说艺术，各有其长，也难免其短。相互取长补短，在共生存同发展中，丰富自己。也不要局限于小说艺术本身，而从多种艺术类型中去汲取营养，在综合中探索小说创作的新路径。

原载《小说评论》1997年第6期

---

[1] 古茨塔夫·勒内·豪克：《绝望与信心——论20世纪末的文学和艺术》，中国社会科学出版社，1992年，第3页。

前现代与现代：陕西的文学创作与批评

——从陈忠实的创作及研究谈起

当以世纪文学的视域来审视20世纪后半叶的陕西文学创作与文学批评时，笔者的印象是：这二者处于前现代与现代相交叉的历史文化语境。就拿在全国文学创作格局中占有一席之地的几位小说家来看：柳青、杜鹏程、王汶石、路遥、陈忠实、贾平凹、杨争光、叶广芩、红柯等，他们得以赢得人们的关注与重视，恰恰主要不在现代文化意识的审视，更谈不到后现代意识的观照，而在于对前现代意识——农耕文化意识的充分艺术化映现——准确把握与深刻揭示。以陕西文学创作为主要基点的陕西文学批评，似乎表现出更为强烈的现代文化意识，但是，如果透过现代或者后现代话语的表面，剖析其内在的思想文化基因，就会发现，不论是社会现实批评、历史文化批评，或者其他的文学批评，于内在思维逻辑上，则处于前现代与现代文化意识的交织状态，并未真正走向现代文化意识，建构起现代文化意识的文学批评模态。当然，并不否认其中具有现代乃至后现代文化意识文学批评的声音，却是那么的微弱，不能在人们心目中留下多少印记。如果放在20世纪世界文学的历史文化语境下，情况将会怎样？这不是本文所要论述的问题，故在此不作具体探讨。

下面，就以陈忠实文学创作及其研究为个案，在中国20世纪文学语境下，对陕西20世纪后二十年的文学创作与批评作一粗浅的考察。

一、陈忠实与现实主义文学创作

考察陈忠实的文学创作,有两个问题无论如何也是回避不了的。这就是对中国20世纪现实主义文学创作及其发展历史和中国历史文化及其心理结构的解析与批判。

现实主义与浪漫主义在20世纪中国文学建构中,从总体来看,可以说是交相辉映、并重前行的。但比较而言,现实主义似乎比浪漫主义更能得到社会现实的认同。而现代主义文学的发展却是一波三折,并不那么顺利,特别是50—70年代这三十年间,人们基本上是避而不谈,这个话题甚至成为一种禁忌。人们往往以资产阶级文学的概念而笼统地加以否定,使其失去了生存的土壤。直至80年代始,现代主义才浮上文学创作的水面并逐渐成为文学创作和批评的热门话题。现在的情形是,不论是创作还是批评,都超越了这种历史文化语境,而进入一种多元文化下的文学创作与批评语境。而历史文化,则是近二十年来盛行的一个概念,它运用于文学及其批评上,更多的是对文本内涵的解读与归纳概括,并不能作为一种文学创作方法和现实主义等相并列。说陈忠实的文学创作与现实主义紧密相连,是就他的基本创作方法而言;而说其创作与历史文化的关系则是就他文学创作内在建构的基本内涵与审美意识而言的。历史文化不仅成为陈忠实审视对象世界的一种基本思维视角,而且成为他丰富和发展现实主义文学创作的一个不可或缺的建构模态。

陈忠实的文学创作,从20世纪60年代始,特别是1979年短篇小说《信任》后,直至长篇力作《白鹿原》,基本是沿着现实主义文学创作道路前行、深化、丰富与发展的。他的文学创作,特别是代表作《白鹿原》,虽然也受到了现代主义乃至后现代主义文化的影响,但是,中国20世纪现实主义文学创作基本范式,在他这里并未得到颠覆,相反,现实主义恰恰在他这里被进一步丰富和发展。笔者曾对《白鹿原》作过一个基本评价,至今日并不因为人事与世事的变化而改变这种基本判断,即"它不仅标志着陈忠实文学创作上的一次巨大超越,也是对中国当代文学创作的一次巨大超越以及中国当代文学现实主义创作的一个历史性总结"。在此基础上,笔者曾从新历史小说视角,从社会政治史、家族兴亡史、历史文化史和生命悲剧史等四个层面对《白鹿原》作过更进一步的解读与阐释。

现实主义概念在中国虽出现于20世纪,但中国的现实主义文学创作历史却源远流长。自《诗经》开源,一直延续了几千年。就小说创作而言,无疑曹雪芹的长篇巨著《红楼梦》是现实主义文学创作的艺术巅峰,至今仍无人逾越。现代文学或者说20世纪文学的创立,胡适特别是鲁迅,被文学史家们视为奠基者,他们开创了中国现代文学现实主义文学范式。之后,茅盾、老舍、巴金、叶圣陶直至赵树理、柳青等,则构成了一条现实主义文学创作的河流,形成了中国20世纪现实主义文学创作传统。如果说,以鲁迅、老舍等为代表的现代文学现实主义文学创作表现出更为强烈的批判现实主义特征,那么,以赵树理为代表的延安革命文学直至柳青、梁斌等社会主义现实主义文学创作,则具有更为明显的理想化色彩;如果说鲁迅等对现实生活的揭示与剖析更注重于对历史、文化及其心理结构与社会现实的批判,那么,柳青等更侧重于对现实生活的歌颂与对未来生活的幻化,大多以革命的激情与理想规范着对现实生活的文学艺术建构。这种情况直至80年代中期才开始发生根本性变化,其间,王蒙、张炜、路遥等的文学创作起到了积极促进作用。

"新写实"文学的出现,虽有人为的因素在推动,但"新写实"却将现实主义文学创作真正引向世俗化生活,使曾一度低迷的现实主义文学创作重新振作起来。但是,这种所谓的新现实主义,并未将现实主义这一文学创作传统进一步引向纵深,也未使其更为丰厚,相反,却促使其滑向世俗生活的表象复制。而将现实主义引向纵深的则是从《古船》开始的另一创作路径。不可否认,《百年孤独》对中国现实主义文学的发展具有极为重要的借鉴作用。与此同时,现实主义文学自身也呼唤着深化与突破。创作现实虽浪涛声声，却始终缺乏扛鼎之作的支撑。就陕西而言，路遥的《平凡的世界》的确是一部比较优秀的长篇小说。这部中篇小说《人生》的延续作品以全景式的视野，对20世纪70年代末到80年代十余年的艺术再现，具有一种强大的现实与情感冲击力。《平凡的世界》作为一部现实主义力作，在中国当代文学史上占有重要地位。但是作品后半部分总给人一种"隔"的感觉，特别是对现实整体性的认同以及城市生活和作家内在生命情感的间离，极大地消解了作品的思想深度和艺术建构的完整统一性。贾平凹的《浮躁》属意象建构明显的现实主义之作，而《废都》则超越了现实主义创作走向意象主义，这是中国当代文学至今仍不可多得的一部具有开创性的作品，其文学史价值和意义为人们提供了更为广阔的自由想象的空间。从接受期待和文学创作期待来看，20世纪90年代初，对现实主义文学创作的呼唤，显得更为迫切，因为现实主义作为20世纪文学的正宗，急需进行历史性的总结与超越。陈忠实以五年的沉默，对这一问题作出了回答，为当代文学奉献出了现实主义历史性总结之作——《白鹿原》。

　　《白鹿原》首先自然是陈忠实近三十年文学创作艺术上的一个结晶，也是他对自己文学艺术创造的一次超越。与此同时，我们还应当看到，这更是现实主义文学创作历史积淀的必然结果。陈忠实以《白鹿原》不仅为自己设置了一座很难逾越的高峰，也为中国当代现实主义文学创作堆置了一道很难跨越的壕坎。陈忠实之所以能够取得如此高的现实主义文学创作艺术成就，最根本的原因在于他对现实主义文学传统继承的同时，又对这一文学传统进行了历史性的超越。从《信任》《蓝袍先生》最终到《白鹿原》这一艺术巅峰，一方面是他对自己艺术创造的不断剥离与超越，另一方面，是他对中国20世纪文学特别是当代现实主义文学传统的反思与突破。陕西新时期一代作家几乎都从柳青等人那里汲取了思想与艺术营养，对柳青都有不同程度的模仿与继承。相对而言，路遥就在《平凡的世界》中，仍然保留着柳青的一定痕迹。陈忠实对柳青的继承，在《白鹿原》中要走得更远一些。贾平凹可以说几乎已与柳青等一代作家割断了血缘。陈忠实反思了自赵树理、柳青以来的现实主义文学传统,对新时期以来的作家作品也进行了思考,比如对张炜《古船》等作品的解读等。与此同时,又对马尔克斯的《百年孤独》等西方现代文学进行了吸收借鉴,实现了创作上的一次飞跃。这种飞跃,自然与他的文化精神与艺术精神的剥离密切相关。陈忠实经过痛苦的、孤独的自我剥离,最终才走到了《白鹿原》,否则,恐怕人们仍然会像80年代中期那样冷落陈忠实的。因为不论是批评家还是普通读者,最终是以作品所达到的思想深度和艺术成就高度来衡量作家价值的。

二、多种理论视野下的陈忠实文学创作研究

关于陈忠实文学创作研究,从大的时段上可以《白鹿原》出现的1992年为线,分为前后两个时期。前期可叫作前《白鹿原》时期,后期叫作《白鹿原》时期。如今,有关陈忠实的研究正在走向后《白鹿原》时期。从研究理论视野来看,有这么一个比较清晰的轨迹可循:从单一的社会现实批评到历史文化批评,后来集中对《白鹿原》进行批评研究,现在进入对陈忠实文学创作的整体研究,以及对陈忠实与中国文学关系的综合批评研究。

陈忠实文学创作研究前期,又可分为两个小的阶段,这大体上是与陈忠实的文学创作及其成就和其在中国当代文学史上的地位相一致的。这里应当提到王仲生、李星等对20世纪80年代中期的陈忠实所作的带有预示性的肯定批评。而对陈忠实80年代初期文学创作的研究与批评,王愚、蒙万夫等所作的中肯评价,应得到充分肯定。陈忠实的《信任》获得全国短篇小说奖后的一段时间,人们对陈忠实有了一个基本评价,大多将他定位为农村题材小说家,对其文学文本,也多从社会现实角度进行阐释解读。社会政治是陈忠实文学创作上一个艺术建构的基本情结。陈忠实的《初夏》《康家小院》,特别是《蓝袍先生》等预示着陈忠实艺术超越之前的积蓄

与探索性的创作，并没有引起人们足够的重视。此时，王仲生的《从与农民共反思走向与民族共反思——评陈忠实80年代后期小说创作》一文，对陈忠实此时的艺术探索给予了积极的肯定评价，把陈忠实此时及此前的创作进行了一次梳理，也把陈忠实的创作研究理论视野从社会现实非常具有说服力地深入到了历史文化批评。李星将陈忠实的文学创作与作家的文化人格、生命情感以及人生历程等熔铸在一起的研究探析，给人一种立体的感觉。但总体来看，有关陈忠实的研究与批评还是比较零散的，不能形成一种大的批评态势。

《白鹿原》的问世，为批评家们提供了极大的批评空间与发挥才能的舞台。最先作出反应的是李星，他与陈忠实关于《白鹿原》的对话，从这部现实主义扛鼎之作的创作到理论的阐发，都提供了非常大的信息量。此后，随着"陕军东征"的浪潮，有关陈忠实及其《白鹿原》的研究与批评，达到了一个高潮，形成了全国性的陈忠实研究态势，不仅陕西的评论家们竞相撰写研究文章，全国至少有几十位老中青批评家对这部作品发表自己的看法。陈忠实及其《白鹿原》成为大家共同关注的一个焦点，构成了一种文学批评现象。《小说评论》发表了研究专辑，可以说是《白鹿原》研究与批评的第一次集中展示。这时的批评表现出两个突出特点：一是对陈忠实的研究与批评集中在《白鹿原》这部作品上；二是对《白鹿原》的评价大家持截然相反的态度，肯定者极尽赞美之词，否定者又几乎将所有的批评用在了评说之中。今天来看大部分批评者还是持肯定态度的，但不管是肯定还是否定，总体来说，此时的批评文章，激情宣泄大于理性思考，更多处于感性层面，现象性的描述覆盖了深入的理性探讨。《白鹿原》的审美价值和文学史价值随着研究者和批评者的不断深入解读与阐释，不断地拓展理论视野，进行多角度的探析，得到了越来越多人的认可，并确定了作品在中国20世纪文学史上的历史地位。诸如洪子诚、陈思和等撰著的中国当代文学史教材，都从文学史的角度给予了作品充分的肯定和评价。整个90年代，研究陈忠实及其《白鹿原》的文章很多，2000

年《〈白鹿原〉评论集》的出版及其研讨会的召开，是对这部作品研究的一次归结，也是对陈忠实《白鹿原》时期创作的一个总结。笔者认为，如今，关于陈忠实文学创作研究的《白鹿原》时期基本结束，逐步进入后《白鹿原》研究与批评时期。

2000年以后关于陈忠实文学创作的研究，主要的收获应该是畅广元的《陈忠实论：从文化角度考察》，还有李建军的《宁静的收获》、段建军的《白鹿原的文化阐释》等论著的出版。围绕一位作家在几年内能够有几部研究著作问世，本身就说明了这位作家的价值和意义。另外，这里还应该提到《当代作家评论》前几年搞的"寻找当代文学大师"，对陈忠实的探讨与评价，虽然笔者并不赞成这种方式，也不认为当代文学就有或者可能存在文学大师。今年《小说评论》的陈忠实研究专辑，将陈忠实与柳青进行比较研究，这是研究上的一种史的视角，可能孕育着陈忠实研究的一种新的趋向。

总体来看，关于陈忠实文学创作的研究与批评，《白鹿原》以后，进入一种多种理论视野相交叉、相并存的态势。既有传统的现实主义批评，也出现了历史批评、文化批评，以及叙事学研究、比较研究、文本阐释、整体研究等等。这些研究与探讨，不仅对陈忠实的文学创作具有积极的意义和价值，而且对中国当代文学的研究与探索也是一种丰富与发展，应给予充分的肯定。

这里就畅广元的《陈忠实论：从文化角度考察》等论著作一分析。畅先生这部论著以文学文化学为理论支点与框架，对陈忠实的文学创作进行了整体梳理与探讨，表现出强烈的理性思维特点。论著紧紧抓住文化这一理论纽结进行审美阐释，不仅对陈忠实的文学文本作了较为深入的探析，而且对陈忠实的文化精神作了理性的分析，为人们勾勒出了陈忠实文学创作文化精神历史嬗变的心路，将其文化精神的"剥离"过程及其文化意义和审美价值展示在人们面前。这部论著不仅是对陈忠实这一个案进行的解剖，而且也是畅先生文学文化学理论的一次批评实践演示。就此而言，笔者认为这部论著达到了著者的预期目的。特别应该强调的是，畅先生作为一位大学教授，长期从事文学理论研究与教学，具有比较深厚的理论修养，因而，其论著的理性色彩给研究者提供了更多的理论思考。

李建军的《宁静的收获》，则表现出更为强烈的激情与个人化的色彩，著者的理论视野是应当给予充分肯定的。特别是他从比较学的角度，将《白鹿原》放在世界文学背景下进行考察，尤其是将《白鹿原》与苏联文学和欧美文学进行的比较分析，应该说建构了一种比较大的研究思维背景，具有强大的冲击力。段建军的《白鹿原的文化阐释》，虽然也是从文化学角度进行研究，但他选择的是"肉身"这一特定视角，可以说别有一番天地，并将现实主义与文学史的视野融入论著的整体建构之中，将研究推向了更为广阔的天地。神奇现实主义概念的提出，具有一定的独到之处。从柳青及其对当代文学传统的继承与超越，追溯陈忠实文学创作的历史渊源，更能探悉出陈忠实文学创作的文学史价值，以及当代文学现实主义文学创作发展的历史轨迹。笔者认为，这几部论著将陈忠实的文学创作研究推向了一个新的境界。

不过，笔者认为，陈忠实的文学创作研究与探讨仍存在着相当大的空间。比如陈忠实与大众文化传播、与中国传统文学艺术、与中国传统审美意识和大众审美接受习惯的关系，甚至与中国传统历史文化特别是与儒家文化的血脉关系，陈忠实文学的传播与接受，等等，这些仍需作进一步的探讨分析。再比如说从中国特有的文学生产体制与运行机制等角度来研究陈忠实的文学创作历程，都具有非常重要的意义。当然，还可以从文化生态学角度来探讨陈忠实与其他不同地域作家的特点。特别是应当冲破陕西地域局限，从中国以及世界华语文学和世界文学角度进行研究。从中国和世界文学发展的历史上来审视，可能会将陈忠实的研究与探讨推向一个更高的层面，也更具有文学批评史的意义。

三、关于陕西文学创作与研究的一点思考

笔者认为21世纪的中国文学创作在大众化、世俗化、媒介化、欲望化、私人化等文化语境下，艺术精神被大大消解，表面的繁华下面掩盖的是文学的危机和没落。但是文学研究与批评，特别是研究，则向纵深发展，而且研究的领域与视野大大拓展。尤其是被人们嗤之以鼻的学院派，他们于无声处作着学科建设性的深入探讨。就连上世纪80年代末90年代初，以"后字派"雄称的批评家们，也从热闹的场所悄悄退出，开始了所谓的学问。也许人们的神经已经麻木，虽然还有一些"批判"的声音，但已经不能促使人们兴奋。人们都在自己的运行轨道上做着自己认为应该做或者说值得做的事情。而关注现实与深入历史，现实批判精神和回顾历史的温馨，则赢得了人们的一定认可。理论研究与探讨成果虽然也存在一些闹剧式的东西，比如学术上的剽窃，但从总体上来看，可能这一时期会给历史留下来一些东西。这可能是中国当代文学学术研究与学科建设走向成熟的开始。

陕西的文学创作与理论研究，与全国有相似之处，但也有自己的特点，更存在着许多令人忧虑之处。从总体上来看，笔者以为陕西的文学批评与研究不如创作那么让人欣慰。从上世纪80年代至今，文学创作还有《平凡的世界》《白鹿原》《废都》《西去的骑手》等作品已经或者将来有可能进入文学史，而文学批评与研究上，虽然问世了众多的作家或者理论研究著作，可有多少可以进入当代文学批评史呢？至今恐怕还没有出现像胡采等老一辈学人那样在中国当代文学批评史上占有重要地位的批评家吧？这不得不让人反思，这些年来，陕西的批评家们做了那么多的工作，可究竟有多少是值得我们引以为豪的呢？

关于陕西的文学批评，笔者在短文《理论建构：文学批评的基石——陕西当代文学批评扫描》中作了轮廓性的描述，在此强调的是，理论的建构，特别是前瞻性文学批评的理论建构，显得尤为重要。就此，畅广元、

李星、王仲生等应该说作了积极的探索努力，但与全国的文学批评与理论探索相比，总感觉还缺少些什么。笔者曾认真读了他们的一些研究文章，就理论的厚重度来讲，可以说已达到相当高的程度，可为什么就不能给人以心灵的更大震撼呢？这恐怕不能以不会包装自己或者炒作等自解，其间有着深层的原因。其一，缺乏理论的前瞻性；其二，缺乏预见性；其三，缺乏理论建构的完整性；其四，文化心态的固守性；其五，理论视野的狭隘性。在陕西这块土地上，存在着一种文化场，消解着批评家的批评精神和理论自觉意识。究其原因，恐怕与陕西的历史文化心理结构有关。我总觉得陕西的文化心态中含有更多的前现代文化因子。就文学批评而言，我们虽然也掌握了许多现代文化的名词术语，在某些方面也表现出现代的文化精神，但是，内在的文化心理结构中，前现代文化的基因却时时制约着我们，对真正的现代文化精神，表现出强烈的拒斥性。大度与大气是我们所共同缺少的。

创作上，"陕军东征"之后再也没有出现具有全国影响力的作品，可以进入文学史的作品更是难以确认。杨争光、叶广芩、红柯等，是我们的一点欣慰，但布不成阵，尤其是具有真正现代文化思想意识的创作更是难以寻找。在人们印象中，陕西似乎仍然生活在前现代的历史文化语境之中。而我们的作家则的确是在这一方面更显艺术特色和功力，现代文化意识似乎总与我们隔着一层。因此，不能不提出这样的观点：陕西的文学好像仍然生存于前现代文化语境之中。但笔者则更愿意以这样的语式表述：陕西文学正由前现代文化语境走向现代文化语境。在此，笔者真诚希望陕西的文学创作与文学研究批评，在21世纪能够与全国的创作与批评产生共振，进行现代文化语境下的对话。

原载《小说评论》2005年第4期

（收入本书时有增删）

心物交融　象生于意

——贾平凹文学意象生成论

  文学意象的创造是一个复杂的主客体双向交流的过程。作家或者受到外部世界的刺激而引起心理情感的反应，触发灵感，引发思考，经过想象与联想形成内心的心理图像，即心象。作家或者经过长期的对某种思想、观念的思考，偶然与外界思想碰撞，激出思维火花，寻求到艺术表现的内在形式；或者在顿悟中达到的心物交融的完形意象由模糊不定而清晰化；等等。但不管怎么讲，意象作为一种心物双向交融的产物，它有一个萌生——形成内在心象——外化表现完形的过程。

  贾平凹的文学创作，基本上是有感而发，也就是说，他的心灵世界，时时感应着社会时代的脉搏和现实生存境遇。社会时代生活的变革，为他的文学创作提供了一个思考的大背景。我们从他的创作实际可以看出，不论作品题材如何处理，所创造的文学意象如何具有历史文化意味，但总是与中国社会历史转型这个大的时代背景相联系。即使他于80年代生病住院期间创作的《太白山记》，虽然具体的意象是以意念为核心的，表面看，与现实生活相距较远，实质上，这正是这种历史转型期，所引起的当代人文化心理结构上的裂变和艺术上的变形表现。或者说，这些变形的文学意象正是作家心灵感应现实生存状态的折射。也正因为如此，贾平凹所创造的文学意象，总包含着社会时代、现实生存状态的内涵。

但是，贾平凹在进行心灵与世界的碰撞时，更注重的是主体精神的张扬。换一种角度看问题，就是他在与客观世界进行双向交流的过程中，更注重的是心灵对世界的感应，于感应中形成自己的意念，也就是形成了自己的思考。我们在读贾平凹的作品时常常有这种感觉：每部作品，都有一个核心意象，这个核心意象，则包含着一个核心的意念。从文学意象的创造来看，我以为，他是在进行心物交融的过程中，往往提炼出一些观念性的东西，这个观念性的东西，就是一种超越具体世界的形而上的理念。

贾平凹心灵上的感应，主要来自两个方面，一个是前文所说的社会时代；另一方面，则是他的具体的生存境遇以及他自身的生命本体的裂变。《太白山记》是一个非常典型的例子。80年代末那场病，使他进入别一种生命状态，形成了另一种思维状态，他常常处于虚幻与幻想之中。这是因为他生病之后，其生命运行与存在方式的变化引起了心理与情感上的变化。他从自身的生命体运行中，感应着带有普遍意义的人类生命生存状态。他把医院比作牢狱，但是他的精神却于形体的束缚中获得了更大的自由。"整日的独躺独想，起先以为是一种最残酷的刑罚，到后来便觉得有吸大烟的效果，因为夜里睡得安稳，现在不会迷糊，你想啥就来啥，睁着眼好像又在梦中，完全处于逍遥游了，所以便疑心庄子一定是患过大病躺过床的。"[1]虽然如此，生命本体的变化对他精神情感、心理意识的影响还是非常深刻的，这不仅使他对个人生命的认识有所改变，就是对人类生命的思考也发生了变化。这一点，在90年代的创作中有着明显的表现。

大家都清楚，《废都》是贾平凹生命情感裂变的产物，或者说是他生命情感的心路的艺术化表现。他作为一个具有浓厚传统文化基因的知识分子，面对社会时代的变化，面对传统文化与现代文化的剧烈碰撞，精神极度痛苦。正如庄之蝶等一样，在奋争中陷入痛苦，于痛苦中又进行着抗争。更为重要的是，笔者认为是他的家庭裂变造成了他生命情感上的裂变

---

[1] 贾平凹：《贾平凹文集》第1卷，陕西人民出版社，1998年，第148页。

及裂变中的痛苦。如果仅有社会时代,甚至他所处的社会生存环境上的苦难,还不足以使贾平凹陷入如此巨大的尴尬与痛苦的深渊。家庭上或者爱情上的裂变,最直接最深刻地造成他精神情感的痛苦。不要忘了,对于贾平凹来讲,爱情与写作是他生命中一个都不可缺少的两大支柱。也正因为如此,《废都》才成为他"生命运转时出现的破缺和破缺在运转中生命得以修复的过程"[①]。这些我们不仅可以从他这几年写的文字中得到印证,在孙见喜所写《鬼才贾平凹》一书的有关章节中也可以得到证实。举此例并不在于说明贾平凹生活之变故,而是在说明他的生命本体的感应,成为他文学创作过程中一个非常重要的法门。这一点在《怀念狼》中也有着明显的反映,就不再展开论述了。

社会时代、现实生存环境以及生命本体所引起的贾平凹精神心灵世界的反应,并不意味着他已经形成了意象。他在世界与其心灵的双向交流中形成完整意识,或者说他形成了自己的审美认识。这就是对社会时代、对宇宙自然生命主体的看法和观念,亦即我们所说的意。

这个意,一方面与对象世界相联结,是对对象世界一种形而上的抽象思考;另一方面又联结着贾平凹的整体精神建构,是他精神情感的形而上的意念化的表现。这也就是我们反复强调的,贾平凹的文学作品中都有一个核心的观念。不管这个核心观念在艺术结构的具体形态上是多么的复杂,多么的模糊,多么的多义交叉。当他进行艺术创造时则是以这个观念为统摄的,这时便选择一种象作为意的载体。有什么样的意,便有相对的象。根据意的表现需要而创造审美意象。在这里他的文学意象的创造正吻合了中国古代的"象生于意"。

他的《丑石》,是一篇富有哲理性的散文。这篇散文通过人们对一块石头前后看法的变化,表达了人才的价值不为世人所理解。这种思想是怎样产生的?它又是如何与石头连在一起的呢?贾平凹作了如是叙述:

[①] 贾平凹:《贾平凹文集》第14卷,陕西人民出版社,1998年,第318页。

事实就是这样：中华民族，是一个藏龙卧虎的民族，社会主义制度决定了中国这块土地的丰富和神秘。三中全会以来，人才的发掘和培养，得到了空前的重视，当我每日读着报纸上的人才的报导（道），身心处于一种激动之中。在这了不起的时代里，我接触到好多各方面的人才，了解他们，熟悉他们，向他们学习，同时深深懂得了人才成长的艰难性和发现人才的艰难性。有好多人才，遗撼（憾）地常常不被人们发觉和理解，反而遭到热讽冷刺，甚至打击迫害。但他们可贵的并不懊丧和沉沦，愈是忍受着寂寞和委屈，自强不息。对于这种情况，我虽想写写什么东西，但苦于没有一个好的角度。有一次听到一位朋友讲起某地发现陨石的事，立即触动了我儿时老家门前一块丑石的记忆，创作欲以此爆发了，连夜草成了这篇散文。[1]

　　作家的这段表述告诉我们，丑石的创作首先是有感于社会现实，是他在对社会现实生活的观察、体验中，形成了自己的认识即思想。其次，在他形成自己的认识看法后，所苦的是艺术对象化，即寻求一种与这种思想认识相结合的文学意象，而陨石既触发了他的灵魂——引爆创作欲，又唤醒了沉睡于他心里的记忆具象。这种记忆中具象的唤醒，便自然地与他的思想认识有机地融为一体，构成了一个审美意象，即心象。这个心象走向审美化，是源于作家自身的思想认识。如果没有这个"意"，那这个"象"可能沉睡，或者永远也不可能成为审美意象。只有当作家有了思想，才会产生意象的创造。

　　意与象融合，是一个复杂的心理过程。对象——心象——意象的形成，其心理结构及过程并不是单一的，而是交错进行的，反反复复的。贾平凹在谈他某部作品的构思酝酿过程时说过，这是一个相当长的阶段。常常是从动意到动笔，经过几年乃至更长时间，即使动笔之后，也常常是写

---

[1] 贾平凹：《平凹文论集》，青海人民出版社，1985年，第169页。

了几万乃至一二十万字，又推倒重来。这说明，他形成意或者由意到意象的创造，是多么地艰难，是一个复杂的过程。也就是说，意与象的结合，或者形而上的思想与形而下的具象的融合，是要经过多次的交融交汇才能完成的。

但这并不是完全无序的，不可把握的。我们研究贾平凹的作品，发现他的文学意象，是有规律性的，是有类型的。类型是心理图式的反映。换句话讲，贾平凹在心理上形成了多种意象图式。这些心理图式的基本结构形态，决定了他作品意象形成的模式。

从文学创作的一般规律而言，作家在创作作品时，首先是灵感触发，灵感触发后，引起心理反应，在心灵与客观世界的双向交流中，首先在心理上形成作品胚胎-心理模态，这也就是我们所讲的心象。对于贾平凹来说，他的文学创作，也是符合这一基本规律的。他的特异之处在于，由于他自20世纪80年代中期开始，致力于意象的创造，经过长期的艺术积累，于他的心理上已经形成了意象的心理模型，当他确定了作品的题意之后，这种心理的模型自然而然地便从潜在状态浮出意识的水面，与题意相融会，形成了文学意象。

就心理模态来讲，我以为贾平凹主要有这么几种：一是童年记忆模态，二是文化符号模态，三是潜意识梦幻模态，四是生命意念模态。这些心理模式在文学意象的创造中既相互区别又交相融化，经过复杂心理活动，在与外部世界的融合中，形成了具体作品的文学意象。

我这里所说的心理模态，是指作家在长期的文学创作中逐步形成的文学意象的心理模型，具有一定的结构性，但还不是非常清晰，或者说它一般是处于潜在状态的，也可以说是一种潜在的存在形式。正因为如此，第一，它具有模糊性；第二，它具有不确定性。模糊性决定了它在未成为具体作品中的意象之前，作家可能未意识到它的存在，或者说，它并不是以强烈的、清醒的意识呈现在作家的面前的，而是在作家灵感到来后，才浮出水面，供作家使用。不确定性，是讲它作为一种记忆存放在作家的心理结构之内，作为文学意象及内涵，并不确定，随着作家创作过程中思想情感结构形态的运动变化而组成不同的文学意象。这样它就又具有了第三个特点：创作过程中的随机性。这种心理图像以潜在的形式存放在作家的心理结构深层，它什么时候出现与作家之意相契合，具有随机性。它们就如作家库存的材料，什么时候出库，去向何处，作什么用，将成为什么建筑的部件，这都是由作家的具体创作情景而定。而作家对材料的选用也是在创作心理活动的支配下进行的。

就贾平凹来讲，在他的记忆中，有着童年的许多记忆性心理图像和意识。根据心理学研究成果，人这一生中，童年的记忆对人的心理活动有着非常重要的作用，乃至影响着人的一生。童年生活记忆积淀于人的心理结构之内，形成了许多"意象"的图景。对于一般人来说，它潜在地制约着人的思维方式和行为方式；对于作家来说，童年记忆则成为他进行文学创作的宝贵库存。有许多作家，童年经历成为他创作的题材，像高尔基、鲁迅等等。贾平凹的童年是在老家商洛丹凤棣花镇度过的，陕南山区的自然风光、民风民俗以及儿时的生活等等，都在他的思想上留下了许多美好的与痛苦的记忆。他在文学创作时，便自觉不自觉地调动起这部分库存，我们从《纺车声声》《故里》《"厦屋婆"悼文》《腊月·正月》等作品中都可以寻求到作家童年的记忆。就是从他90年代以后创作的作品中，我们也可窥探他童年的记忆，《五魁》《白郎》《美穴地》等作品，其间自然熔铸着作家90年代初期的生命情感，但是有关土匪——逛山的故事，恐怕在贾平凹的思想上，更基础的是童年的记忆。商洛山区历来是土匪很多的地区，代代流传下来许许多多这方面的故事，就形成了人们的一种心理记忆。《怀念狼》中有关狼这一文学意象的描述很多，我以为对狼的理解与描述等等，贾平凹恐怕更多地得益于他童年的记忆。这些心理记忆，便成为贾平凹意象创造的一个基础。它们在某一时刻与作家的思考相遇合，便形成意象。当然，这首先是一种心象。

我们之所以将文化符号模态作为贾平凹文学意象创造中的一种心理

模态，是因为贾平凹在中国文化中浸淫得太深了，他的心里存活着许多种文化心象。就文化意象的来源来说，贾平凹主要有两个途径。一个途径是他从自己的家乡以及其他地域的民风民俗生活体验中得到。这些存活于民间的俗文化，以具象化形态被人们演化着，在贾平凹的文化心理中形成积淀，并与之生命本体发生某种对应和交融，成为他文学意象创作的库存。另一个途径就是从中国古代文化典籍中获取，这些东西，自然是文化符号。贾平凹在解读这些文化符号时，一方面进行艺术的想象与幻想，另一方面则将其进行具象化的还原，并与他通过感性认知途径获取的文化生活形态进行对应，形成了他所特有的文化心理积淀，构成了他文化符号的心理模态。我们从贾平凹的作品可以随时拾取许多文化符号模态的文学意象，它们构成了贾平凹文学整体意象不可或缺的有机构成部分。

潜意识梦幻模态是比较复杂的，我们之所以在此也将它视为贾平凹的文学意象创造中的一种心理模态，是因为在他的文学作品中，有一种梦幻性的以虚化形态出现的文学意象。它们是从何而来的呢？贾平凹的心理结构和意识结构中，存在着一种超越现实与存在的东西，他自己讲常常进入一种非我状态。贾平凹从小就性格内向，常常一个人孤独地思索，将现实中不能实现的事情转化为梦境，于梦境的幻觉中得以实现。这种心理特征与习性，久而久之，便成为一种心理积淀。这样，他心理结构中存放的许多梦境、幻境，形成了一种心理模态。这种心理模态，在贾平凹的文学意象创造过程中起到潜在作用，使他自觉不自觉地总是创造一些虚化的意象。这种潜在的心理活动，在未进入文学创作状态时，则潜伏于意识之下；当进入创作状态时，不定在什么时候，便浮出意识的水面，由潜意识成为意识，与作家的思想相融合。当然，这种潜在的心理模态，与作家的生命体验及生命本体有着密切联系。现实生活、文化生活、符号化的文化积累、生命主体的变化等等，有一部分，以意识形态形式存放在作家的记忆之中，这些东西作家可随时使用，另外一部分，则以潜意识形态存在于作家的心理结构之中，它不是以清醒的记忆而存在。在作家进入创作时它们便潜在地制约着作家创造的思想，这些东西常常激发一些神速之笔。这也说明，作家的创作，是在清醒的意识和迷狂的潜意识下进行的。

意念是存在的。在贾平凹的文学创作中，以意念作为意象创造核心的作品并不多，主要是《太白山记》等少数作品。但是它们在贾平凹的文学意象创造中具有特殊的意义。意念是一种形式上的东西，它是人们抽象思想的结晶，也就是说，作家在进行创作时，必然对社会人生、生命自然进行思考，寻求其间的内在规律，形成自己观念性的东西，积淀于心理结构之中，便成为一种意念。意念在作家创作中发挥着重要作用，它构成了文学意象结构的一个中枢。当然意象还是在形象思维状态下创造出来的，但是形象思维并不排除也无法根除意念在其间的作用。对于贾平凹来说，不仅整体文学创作中，意念活动发挥着重要作用，更为重要的是，他的有些作品直接以意念为文学意象结构的核心，以意念来统摄规定着意象。《太白山记》中的作品，在文学意象的创造上，是以意念为结构核心的。每一个作品，都有一个意念化的东西，它活动于作品具体的叙述之中，渗透在意象结构的各个方面，又超于具体之外，规定、指示着意象组成的去向。这些可能是一种生命的意念，也可能是生活意念或作者对大自然的感觉所形成的意念。《怀念狼》我以为也是一种意念化的东西，这个作品虽然追求以实写虚，叙述上追求实而又实，但是，作品的整体建构是在作家哲学观念规定下进行的，作家的意念活动成为作品意象生成的方式与形态。换句话讲，狼、人、事以及自然界的其他东西成为表现作家意念及其活动的意象符号。

从文学创作的过程而言，作家所构建的文学意象，最终是要以文字符号的形式表现出来的。因此，文学意象生成的过程，也可以说是一个符号化的过程。美国著名哲学家、美学家苏珊·朗格在其《情感与形式》这部美学论著中说过这样一段话："根据所有内在证据来看，克罗齐的'理智'不过就是'推理'而已。我以为'形成并表达了'各种印象的、与直觉相一致的'有表现力的活动'（*Expressive Activity*）就是基本符号的创造过程。因为人类思维的基本符号就是各种意象，这些意象'意味'着它们从其中产生出来的过去印象，'意味'着所有表现了这形式的未来印象。这是符号活动的最低阶段，人类富有特征的精神活动，正是在这阶段开始的。人类的任何印象都不仅是来自外界的信号，同时，它也总是产生可能印象的一种意象，换言之，它也是一个象征了这种经验的一个符号。"[1]在此，首先一个问题是，对人及其活动的本质认识，是建立在卡西尔的观念基础之上的。关于人及其活动的本质认识，有着诸多的观点，比较流行的是，人能够制造并使用工具进行有目的的劳动，人具有创造和运用语言进行思维的能力，等等。卡西尔将符号的创造与使用，从文化哲学的角度运用于对人及其本质的阐释，人便成为"符号的动物"，这样，"符号化的思维和符号化的行为是人类生活中最富于代表性的特征"[2]。其次，人创造符号和使用符号分为低级阶段和高级阶段，而作家的审美意象创造则是符号高级阶段的创造。因为审美意象与一般意义符号，特别是人类处于生活层面的符号的使用，有着境界上的差别。审美意象是情感心灵化的意象，是一种美的境界。再次，作家的创作，其构思是将一般的符号经心灵化、情感化，使其成为审美化的符号，亦即审美意象的心理图式。而表达则是将其转化为语言文字符号系统，以语言文字的形式将审美意象外显化。这样，语言文字便成为审美意象的固定的物化表现形式。语言也就具有了双重的内涵，一个是一般语言学意义上的符号意义，一个是处于艺术的、审美层次上的意象化的符号意义。就此而言，审美意象的表达过程，也就是一个艺术符号化的过程。

作家的艺术创造感觉，往往是与理论家的理性认知相契合的。贾平凹对审美意象的感知，正好与苏珊·朗格的论述相吻合。他说："对符号学我有我的看法。譬如说《诗品》，特别是《易经》，就是真正的

---

[1] 苏珊·朗格：《情感与形式》，刘大基、傅志强、周发祥译，中国社会科学出版社，1986年，第436页。
[2] 恩斯特·卡西尔：《人论》，甘阳译，上海译文出版社，1985年，第34—35页。

符号学。《易经》谈到每一卦都有一个象,整个有一个意象。对于文章,严格地谈,人和物进入作品都是符号化的。通过象阐述一种非人物的东西。"[1]

贾平凹这段话,在阐述他对符号学的认知时,突出了这么几点:一是,艺术是一种符号化的过程;二是,一般生活中的符号是信号或者说是一种物化的符号,与文学艺术化的符号是有区别的,需要一个转化过程,生活物象才能成为艺术符号的审美意象;三是,象是一种符号,它向下连着具体的人与物,向上则通向哲学层面。而形而上与形而下的交汇则产生了文学艺术的意象。在此,他还无意中向人们提出了一个问题,这就是作为文学艺术作品载体的语言文字符号和作为文学艺术自身组构形态的符号之间的区别。一些论述,往往将这二者混为一谈。其实它们是既相联系又相区别的两种符号系统。作为审美意象层面的符号系统,自然是借助语言符号系统这一载体来完成的。但是,语言符号的所指意义系统,则构成了可以超越语言文字的审美意象,它是具有独立存在形态的。这也是我国古代文论与美论中所言"得象而忘言"的缘故。因此,我在此说审美意象表达的过程,是一个符号化的过程,绝不仅是在语言文字层面意义上谈论的。还有更为重要的一个层面,那就是作家在创作中,将审美意象的心理图式外化为显形的结构形态。画家的一幅画,绝对不能仅用线条、色彩等去阐释。关键是这些线条、色彩等所构成的图,图才有了意义,才能进入审美的、艺术的境界。也就是说,作家审美意象的创造,不是语言文字选择意象,而是意象选择语言文字,特定的审美意象的创造,需要特定的语言文字作为载体。

因此,在我看来,作家审美意象创造中,由心象转化为物象,其受制因素是多方面的。比如体裁的选择、文体模态的确定、审美心理定势的作用、结构形态、表达方式等等。这些东西既有其相对的稳定性,也有着不

---

[1] 贾平凹:《贾平凹文集》第14卷,陕西人民出版社,1998年,第364—365页。

确定性，作家在进行不同的文学作品创作时，它们都在发展变化。贾平凹的文学创作这一点表现得是非常典型的。他常常于几年间，集中某一类小说或散文创作，审美倾向、审美思维、艺术表达方式等方面，有着更多的共性。当他转向另一类或者说另一组文学作品创作时，其审美倾向、思维方式、表达方式等方面，就发生了变化。最典型的是80年代中期《古堡》等作品和90年代初《太白山记》《五魁》等生命意识系列小说，从文体到表达都有较大的差异，其意象的创造侧重点也是不尽相同的。它们形成了不同类型的意象结构形态。就叙事方式而言，《废都》之后，贾平凹则致力于生活漫流式的叙述方式的探寻，追求的是叙事结构的整体性、浑然性，消解情节，致力于琐碎生活细节的织缀。其审美意象的创造，自然也就发生了变化，局部意象与整体意象的建构及内涵的多义性，成为贾平凹的一个基本追求。虽然他在《怀念狼》后记中说"局部的意象已不为我看重了，而是直接将情节处理成意象"[①]，但事实上，他在90年代的文学创作中，于意象的多义性、浑然性的构建中，也形成了意象的整体性象征。用他的话讲，就是创造出囫囵的一座山脉。这说明，作家审美倾向等方面追求的变化，自然要带来其作品审美意象的变化。

不过，就贾平凹审美意象创造性转化过程而言，常常是构思相当长的时间，甚至在写作某一部作品时，其他作品的构思已经开始了。比如他在写作《高老庄》时，就开始构想《怀念狼》了。[②]从审美意象转化为语言文字的意象，总是要经过一种痛苦的艰难的选择。在笔者看来，选择的困难，不在于故事本身的构建，而在于表达方式的确认，亦即在于审美意象表现形态的确认，采取怎样的叙事结构与叙事方式。意象表达方式的本质特征在于象征与隐喻，但怎样去象征或隐喻，恐怕是他常常要费心思去思考的。当然其审美意象的内涵也在不断地丰富与发展。

研究贾平凹创作过程的最大困难在于原始资料的短缺。截至目前，

---

① 贾平凹：《怀念狼》，作家出版社，2000年，第270页。
② 同上。

贾平凹还未将其作品创作的初稿、修改稿等公之于世，我们所见到的是最终的定稿。如果将初稿、修改稿与定稿作一比较分析，恐怕就会更清楚地探析出他审美意象转化过程的心路。虽然我们没有看到初稿、修改稿，但从作品的落款时间可以肯定，贾平凹的文学创作，绝大多数情况是，先拉出初稿，然后再修改誊写，有的作品还经过好几次的修改才定稿。

在文学创作上，贾平凹对表达方式的重视与对语言的重视是相同的，而更为重要的是作品的整体建构和内在审美气韵。意象的创造是与作品的整体建构、内在审美气韵等联结在一起的。贾平凹于20世纪80年代几乎是在拼命地阅读中国古典文化与文学艺术方面的著作。给他印象最深的，恐怕不仅仅是文学，还有艺术，包括书法、绘画、雕刻、戏曲等。在谈到中国古典文学艺术对自己的影响时，有两件事给人以深刻的印象，一个是他在霍去病墓前所看到的汉雕卧虎。为此他还写过一篇《卧虎说》谈了自己的感受。对他心灵产生震撼的不是石材与细部，而是其整体，是那"拙厚，古朴，旷远"的韵味，是其间所蕴含的"重精神，重情感，重整体，重气韵，具体而单一，抽象而丰富"[1]的艺术精神与表达方式。另一个便是他从不同层面所谈到的文学意象问题，其中对他影响较深的恐怕是《周易》。这对他形成自己的文学观念有着重要启迪。这些都说明，他于文学意象的创造上，更为重视整体性，形而下与形而上的交汇等是其意象构造上最为基本的东西。那他在具体表达的过程中，自然首先考虑这些问题。

他的作品常给人以空灵感，他也常说创作是为了自娱和娱人。但实际上，他也经过了非常痛苦的构思、写作过程。而且，贾平凹审美意象转化中，人、事、物及其关系构建，表达方式、叙事模式与方式，等等，都是他必须考虑的问题。从他为每部作品写的序和后记中也可以看出，他最初

---

[1] 贾平凹：《平凹文论集》，青海人民出版社，1985年，第69—70页。

的审美意象构思与最终完稿的情景，还是有一定差异的。《废都》中的庄之蝶，开始构思时是想让他出走海南，后又想让他命毕于车站，但最终结果是留下一个悬念，得脑出血于车站。如果再将中篇《废都》与长篇《废都》作以比较就更能发现，其意象转化在诸多方面的变化。最少说明，"废都"作为一种审美意象，在中篇《废都》时期已经形成，其叙事方式、表达方式等诸多方面，二者之间有着某种内在联系，甚至可以说有着相似性。

自然，表达作为一种审美意象外化的过程，其内在心理是极为复杂的。当作家以语言文字形式将审美意象定型时，作家的主体精神、思想情感也寓于其中了，并成为物化形态审美意象的有机构成要素。

原载《小说评论》2004年第2期

（收入本书时有增删）

执著的追求：对于人的求证及其叙述

——冯积岐论

这是一个公式，这个公式可以用两种句式表述：一是人等于什么，二是什么等于人。前一种表述意在说明，人是什么，亦即人应该怎样生存；后一种表述是说，什么是人，亦即人在怎样的生存状态下才算是人。二者的区别是明显的。人等于什么，或者人应该是什么，言者在言说时往往已经预设了一种人的定义、规范等，告诉你应该怎样生存，不应该怎样生存，什么是合理的，什么是不合理的，等等。这是一种从上向下、由抽象到具体的思维方式，这种思维方式背后潜含的是言者对人的清醒认识。什么等于人，或者什么样的生存才算是人，这是一种从下向上、由具体到抽象的思维方式。究竟什么是人，言者应该说并没有一种事先预设的统一的定义、规范，言者与听者一样，也在探索、叩问，在追寻答案的路途上。这就是笔者阅读冯积岐已经出版的散文集《人的证明》、小说集《小说三十篇》《我的农民父亲和母亲》、长篇小说《沉默的季节》后，所引起的思考。冯积岐似乎用他的整个文学创作，在求证着什么是人，在叙说着人的生存状态，探悉着人的生命情感历程。这显然带有他自己人生历程中个体的生命体验痕迹，但这种个体化的生命体验之中，亦包含着一个人类存在的大主题。坦率地说，对人类存在这一主题的探寻，冯积岐仍在进行。

基于对冯积岐文学创作的上述基本感知，本文将以什么是人与人是什么为思维的逻辑基点，从中国当代文学文化语境与历史境遇角度，对冯积岐的文学创作加以考察。

一、人的探寻

对人的求证或者探索，不仅是文学创作领域一个古老的话题，也是哲学、社会学、文化学等学科探讨的一个永恒课题。就自然科学而言，不论科学的理论或者技术的发明创造，也都具有人性化的内涵。科学技术人性化，并非近年来人们才提出，实际上从科学技术诞生之日起，它就已经存在了。人所划分的人文社会科学和自然科学两大科学领域，只不过是从不同的视野对人、自然和人与自然关系所作的探索与阐释。就人的生存而言，一个重要问题是，怎样的生存样态才是合理的，或者说，什么样的生活、什么样的生存状态才是人的合理存在。这中间自然有着巨大的思维空间需要我们去描绘各式各样的图本模态。就文学而言，恐怕主要是以艺术的创造去建构人的图本模态。

人的呼唤与觉醒，是20世纪中国文学创作及发展历史上一个基本主题。新文学的建立，就是从对人的呼唤与探寻开始的。是对人的呼唤、探寻、觉醒、确认与张扬，还是对人的漠视、压抑、践踏、蹂躏最终造成人的失落，这已成为评价20世纪文学创作及发展的一个极为重要的价值参照坐标。中国20世纪文学发展历史上出现的几个鼎盛时期，如"五四"文学、30年代文学，以及八九十年代的文学等，人及人性得以充分张扬。特别是"五四"时期和"新时期"，是20世纪两次人的解放，人及人性在这两个时期的文学创作上得到了充分的肯定与确认。当然，20世纪的中国文学中，也出现过人的失落，人及人性被无以复加地践踏，特别是六七十年代，是中国20世纪文学史上最为暗淡的时期，所谓的"红色经典"将人简化抽象为观念符号，抹杀了人及人性的丰富性和实在性，人沦为阶级斗争的机器。所以，人及人性的呼唤与复归、探寻与确认，就成为"新时期"文学创作的一个基本主题。20世纪90年代后，出现了又一次人的迷失与失落，文学创作的价值观念发生了极大的变化，再次造成人于文学艺术创作上的变异或者迷失。因此，对人的呼唤与探寻，仍是21世纪文学创作上一个不容忽视的问题。

冯积岐作为20世纪80年代步入当代文坛的一位陕西作家，一直致力于对人的呼唤与探寻，用自己数百万字的文学作品，执著地表现着人，开掘着人性的内涵，描绘着人的生存状态，揭示出非常态情境下人的压抑、抗争，追寻着人的尊严、价值和意义，表现的是一种从自身确认出发进而对中国20世纪六七十年代非人化历史文化语境下的人进行反思与批判的人文精神。正是在这里，他的文学创作自觉不自觉地与中国20世纪人的文学相交汇，并以执著的精神，抗争着世俗对文学艺术精神的侵蚀，以保存人的尊严与独立。他对人的探寻与开掘，是从对人的非人化生存状态的否定开始的。他的作品，在对人被随意蹂躏、人性被任意践踏的展示与批判中，隐含的是对人的尊严、生存及权利，人的良知、品格、情感等的呼唤。

作家的文学创作，常常是与自己的人生历程和生命运行紧密相连的。由此来观察冯积岐的文学创作，就不难理解为什么在他的笔下，最富有生命活力和艺术创造性的人和事，是生活于中国西部乡村的农民，是西部乡村的生活图景。冯积岐出身于乡村，乡村的人和事曾经是他生命的建构形态。更为重要的是，在20世纪50—70年代，也就是说，在他来到这个世界之后，就被打入了社会的另册。他是在一种被剥离于社会之外的状态下存在着。特别是六七十年代，他过着比别人更为非人化的生活。佛罗姆提出的一个命题是：占有还是生存。冯积岐就经历了被占有而非真正意义上的生存。这在他的生命情感上，造成了一个生命的郁结，这个郁结规约着他的生命运行轨迹。当他以文学创作的方式来实现自己的人生价值，并以此作为他基本的生存图本模态时，这个生命的郁结，就自然而然地熔铸于他所创造的文学艺术世界之中。正如他本人一样，他是在与这个社会的抗争中，一步一步从社会的最底层挣扎出来的，是在与自己的人生命运、生命情感的剥离与超越中，得以实现文化人格建构与自我价值确认的。因此，他笔下的人物，几乎都是在和社会与自己的抗争与超越中，探寻与叩问着这样一个问题：什么是人？什么样的生存状态才是人应有的生存状态？什么样的生存方式才是人应有的生存方式？因而，不论是曾经失明的唢呐王三、祖母、农民父亲母亲，还是作品中隐含的或者显形的"我"，都在以不同的方式说着一句话——"我是人"，用自己的人生历程证明着"我是人"。

散文《人的证明》，记写的是祖母孤独而悲剧的人生。人与人之间是有差异的，比如人的能力、地位、对社会的贡献等，毫无疑问是有区别的，而人的尊严、人生存的权利以及人的情感等，应当是平等的。但是，由于人为的原因，人往往被分成了不同的等级，分成了尊卑贵贱，人与人之间形成了一种互不相容的关系，一部分人总想无偿地占有另一部分人的生存权利，将其置于非人的境地。祖母就是被强行从正常社会人群中剔除出来，失去了作为人的权利。文章中的一个细节是震撼人心的："文革"中，祖母从一个纸包中，拿出一片纸，是1953年第一次全国人口普查时发给她的选民证，以此来证明她是一个中国公民。问题是，祖母虽然仍在人的行列，却被打入另册，成为被任意践踏和蹂躏的另类人。小说《我们在山里活人》中，粮子老汉、云云、云云的母亲，特别是"我"，生活在另外一种社会空间。"我"作为"黑五类"的后代——"狗崽子"，也只有在这个名为桃花塬的与外界隔绝的地方，才感觉到自己是一个人。

很显然，《我的农民父亲和母亲》中的父亲与母亲的生活，不是一种合理的生活。作者在这部小说中，倾注了他深厚而沉重的生命情感，他在为父亲和母亲的人生命运与生存状态疾声呼号，控诉与抗争。父亲被畸形的社会生存环境所挤压，其生命状态发生了变异，他内心的愤懑、自我的失落、情感的郁结，以及对社会与现实的抗争，等等，都以一种变异的方式，发泄在比他命运更为悲惨的母亲身上。我们在这部作品中，似乎可以听到作者在大声疾呼：父亲母亲他们也是人呐，他们为什么被迫如此生活着？人应该是有血有肉的，更应该有自己的尊严。但是，父亲母亲却在那种生存环境中，失去了自己做人的尊严，或者说失去了作为正常人的资格。在20世纪六七十年代的中国，父亲母亲将人还原为生存本能存在，他们根本没有更高的需求，只是为了活着而活着。本能似的生存方式，也就成为他们别无选择的选择。正因为如此，父亲母亲承担了更多的苦难与煎熬，与其说他们是在过日子，不如说他们是在熬日子。恰恰在这里，冯积岐显示出与余华《活着》中父亲的相似之处，但是又与之有区别。比较而言，余华的《活着》更为突出的是父亲在经历了人生从浮华到落魄，亲人相继失去后，对人生的一种彻悟，冯积岐则更强调的是，父亲母亲在苦熬日子的历程中，支撑着人生，也支撑着社会。在《我的农民父亲和母亲》中，作者对人——父亲母亲倾注了浓烈的生命情感，而非理智抽象的阐释。当我们阅读冯积岐的时候，得到的是对他笔下人物及其生活状态的否定，而对人究竟应该怎样生存，或者说怎样的生存状态才是合理的，并没有做出更多的、更为清晰的回答。

短篇小说《曾经失明过的唢呐王三》、长篇小说《沉默的季节》，标志着冯积岐对人及人性探索的突破，特别是后者。《曾经失明过的唢呐王三》对于冯积岐的文学创作来讲，其价值和意义在于：它对人的探索与思考，在相当的程度上超越了个人化的生命情感，从人自身及更大的社会人生、历史文化语境下思考人的价值和生存的意义，人从外在的存在走向了本体的存在。长篇小说《沉默的季节》具有作者对他此前关于人的思考进行总结的意义。毫无疑问，这部作品中仍然具有作者自己人生历程的影子。在这里，作者不仅承续了以前创作中的基本特色，致力于处于逆境中人及人性、人的生存状态等方面的揭示与反思批判，极力状写了人生的苦难、沉重与悲痛，而且进一步对人及人性作了深化思考，这就是对人及其灵魂的救赎，虽然这种救赎还是那么朦胧与软弱。特别是其间渗透着一种忏悔意识，一种罪恶感。这自然还不是西方意义上的宗教意识，冯积岐也没有走向宗教精神的皈依。主人公周雨言，比此前同类人物要丰富深厚许多。在周雨言身上，不仅仅存在着愤懑、抗争以及人格的某种扭曲等，更为重要的是，周雨言也在审视自己，剖析自己的灵魂，忏悔自己的自卑、懦弱、仇恨及其报复心理和在这种心理支配下的罪恶意识与行径等。难能可贵的是，在他的身上有着一种宽恕精神。周雨言已经不再只纠缠于自身的苦难，而是从人、人性、人的生存状态以及由此而生的种种精神向度，进行更深一步的思考。六指队长、宁巧仙们的生活方式是不可取的，周雨言的兄长周雨人式的生活方式也是不可取的。那么，怎样的生活方式才是可取的，或者说人应当采取怎样的生活方式？这是作者在这部作品中探寻的一个基本问题。很显然，周雨言没有寻到答案，他的出走，可能预示着对新的生存方式的更高层次的追寻。

二、对人的叙述

对叙事艺术的探索，冯积岐可以说是取得了相当的成功，这一点也往往得到人们的赞许，他本人也很看重这一点。那么，冯积岐在叙事艺术上到底做了哪些探索？他又能为当代文学提供些什么？

笔者在对冯积岐的文学创作进行阅读时，最为强烈的感觉是人始终处于他整个文学艺术建构的核心地位。与其说他是在叙述故事，不如说他是在叙述人及人的建构过程。社会、现实、历史等固然在他的作品中均有着较为深刻的反映，但是，这些仅仅是人及其建构过程中的一种语境，其核心是人自身。而且在建构人的叙事过程中，苦难是这个叙事建构框架的一个基本纽结。因此，冯积岐的叙事模式可以称作人生苦难模式。

人生苦难叙事模式，并不是冯积岐的发明，也不是今天才有的，在古今中外的文学作品中很多。就中国20世纪文学来看，鲁迅、老舍、曹禺等文学大家，他们的作品中就隐含着一种深厚的苦难叙述模态。80年代如王蒙等右派作家，也是以生命苦难建构与化释作为艺术建构的一个纽结。或者说，王蒙们在20世纪的文学建构中，最好的作品是那些以他们的右派生活体验为艺术建构核心的作品。这正如王蒙们的生命运行在1957年发生了一次根本性的转化，其生命情感在这里形成了一个郁结，一生都难以将这个郁结彻底地化解开。冯积岐的生命情感在"文革"时期，也形成了一个郁结，这个郁结不仅改变着他的人生命运，更改变着他的思想情感、思维方式、人生态度以及世界观等。冯积岐艺术建构上的特异性与成功，无不与他这种个体化的人生苦难情结紧密相连。不论是叙述祖辈、父辈的故事，还是叙述他这一辈的人生历程，都是紧紧扣着人生苦难这个生命情感的纽结来建构自己的艺术叙事模态的。在这种人生苦难的艺术建构过程中，融入了作者对人的思考与剖析。当然，在不同的作品中，具体叙述的情节结构有所不同，人物的人生命运也各有所异。但是，几乎所有的人物都成为人生苦难的承担者，他们都经历着一种人生的炼狱。从叙事结构来看，一方面社会作为外部结构形态，为人物提供的是一种炼狱场，政治风云、阶级斗争便是这个炼狱场的机器，造反派、"革命者"则是这架机器的操纵者和构成部件。冯积岐以不同的具体叙事结构展示着这架机器运转的过程。另一方面，则是人物自身的炼狱，祖母、父亲、周雨言等在被抛入炼狱场之后，也经历着自身的人生磨炼。特别是周雨言们在经历种种生命情感苦难时，进行着自我精神上的苦斗，寻求着人的生存价值和意义。可以说这一双重的叙事建构便成为冯积岐叙事的基本模态。从纵向发展来看，人物自身精神上的抗争与突围，越到后来越是明显。

最为人们称道的恐怕是冯积岐叙事艺术上的另一特征，这就是对主观感觉的独特叙述。毫无疑问，冯积岐的文学创作，带有强烈的自叙性色彩。我们自然不能简单地将祖母祖父、父亲母亲、岳父岳母，以及周雨言等人物和作者的生活相连接，更不能将他们对号入座。但是，作者笔下的这些人物的思想情感等的确与作者的思想情感存在着内在的联系，至少可以说这是作者精神情感的对象化表现。即便如此，我们可以毫不夸张地说，冯积岐的人生感受是独特而奇异的，是个人化的。这就决定了冯积岐的叙述具有强烈的主观性。我们在阅读中能够强烈地感受到作者对叙事的积极参与，在相当程度上进行着自己的情感与思考，不仅仅是主导，可以说是强有力地干预着叙事者的叙述。他常常站在叙述的前台，规定着叙事者的言说。作者的思想与情感始终笼罩着作品的叙述，甚至作者自己成为叙述者。

而且，冯积岐更为看重的是人的主观生命体验和感受。坦率地讲，不论是以常态时空逻辑为序的叙述建构，还是采取一种解构式的时空逻辑叙述结构，外在的故事情节结构在他的艺术叙事建构中似乎并不占主导地位，处于叙事主导地位的是人物内在心理、精神情感。正因为如此，作者常常采用内心独白、心理分析、意识流动、象征、变异等叙述手法，将人的内心情感世界剖开来进行展示，而这一切似乎又统一在心理感觉之中。因此，笔者更愿以感觉式叙述来对冯积岐的叙述方式加以概括。在此，笔者并不否认冯积岐对象征主义、意象主义、魔幻主义、心理分析等文学流派在叙事艺术方面的吸收借鉴，而且认为这些极大地丰富了他的叙述，并成为其叙述艺术创造的重要因素。但是从叙事建构模态来看，感觉则是处于一种统摄地位。就此而言，将冯积岐称作感觉主义者或许是适当的。

这一方面，在冯积岐的叙述语言上表现得尤为突出。在他的作品中，随时都能够见到对人物奇特感觉的叙述。这种感觉之中，蕴含的是一种于特定时代、特定人生境遇下的生命情感体验。可能是由于人被压抑到极点，人性被极大限度地扭曲，造成了人对世界感觉的变形。比如幻觉就在他的长篇小说《沉默的季节》中不断地出现。也许是过于残酷的现实，让人难以承受，人就只好进入自己的梦幻世界。比如这部作品关于语录塔上所画的红太阳的叙述。周雨言总是感觉哥哥周雨人画的太阳是扁的，可他将扁太阳怎么也改不圆，而且越改越扁。这部作品叙述了周雨言变异的感觉、幻觉等，使作品具有一种朦胧的幻境之美。

叙述语言上的感觉特征可以这么归结：抽象的具象化感觉、客观事物的主观化感觉、正常的变异化感觉、冷峻化感觉和硬涩化感觉。抽象的具象化感觉是指作者在叙述的过程中，将一些抽象的概念词语用具象化的词语加以叙述，这种叙述又是融会在人物的感觉之中的。更多的是感觉的变形，进入作者叙述感觉的语言表现出冷峻、硬涩的特征。《杂姓》开头叙述黑夜："天黑得像冻实了的土疙瘩""星星被淡漠的云纠缠着"。又如"上官嘴里吐出来的话像麦面糨糊一样"。《手》中的黑夜"像狗一样蹲在敞窑里的角角落落"。《我的农民父亲母亲》中有这样的叙述句子，"田野上空旷着寂静着难堪着""一辆十分艰涩的架子车""地平线的边沿上挂着一个很伤感的村子"等。

在叙事人称、叙事视角上，冯积岐做了积极的探索。阅读他的作品就会发现，在叙述人称选择上，他常常采用第一人称，如《我的农民父亲母亲》《我的岳母和两个岳父》《我们在山里活人》《露水草》等。《露水草》则将人物、叙述者和作者交织建构在一起，来共同完成故事的叙述。当然，作者也常常采用人称变换的叙述方式，即第一人称、第二人称与第三人称交替变换使用，最典型的就是长篇小说《沉默的季节》。与此相联系的是叙述视觉的变换。一般说来采用观察视角，即有一个故事的叙述者在向人们讲述故事，如《我的农民父亲母亲》就由"我"来承担故事的叙述。有趣的是，在叙述的过程中，"我"经常参与到故事之中，与其说是在叙述别人的故事，不如说是在叙述"我"所感知到的故事；与其说是在客观地叙事，不如说是在剖析"我"的内心情感世界，并由此将作品叙事与作家的精神情感世界相融合。也正是在这里，我们感觉到冯积岐的叙述走向了主观叙述，因为作品的内在叙事结构即作家的精神情感结构。

叙事视角的变换或者建构，在冯积岐这里是与他对人的感知与认识紧密结合的，是与他所建构的人生状态相一致的。因此，作品叙事视角的背后隐含的是作家的生命情感体验，也是他生命情感建构的叙述模态的外化。也就是说，作家特殊的人生经历和精神情感结构，决定了他在文学创作上叙事视角的选择。当然，我们并不否认作家对他人文学叙事方式、叙事视角等方面的吸收借鉴。问题的关键是，作家将他人的叙事方式、叙事视角等进行吸收后，与自己的生命体验相融合，形成了自己具有相当独特性的叙事方式、叙事视角。这一点是应当给予充分肯定的。

三、困惑与突围

不论就对人的探寻而言，还是从艺术探索来看，笔者认为冯积岐都处于困惑与突围之中。对作家文学创作艺术价值的判断，不能以个人的情感或者喜好为尺度，而应该从现时代所达到的思想高度和文学发展历史的角度审视作家对象。就此而言，笔者认为冯积岐的文学创作，并未达到与鲁迅等中国20世纪文学大家相提并论的高度，甚至与目前的张炜、陈忠实、贾平凹等也难以比肩。但是，他的确具有自己在艺术创造上的特异之处。特别是从长篇小说《沉默的季节》中，我们可以看到作家艺术创作上的突围，试图对自己进行一次新的超越。与目前充斥文坛的众多作品相比，冯积岐的文学创作，无疑属于严肃而具有独特个性的一类。但必须看到，冯积岐的文学创作，要达到更高的艺术境界，就必须突破自己已有的艺术局限，走向更为广阔的天地。冯积岐正处于困惑的突围之中。

困惑之一是，冯积岐必须面对自己，面对自己由于"文革"那一段历史所形成的生命情感郁结。冯积岐对自己的父老乡亲、对农民，特别是对自己的生命体验，有着特殊的情感与挚爱，这是非常可贵的。但是，如果他不能从这种生命情感的郁结中解脱出来，自己的文学创作就难以迈向一个更高的精神与艺术的境界。对于文学创作来说，作家的个体生命情感体验无疑是非常重要的，如果没有独特的个人生命情感体验，要创作出具有个性化的文学作品几乎是不可能的。但问题是，作家的个体生命情感体验，在进入文学作品的艺术建构时，必须进行超越，将个体的生命情感体验融会到国家、民族，乃至人类的生命情感之中，使其具有一种人类历史文化精神和生命情感的内涵。一个作家如果不能超越自己个人的人生经历及其所造成的生命情感郁结，是无法达到更为博大的艺术境界的。我们甚至认为，冯积岐的文学创作，极大地得益于他那特殊的人生经历和个体化的生命情感体验，并因此为人们创作出了具有个性化的文学艺术作品。但是，我们还必须看到，也正是他的这种人生经历和生命情感体验，成为他向更高艺术境界迈进的障碍。这不仅是冯积岐，就是如王蒙、张贤亮等作家，其创作之所以不能达到更高的境界，与他们的人生经历等所造成的生命情感郁结未能得以完全的化释，也有着密切关系。近20年的右派生活经历及人生积淀、生命情感体验，成就了王蒙等一代作家，但也制约了他们，甚至摧毁着这一代作家，因为他们始终未能彻底跳出这一梦魇般的人生境地。因此，冯积岐就此应该作更为深入的反省，由对具体的、个体的人的追问与反思，进入超越个人乃至国家民族后，对人自身的反思与叩问，对人的历史与文化等价值终极意义的反思与叩问。雨果的《悲惨世界》，列夫·托尔斯泰的《安娜·卡列尼娜》《复活》，屈原的《离骚》，曹雪芹的《红楼梦》，直至鲁迅的作品，等等，给人的心灵震撼是巨大的。在这些文学大师的笔下，几乎看不到人间的喜剧，人生的苦难与悲剧被揭示得淋漓尽致，但是，你却从中能够感到一种力量，一种超越了个人苦难的精神。当然，冯积岐已经开始了他的突围与超越，但是，生命情感的一些困惑仍需做进一步的思考。

困惑之二是，面对文学艺术市场化、愉悦化，自己所坚持的纯文学艺术创作面临着生存的挑战，冯积岐不可避免地陷入困惑之中。可能是冯积岐特殊经历的缘故，对文学市场化所带来的冲击，他的反应比其他作家似乎慢了半拍。早在20世纪80年代中期，第一次经商浪潮袭来时，包括韩少功在内的一大批作家，都纷纷投入其中，作家们都在经历着一次洗礼。如今，可以说在经历了市场经济冲击之后，大家已趋于平静，各自在这个市场经济的文化语境中，找到了自己的位置，已不再被市场经济这个"怪物"所困惑。现实世界永远是一个泥潭，任谁也无法将它搞得清清如水，关键是自己要确定好自己的位置，建构起自己的精神世界。这里有一个人生价值和艺术价值取向问题。不可否认，现在的确有一批作家玩文学玩得非常好，把文学当作一种求生的手段、生活的方式。但是，文学的历史最终将目光投向的是那些具有开创性意义的艺术建构，而不会将目光停留在浮华的艺术泡沫之上。虽然也有像木子美这样的准文学作家可以风靡一时，但很快就过去了。还有一些所谓的关注现实的作品，也可以激动人心，但也是不可能进入文学史的。因为这些所谓的文学创作过于追求功利目的，功利的屏障已经遮住了他们的视野，他们只能看到眼前的一片天地，更大的世界，难以入他们的眼，艺术建构也就难以具有更大的精神境界。虽有一些评论家趋炎附势，但更多的评论家还是首先将目光投向具有文学史价值的作家作品。大众看重的是满足自己情感愉悦需求的作品，是一种实效的轰动效应，但大众也出现了分化。在这个需求多元化的审美情境下，任何一种文学艺术也不可能满足所有的读者需求。经典性创作和市场化的制作，这二者可能相遇合，但更可能相背驰。文学艺术更需要精神的坚守者。

困惑之三是，冯积岐在人的思考与非常现代的艺术表现方式上的叙事探索，是否达到了完美的艺术境界。在笔者看来，现代的艺术表现方式是与现代的艺术精神相一致的。20世纪初在西方世界出现现代主义的文学创作和艺术创作，根本在于包括两次世界大战在内的非理性欲望膨胀，毁灭着人们建构起来的理性价值世界，将人推向了绝望的境地，人们不得不重新反思自己。卡夫卡也好，毕加索、凡·高也罢，他们的艺术建构，完全是他们生命精神的对象化显现。乔伊斯、马尔克斯等，哪一个不是生命情感诉求和文化精神建构促成了他们艺术表现形式上的革新呢？不具备现代精神的作家是创作不出真正意义上的现代派文学作品的。中国当代文学中的所谓现代派创作，不论其在艺术表现形式上怎样花样翻新，但在骨子里总给人一种"隔"的感觉，这就更谈不上后现代主义了。中国连现代的问题都没有解决，哪里谈得上后现代？所谓的后现代主义者，只不过是一种自恋式的模仿而已。就此而言，冯积岐的精神建构是以他的人生体验为基础的，这种精神建构带有更多的传统印记，因而他还没有将其精神建构与其艺术表现方式完美地融为一体。也就是说他还没有达到运用自如的境界，仍然留有刻意追求的痕迹。根本问题是冯积岐还不具备真正意义上的现代文化精神。这不是他一人的问题，在中国当代文学中，包括王蒙等人在艺术创造上，都存在着刻意追求或者有意而为的痕迹。

原载《唐都学刊》2004年第4期

生活叙事与现实还原

——关于贾平凹长篇新作《秦腔》的几点思考

对贾平凹文学的创作,我曾经作过三个判断。

第一,从总体看,贾平凹属于主体精神表现型作家。这类作家进行文学创作,所注重的不是外在世界的刻绘,而是内在主体精神的表现。外在世界只是他主体精神的一种对象化的象征物,因此,他追求的不是形似,而是神似。虽然他也描写了许多非常真实的细节,但这些细节只是他主体精神的一种载体,其意义则往往在这些细节的背后。因此,现实主义等理论尺度不适合他,比如俄罗斯批判现实主义。而我们却更看重的是贾平凹所描绘的形而下的现象世界,而忽视了他形而上的精神世界,因而,对他的评论常发生与创作实际上的错位。

第二,艺术上他追求的是意象的建构,属意象主义。我在论述贾平凹的文学艺术创造的时候,特别强调他在《浮躁》序言中的一段话对正确理解他文学创作的提示作用。(在我看来,文学批评,首先要了解作家的创作意图及实际情况,在此基础上去谈其成败优劣,而不能先入为主地用自己的思想去框套。)他说:"我欣赏这样一段话:艺术家最高的目标在于表现他对人间宇宙的感应,发掘最动人的情趣,在存在之上建构他的意象世界。"[1]我始终认为这是把握贾平凹整个文学创作艺术追求的一个纲。

---

[1] 贾平凹:《静虚村散叶》,陕西人民教育出版社,1990年,第4页。

贾平凹文学创作区别于中国当代作家的特异之处就在于，在存在之上所建构起来的审美意象世界。贾平凹意象世界建构的艺术创作模式，突破了"五四"以来所形成的以现实主义与浪漫主义为主体的艺术建构方式，也与西方现代文学思想观念相区别。他是实现着跨越"五四"以来几十年的文学传统与中国古典文学艺术在精神上的对接，但绝对不是古典艺术的复制，而是在新的文学艺术背景之下的一种中国文学的救赎，是要走出一条建立在本民族文学艺术美学思想基础之上的、在中西比较中建立起新的中国文学艺术精神的发展道路。正是从这种意义上，我们应该给予其最充分的肯定。可以说，贾平凹意象建构创作艺术模式的自我确认，不仅仅只有个人创作的意义，而具有中国文学发展的整体意义，因为他确认的不仅仅是个体的自我，更是中国文学艺术生命的自我。贾平凹以自己的创作实践证明，中国古典文学艺术传统可继承、借鉴的并非仅仅是表现方法、描写方式等或者抒情性、意境等。在新的历史文化语境和文学语境下，中国古典文学艺术，从精神到思维方式、表现方式乃至哲学思想、文学观念等仍然可以得到再生。他所探寻到的意象建构创作模式，提供了一种现代艺术与传统艺术对接的思路。

　　第三，他是中国当代最坦诚、最具叛逆性、最有探索精神、最有争议的一位作家。我总觉得，贾平凹的文学创作自20世纪90年代后便被主流创作所排斥，处于边缘地带。其实，我们从《土门》《高老庄》《怀念狼》，还有现在的《秦腔》，可以看到，贾平凹在做着向主流创作靠拢的努力，但总是吃力不讨好。不是他于理性上想背离主流意识形态，而是他的艺术特质决定了他的创作只能如此。他总要给人们出一些难题，因此，批评或者争议，就成为不可避免的事情。

　　到目前为止，贾平凹已经创作了十多部长篇小说，在我看来，最具文学艺术冲击力的有两部，一部是《废都》，再一部就是《秦腔》。对《秦腔》，我有如下的基本判断：这是贾平凹《废都》之后最好的一部作品；是1949年以来中国文学创作上一部不可多得的上乘精品——可以进入经典作品行列的作品；是可以写入现当代文学史的一部作品；更是给我们提出了几个难以回答的问题的作品；是将从事文学研究的人置于非常尴尬境地的作品——提出了一些现有理论无法阐释的问题。

贾平凹的文学创作，我总觉得有点反传统小说的味道。《秦腔》向我们提出的第一个问题是：长篇小说是否可以不用结构支撑作品的基本情节，而用漫流式的细节连缀，把作品支撑起来？这就像用砖或石头去箍窑洞，一块一块的砖，借着黏合力的作用，形成了个拱形，不需要墙的支撑，也不要柱子和梁，常常是借着地势，与这砖箍的拱形连为一体。建筑与自然的地理融为一体，浑然天成。现代小说理论的最大难题在于：首先是如何解释细节支撑作品基本构架的问题；其次是囫囵混沌的叙述，没有高潮，就像一架山、一条河，朦朦胧胧地涌了过来；再次，人物的性格，不是靠情节去展现，而是在细节缀连的生活涌动中呈现出来。反情节，甚至反人物、反性格的小说不是没有，但贾平凹绝对与马原等不一样，与那些诗化小说也大相径庭，和张承志的理性思考式的作品、与《狼图腾》似的准小说更是不同。他似乎在做着与传统小说艺术模态建构相背离的新的艺术实验。也许正因为如此，他的小说才让持传统小说理论者难以接受。但问题是，小说是应该按照已有的理论去创作，还是理论应该随着创作实践的发展而去调整自己，或者总结出新的理论？回答是后者。创作实践永远处于发展变化之中，我们没有理由用不变的理论去永远框套不断变化的创作实践。

《秦腔》提出的第二个问题是：文学不仅仅是一种反映，也不仅仅是一种再现，还是一种还原，一种混沌的呈现式的还原。这里有两个问题需要我们去思考：一是现实生活的呈现；二是现实的还原。

关于呈现，又有这么几个问题：第一，呈现什么；第二，怎么呈现；第三，呈现与再现、表现又是怎样的一种关系。当然，最大的问题是，这个呈现能否构成一个文学创作上的基本概念。

这里就不得不牵扯到现象学上的一些问题。当代美国学者詹姆士·艾迪说："现象学并不纯是研究客体的科学，也不纯是研究主体的科学，而是研究'经验'的科学。现象学不会只注重经验中的客体或经验中的主体，而是集中探讨物体与意识的交界点。因此，现象学研究的是意识的意向性活动、意识向客体的投射、意识通过意向性活动而构成的世界。"[1]现象学有几个概念：还原、呈现、意识、经验、意向性等。胡塞尔在谈意识问题时，提到了自我呈现。我想，他所说的回归事物本身和意向性，是通过对自我的呈现来实现回归。在此，我们是否可借用一下这个概念呢？其他不说，就贾平凹这部《秦腔》而言，是可以借用过来的。贾平凹在首发式上说："我只是呈现，呈现出这一段历史。在我的意识里，这一历史通过平庸的琐碎的日子才能真实地呈现，而呈现得越沉稳、越详尽，理念的东西就愈坚定突出。"[2]自然不能将贾平凹所说的呈现与胡塞尔现象学中的呈现画等号，但是，这二者之间有无某种相似之处呢？从作家多年的创作和不断发表的关于创作的言论来看，我以为贾平凹的创作是可以用现象学的呈现来加以阐释的。

《秦腔》呈现的是什么？贾平凹说他在这部作品中写了一堆琐碎泼烦的日子，说他这是一种密实的流年式的叙写。我更想用生活漫流式的叙述加以概括。

这部小说写了一个名叫清风街的村子一年多的生活。这生活围绕着几个层面展开。清风街社会层面的生活，着笔重点有：一是建农贸市场，与之相对的是在一条山沟里淤地，前者是现任村支书干的，后者是原村支书干的；二是收缴各种农业税费，也就是清风街的抗税事件；三是家族生活，有两个大家族，夏家和白家，着力点在夏家；四是家庭生活，主要是夏天智家。还有一个情感生活，这主要围绕夏风、白雪和傻子引生展开。

---

[1] 米·杜夫海纳：《审美经验现象学》，韩树站译，文化艺术出版社，1992年，第1—2页。
[2] 贾平凹：《在〈秦腔〉首发式上的发言》，来源：西安建筑科技大学笃实新闻网，2005年4月1日。

这些都是表层生活。

深层是乡村在城市化过程中所带给人们的生命情感的无归宿和精神飘游,以及困惑、眷恋与挽留、叹息。贾平凹似乎在写最后的乡村,这在中国现当代文学中还是少见的。贾平凹的敏锐在于,当一种生活刚刚开始的时候,他就预感到了未来的恐惧。

中间层次是中国正在经历的乡村社会及其文化形态的历史变革与转型。这是人类在从乡村走向城市的过程中产生的痛苦、悲悯、恐惧与震撼。有人说上帝创造了乡村,人类创造了城市,人类正在以自己创造的城市消失着上帝创造的乡村。这是悲剧还是喜剧?人类生存环境和历史文化生态的严峻性,就说明了问题。所以,不要只看作品的表层故事。贾平凹经常设置一些迷魂阵,你一钻进去就出不来了。他在作品中有时候提出的问题非常尖锐,比如"三农"问题,这是社会问题,还有可能解决,现在中央政府正致力解决"三农"问题。但他于深层提的问题,人们常常是难以解决的。比如谁能把乡村消失过程中的恋土情结、生命情感的郁结问题解决了。大家都知道现代城市文明代表着历史发展的一种趋向,可就是把这乡土情结丢不掉。

怎么呈现的?整体、混沌、茫然地呈现。贾平凹在《废都》后记中有一段话:"好的文章,囫囵囵是一脉山,山不需要雕琢,也不需要机巧地在这儿让长一株白桦,那儿又该栽一棵兰草的。"[①]在谈创作时,他常用到的词还有整体、茫然、混沌等,我们在解读其作品时也印证了这一点。《秦腔》是对现实整体、混沌、苍茫原生状态的呈现。

从小说角度看,还有一个叙述视角。下面就需要谈到《秦腔》的叙述角度问题。这部作品选择了一个非常特殊的叙述角度,就是傻子引生。引生是上帝的眼睛。作品整个叙述是通过引生这个上帝之眼来完成的。人们读这个作品,很容易被引生对白雪的痴情所迷惑,而忽视了他是上帝之

---

① 贾平凹:《废都》,北京出版社,1993年,第519页。

眼。表面看，别人都是正常的，唯独引生处于疯癫状态，其实，他是最清醒的。是引生在叙述清风街的故事，别人都被现实的生活物象所迷惑，只有引生是跳出三界之外的。夏风清楚清风街在城市化进程中消失着，他在做着痛苦的生命与情感的剥离。这种叙述视角，在现当代文学史上不是没有但少见。他的独特之处在于，既处于事中，又超于事外。令人深思的是，一切都在一个被人为地认定的傻子控制的叙事之中。而他的叙述，不是以强烈的矛盾冲突为主干，小说没有主干情节，而是由一个连一个的细节构成的。这非常难叙述，极易造成一摊散料的堆砌，支撑不起来作品。贾平凹却用一个个细节把作品支撑起来了，就像用一块块积木，构成了一个完整的图案。表面看，他是随心所欲，实际上是精雕细刻，衔接得天衣无缝。这在现代小说中不敢说独一无二，但的确是十分少见的。这与《尤利西斯》《百年孤独》等的叙事有某种本质上的联系，与《红楼梦》的叙述也存在着一定的承续关系。这种叙述在《废都》中已经出现，在《白夜》《高老庄》中得到进一步的发展，一路下来就到了《秦腔》。这种叙事，成功者也很少。贾平凹把它叙说得如此精致，这在现当代文学创作中也是少见的。

关于还原，也有几个问题：第一，这里的还原与哲学上的还原究竟是怎样一种关系；第二，与之相连的是，文学创作上的还原，应该是现象的还原，还是精神的、本质的还原；第三，怎样还原。同样，从文学理论上来看，这个还原是否可以成为基本的概念。

就作品而言，我以为有四个还原：第一，生活现象的还原；第二，生活整体的还原；第三，生命情感的还原；第四，文化精神的还原。

先说现象还原。生活是一种现象，是一种现象的原生状态。社会生活有主干，也有主体，我们的文学作品，往往首先反映的是主干、主体。这没有错。但是，对于更广大的百姓来讲，生活就是鸡毛蒜皮的日子，就是泼泼烦烦、婆婆妈妈的扯不断、理还乱的家庭、单位的事情。生活有它的社会、政治、文化、精神层面，有它的国家、民族等的意义内涵。但是，生活更是它自身，是一件一件细琐之事的缀连。贾平凹在《秦腔》中就写了这些细碎的生活，烦琐的细节、泼烦的日子，将文学从抽象概括中还原到生活自身状态。他写了一大堆生活现象，是一种原生状态的生活现象。但是，意义在生活现象的底层隐含着。这样说，并不是要其他的作品都以此为标本，而是说，小说既然可以写那些波澜壮阔的社会生活，为什么就不能写这些生活的细枝末节？换句话说，这些细节照样可以将社会历史呈现出来，而且更为真实。

再说整体还原问题。生活是个整体，不是局部，也不是部分。我们的文学作品，常常是选择其中的某个方面加以典型化地反映，或者以社会生活的主体代替了生活本身。贾平凹的《秦腔》是把生活整体囫囵地呈现到读者面前，原汁原味，不加任何修饰。生活就是一条流动的河，他的故事就是河床的某一段。这一段河床混混沌沌，草木鸟虫，船家行人，都给你和盘呈现在那里。所以，我们在解读《秦腔》的时候就感到比较难以把握。因为在对生活整体还原的过程中，贾平凹把清风街这个陕南村镇，几乎所有的东西都给你呈现出来了。在中国农村，人生的几件大事：一是盖房子；二是娶妻结婚成家；三是生孩子；四是养老送终。这几乎是农民的生活基本内容。在这个作品中，这些都得以表现。

问题的关键还不在于此，关键在于，《秦腔》采取的是与生活同构的艺术表现方式。生活本来就不是清清如水的明晰状态，而是风搅雨、雨搅雪、雪混泥、泥又粘连着草木虫蛇的混沌状态。也正是在这一意义上，我以为《秦腔》是对现实的一种整体性的、浑然一体的还原。在这里，《秦腔》以生活整体还原而突破着典型化。就此而言，我认为《秦腔》向传统的现实主义文学创作理论发出了挑战。

再说生命情感的还原。这里主要是指还原人生命情感的原本状态，没有进行过滤。从表面的喜怒哀乐，到深层的生命情感心理结构；从显性的意识到隐性的潜意识、前意识，人的心理状态得以还原。从作品的叙述与描写来看，作家笔下的人物，如夏天义、夏天智、夏君亭、李上善、金莲、赵宏声等，他们的生命情感的表现可以说都是原生状态的。就作品而言，直接的心理描写并不是很多，更多的是对人物言行的描述。心理描述最多的恐怕是叙述人疯子引生了。但是，这些人物言行的描写，无不透视着人物的情感心理活动。

在这里就需要涉及人类普遍性的问题。贾平凹虽然将人物的情态描写得惟妙惟肖，如同生活本身一般，但是，其间寄予的是他自己的生命情感，是一种超于生活现象的一种恋乡情结。他在对现实生活呈现式的还原叙述之中，熔铸的是对他生命情感的还原。他所要向人们叙述的是他在离开乡村三十余年之后乡土情感的回归，他试图在今天的乡村生活及其结构形态中寻求童年的生命情感记忆。因此，贾平凹在这里要表现的是乡村生命情感丢失之后的重构，而这种重构，却又是与现实的乡村生存状态相错位的。

精神还原，是说将人的精神从人自身以外还原到人自身。还有一个就是人离开乡土后对乡土的精神还原。这在夏风身上体现得更明显。其深层意义是对贾平凹乡土精神的还原。作为主体精神表现型作家，贾平凹创作的时候，非常注重自己精神世界对作品艺术建构的支配，他甚至是按照自己的精神建构去构筑作品的。因此，他常常借现实而写他自己。在《秦腔》中，贾平凹自己的影子依然存在，但要比其他作品相对轻得多，或者说更为隐蔽。与其说贾平凹是在为家乡立一块碑，不如说他是在寻求自己精神的寄寓。如果说《废都》是一部贾平凹安妥灵魂的作品，那《秦腔》就是他精神飘游后回归寓所的作品。他通过家乡的迷失而探寻着自己精神的家园，再还原着自己精神的本真。他多次说在城市自己是个农民，可他回归乡村的时候，却又成了乡村的弃儿。现在的乡村并不接受他，他只能在童年的记忆中实现精神上的寄寓。也正是在这童年的记忆中，他的精神才得以还乡，才得以从外在的存在之中还原本真的自我。

这部作品中的还原叙述方式主要是呈现，密集地呈现。也就是说，《秦腔》对现实生活的细节混沌的叙述，有如茫茫的流水，又犹如浑然一体的大山，整体性地呈现在人们的面前。汤汤水水、草草木木，似乎不加任何修饰，原汁原味，原生状态。但是，只要是文学作品，再怎样原生状态地加以表述，那也是要经过作家的艺术加工的，总是要体现作家的审美选择。因此，这种还原，也就不可能是完全的复原，而只能是一种对现实的还原。

《秦腔》提出的第三个问题是：如何建立新汉语写作？这里我首先要说到他的语言。《秦腔》的语言，完全是秦腔、秦调、秦韵，渗透着秦风、秦俗、秦文化。现在我们以普通话为官方语言，为流通语言。这里不是自恋，但在秦地方言中的确保留着许多古语。这些地方语言中，浸透的则是秦文化。贾平凹的语汇就源于秦地方言。再则，他从古汉语中汲取了不少词语，使其获得新的生命活力。特别是他语言的音韵节奏、叙述语调、句式结构等，都融会着古汉语的某些特征，比如文白相间、虚实相生。

更为重要的是，贾平凹自20世纪90年代开始，致力于对新汉语写作的倡导，但并没有引起人们的重视。其间隐含着一个大问题："五四"以来所建构起来的以西方文学语言为参照系的现代文学语言系统，如何进一步本土化，如何承续被"五四"割断了的古代文学语言体系，如何将语言生活原生化？而这语言中又渗透的是民族思维方式和审美方式。现代汉语，语音是以北方语音为主的，语汇则是建立在现代人的生活及交流语言基础之上的，语言的语法建构，也很显然地受到了西方语言的影响，其思维方式则带有明显的西方现代文化思维方式的特征。特别是"五四"时期，欧化倾向十分明显。现代汉语中，虽有古语，但无古韵，书面语和生活语言几乎没有多少差异。文学创作语言是否可以在一定程度上保持古代汉语的更多特性？特别是在语言的思维方式上，更突出本民族的思维特征？我们将现代现实、历史小说与武侠小说作一对比就会发现，武侠小说的语言虽然形成了套路，但阅读起来更具节奏的韵味，与古汉语的表述方式更接近。贾平凹倡导新汉语写作，在我看来，他就是想突破现有的现代汉语的写作模态，而建构起与传统的汉语对接的新的写作语言，尤其是在语言的意境创造、思维模态建构上，更突出中国传统的特征。

这是一个大问题，这是他向现代文学系统发出的挑战。是不是革命性的，现在还不宜下结论。从这个意义上讲，有人说平凹的野心大着哩，是符合实情的。《秦腔》在这一方面，我以为是做得比较好的，进行了深入的探索。比如它的音乐感、旋律感、情韵感，语言的穿透力、内在张力，还有语言的民族性、地域性、文化心理结构性以及语言的民风民俗性，等等。

贾平凹在谈到语言时，强调语言的质感、节奏、意境、呼应、情绪等，这些都需要进行搭配。他说："中国文字是象形文字，有些文字就存在质感，你不能把一堆太轻的字用在一起，也不能把一堆太重的字用在一起。"①节奏音韵有高低、快慢、强弱、急缓等，也需要搭配。这些都是他对汉语进行体味后的思考。

这种挑战，还包括前面所讲的对现代小说艺术模态的突破，甚至是一种重建的努力。这种努力，与鲁迅、老舍、沈从文、张爱玲、赵树理等的努力是一致的。现代文学及其包括语言在内的艺术建构，以及由此而形成的叙事模态系统，是由一代接一代的文学艺术家不断努力去建构与结构，不断地突破，而得以发展并完善的。而更应给以肯定的是，那些在包括小说在内的文学叙事上所作的种种探索与试验。

当然，这部作品还有其他的特点，在此不说了。最后就是这部作品阅读上有着相当的阻隔性。人们习惯于读情节性作品，而《秦腔》则是细琐的泼烦事，比较难以读进去，但你一旦读进去，就会被其间的情致韵味的魅力所吸引。

原载《当代作家评论》2005年第5期

（本文系与许娟丽合作）

---

① 贾平凹：《关于文学语言》，载《西安建筑科技大学学报》（社会科学版）2005年第1期。

真的探寻

——路遥、陈忠实、贾平凹文学创作审美价值论之一

一

路遥、陈忠实、贾平凹作为当代中国文学创作整体格局中举足轻重的作家，他们以自己严肃而富有艺术探索精神的创作，为中国当代文学艺术宝库奉献出了无愧于我们这个时代的极富审美价值与个性的文学作品。从他们的创作实际来看，不仅具有自己的艺术追求、自己的艺术观念，更有着自己的审美价值内涵建构。他们的文学创作，坚守着纯正文学艺术的立场，表现出坚守社会良知的艺术姿态，确信自己的艺术知觉与审美感受，如实地叙写自己真实的生命情感体验。因此，对真善美的追求和审美艺术建构，是他们文学创作上的共同追求。虽然他们文学创作上对真善美的审美建构，可能还未达到完美无缺的境界，但是，我们必须承认，他们在尽自己最大的努力向着真善美审美艺术建构的完美境界逼近。所以，他们的文学创作蕴含了丰富的审美价值内涵。

当然，具体到作家的文学创作实际，对文学的审美价值及其建构的理解和表现是存在着差异性的。由于作家艺术个性、审美情趣，以及创作思想等方面的不同，在进行文学艺术审美建构时，追求真实的侧重点也是各不相同的。比如，现实主义的文学创作，首要的也是最为核心的审美价值

就是对客观世界如实的再现性的叙写。而表现主义、浪漫主义，尤其是荒诞主义等文学创作，恐怕更主要的是追求作家心灵世界和生命情感体验的真实。所以，在我们看来，唯有写出自己真实生命情感体验，才是更具文学艺术审美价值的，才是更接近文学艺术本质的。

对真善美的追求，路遥、陈忠实、贾平凹这三位作家，既存在着相似甚至共同之处，也存在着差异性和不同之处。他们三人文学创作的审美价值建构表现出各自的审美个性。对于路遥来说，真构成了其审美价值的核心，围绕着真而追求文学的善和美。路遥始终坚持现实主义的文学创作方法，这一点不论是文学界或者普通读者几乎没有异议。现实主义文学创作的一个基本原则，就是追求对生活的真实的艺术表现。对现实生活、社会人生真实的艺术叙写，可以说是路遥的一个最为基本的审美追求。路遥坚定的现实主义文学创作思想，要求他在进行文学艺术创作时，必须重视真的审美价值。

陈忠实是以生命情感体验的善为其审美价值建构核心的。我们在阅读陈忠实的文学作品时，感到了更为强烈的以伦理道德为核心的善的力量。在对社会现实生活与历史生活进行价值判断时，陈忠实始终尤为看重对善的建构与追求。在他的文学审美建构中，对社会现实生活真实性的叙事中，熔铸着浓郁的善的价值审美内涵。可以说，陈忠实笔下的真实生活，在善的烛照下，焕发着光芒。他所追求的美，或者说他笔下所叙写的美的生活，也必然首先是善的生活。在他看来，真实的、美的文学艺术，首先应当是充满善的思想、凝聚着善的审美价值内涵的艺术建构。

贾平凹则是以美为其审美价值建构核心的。这可能更接近文学艺术的本质特性。笔者曾在有关贾平凹文学创作的文章中，对贾平凹审美思想意识，作过这样的表述：支撑贾平凹文学艺术建构和精神情感的支柱有两个，一个是爱，一个是美。爱与美构成了贾平凹文学创作的两大精神力量。这并不是说贾平凹忽视真与善的审美追求。在进行文学艺术创作时，贾平凹似乎更习惯于将真与善融汇到美的价值建构之中，或者说他总是以美的价值观念、美的审视眼光来审视真与善。因此，他所叙述的真与善，也应当是具有美的审美品格的。不过有一个问题需要提出，这就是在贾平凹的文学创作艺术建构中，总有许多丑的、形而上的东西。从美学角度看是一种审丑，在叙写的深层，蕴含的是作家对美的呼唤与追求。贾平凹曾经说过，在现实生活中，感觉存在着许多丑的、假的东西，这种感觉源于他现实生命的裂变体验。他总想追求唯美的精神境界，但是，现实却总是一种残缺美的建构状态。

下面我们对三位作家审美价值之真分别进行分析，其他方面将另文论说。

二

路遥追求的是一种社会人生之真，这既包含对社会生活与人生情态真实的叙写，也包括对合理的社会生活与人生建构的追问探寻。正如前文所说，对路遥来说，其审美价值的核心是真，他总是围绕着真而追求文学的善和美的审美价值建构。这一判断的提出，我们不仅基于对路遥文学创作审美建构的解析，而且有感于对路遥文学创作接受情景的解读。路遥基本的文学创作方法是坚定的现实主义。现实主义文学创作的一个基本原则，就是追求对生活的真实的艺术表现。对现实生活、社会人生真实的艺术叙写，可以说是路遥的一个最为基本的审美追求。也许是路遥坚定的现实主义文学创作思想的要求，对真的审美价值，路遥在进行文学艺术创作过程中尤为重视。

路遥是典型的最具中国当代现实主义艺术传统品格的作家。他在建构自己的审美艺术价值时，自然是将作品的真实价值建构视为第一审美追求。当然，对文学创作真之审美价值的理解与追求，路遥经历过一个不断深化的过程，这个发展过程，我们认为就是他从社会政治生活的真实建构走向了社会人生的审美建构。甚至可以说，路遥从他真正走向文学创作艺术道路起,就表现出对社会人生的极大关注,他试图叙写出当代中国的社会人生建构形态及其发展历程。从他的《惊心动魄的一幕》到《平凡的世界》,虽然在社会时代背景上有所拓展,但是,我们认为他还是紧紧扣住了社会人生艺术审美价值建构这一核心。对社会人生真实价值的追求与建构,首先探寻的是社会现实生活的真实价值所在;其次是对现实生活的历史真实的审视;再次便是探索社会生活与社会人生相融会的真实建构。

这样,路遥首先完成了对社会生活的真实审美建构。对社会生活真实审美价值的建构,在路遥这里,突出地表现为三个方面。一是对中国当代社会生活背景以及所叙述的人和事整体性的真实再现。我们发现,路遥极善于从整体上把握社会生活,对中国当代社会生活进行整体性叙事审美建构。我们从他的文学创作中,可以读到中国当代社会生活的整体风貌。二是对具有地域色彩的社会生活的真实叙述。在进行分析时,我们特别强调路遥文学创作中的地域色彩,强调他对陕北当代社会生活的真实叙述。中国当代社会生活有着基本的建构形态,各个地域有着共性特征。但是,对文学艺术来说,更为重要的是,对更具地域色彩的艺术叙事的审美建构。路遥的文学创作在对当代中国社会生活的审美艺术叙述上,与其他地域的文学创作区别开来。他将陕北人的生活方式、风俗习惯、民风民俗等,熔铸于社会生活的叙事建构中,使得他的文学创作的审美价值里具有了更为浓郁的陕北地域色彩,因而也就显得更为真实。三是对社会生活细节的真实描写与刻画。细节的真实首先是生活现象的真实,更为重要的是对生活的富有典型意义的揭示,还原生活本质力量和内在规律的真实。在文学艺术的审美建构中,达到了黑格尔所说的"把真实放在正确的形式里"[①]。路遥在生活细节的真实叙述中,非常善于刻画具有更为丰富的社会政治内涵的社会生活细节,使得细节蕴含更多更大的社会生活

---

① 黑格尔:《美学》第1卷,商务印书馆,1979年,第352页。

意蕴。

在对社会生活的真实建构中，他融入了自己对历史特别是中国当代历史的真实体验与认识，试图在现实生活的真实建构中叙写出一种历史的真实。对社会历史的真实，路遥一方面追求对当代中国社会生活如实的叙述，他试图"用历史和艺术的眼光观察在这种社会大背景（或者说条件）下人们的生存与生活状态"，"站在历史的高地上，真正体现巴尔扎克所说的'书记官'的职能"。[①]就此而言，我们说路遥用他全部的文学创作，建构起他所认识、理解和体验的中国当代社会生活及其发展的历史形态。

对人生的真实建构，始终是路遥对文学真实价值审美建构的追求。可以说，路遥是非常善于叙写人生，尤其是乡村青年的真实人生的。他的《人生》之所以受到整个文学界和社会的关注，其中最为主要的一点，便是对中国80年代初期中国改革开放伊始，中国青年，主要是乡村青年人生命运的独到而深刻的思考。这部作品，与其说真实地叙写了中国改革现实生活，不如说他非常真实地探索了乡村青年的人生命运，其间蕴含的是青年人应当如何选择自己的人生道路。而这一切又都熔铸着路遥真实的生命情感，熔铸着他对社会人生的真实体验。特别是他对青少年时代故乡陕北的深厚生命情感及体验，构成了他文学创作真实审美建构的核心内涵。也许正因为如此，他所建构的真实性审美价值，受到陕北地域社会历史生存方式与文化思维方式的影响，带有明显的陕北地域文化色彩。

三

陈忠实是以生命情感体验的善为其审美价值建构核心的。这种判断也是源于对陈忠实整体文学创作的解读。毫无疑问，我们也感受到，陈忠实

---

① 路遥：《早晨从中午开始》，中国文联出版社，1993年，第26页。

对生活真实性是非常重视的。但是，我们在阅读陈忠实的文学创作时，感到了更为强烈的以伦理道德为核心的善的力量。在对社会现实生活与历史生活进行价值判断时，陈忠实始终尤为看重对善的建构与追求。在他的文学审美建构中，对社会现实生活真实性的叙事，熔铸着浓郁的善的价值审美内涵。可以说，陈忠实笔下的真实生活，在善的烛照下焕发着光芒。他所追求的美，或者说他笔下所叙写的美的生活，也必然首先是善的生活。在他看来，真实的、美的事物，首先应当秉承善的思想，凝聚着善的审美价值内涵。

陈忠实追求的是一种历史文化视野下社会与人存在之真。陈忠实当然也非常注重对社会、人生、命运、现实生活等方面真实的艺术叙写，但是，我们以为，不论陈忠实所叙写的具体生活对象是什么，其间总是熔铸着一种历史文化之审美内涵。他似乎更看重或者说他只有以历史文化的审美视域来建构自己的文学艺术世界时，方显出其最具魅力的特异审美价值，其文学创作上真的审美价值建构，方才达到一种更加完美的艺术境界。甚至可以说，陈忠实只有在历史文化审美视野下去建构自己的艺术世界，方才真正找到了艺术创造上的自我，达到了自我的自由境界。

和其他同代作家一样，陈忠实对文学创作真实价值的追求，是从社会政治生活真实的再现开始的。因此，他在建构自己的文学真实审美价值时，自然是将现实生活的真实价值建构放在社会政治视野下进行考量的。正是在这样一种文学创作思想的指引下，陈忠实80年代的文学创作，基本上是追随社会时代生活前行的，正如他说："文学是社会生活的反映，作家必然要把这种变革的生活诉诸文学。要更敏感地感受变革的生活，要深刻地理解进而反映生活。"[①]其实，陈忠实在这里进一步提出了文学创作真实反映生活的前提条件，这就是敏感而深刻地感受生活。换句话说，陈忠实所建构起来的文学艺术，是以作家的真实生活感受为审美价值的。从

---

① 陈忠实：《陈忠实创作申诉》，花城出版社，1996年，第91页。

陈忠实的文学创作实际和发展历程来看，他的确有着丰富而深厚的社会生活积累和感受。可以说，他的文学创作就是建立在他对社会现实生活的切身感受之上的。如果没有这种丰富而深厚的生活感受，也就没有了陈忠实的文学创作。

但是，陈忠实对社会生活真实价值的审美建构，也是有着发展变化的。我们发现在80年代末，特别是在创作了《白鹿原》之后，陈忠实最喜欢的也是最能代表他对文学艺术创作深刻认识的说法，就是生命体验。在他看来，"作家进行文学创作唯一依赖的是一种双重的体验，由生活体验进而发展到生命体验，由艺术学习发展到艺术体验，这种双重体验所形成的某个作家的独特体验，决定着作家全部的艺术个性"[1]。他把文学创作的全部秘密，归结为个人兴趣和体验。他说自己"到50岁时还捅破了一层纸，创作实际上也不过是一种体验的展示"，"体验包括生命体验和艺术体验而形成的一种独特体验。千姿百态的文学作品是由作家那种独特体验的巨大差异决定的"[2]。就生命体验而言，它源自生活的体验。由此逻辑推理，我们可以说，陈忠实后期对文学创作真实审美价值的追求，便是真实地叙写自己的源于生命本体的、触发于生活体验的全部生命体验。换句话来说，文学创作的真实性审美价值建构，就是作家真实生命体验的艺术展示。从生活真实到生活感受真实再到生命体验真实的艺术审美建构，便构成了陈忠实真实审美价值建构发展轨迹。

在此基础上，我们进而对陈忠实文学创作关于真的理解变化加以分析。很显然，陈忠实是从对社会生活的真实再现走向创作道路的。从80年代中后期开始，他对历史文化真实的艺术叙写，表现出更大的兴趣。这种变化，是从对民族命运的深入思考开始的。他在与李星的对话中谈道："回想起来，那些年我似乎忙于写现实生活正在发生的变化，诸如农村改革所带来的变化。直到20世纪80年代中期，首先是我对此前的创作甚为不

---

[1] 陈忠实：《陈忠实创作申诉》，花城出版社，1996年，第5页。
[2] 同上，第4页。

满意,这种自我否定的前提是我已经开始重新思索这块土地的昨天和今天,这种思索越深入,我便对以往的创作否定得愈彻底,而这种思索的结果便是一种强烈的实现新的创造理想和创造目的的形成。当然,这个由思索引起的自我否定和新的创造理想的产生过程,根源动因是那种独特的生命体验的深化。我发觉那种思索刚一发生,首先照亮的便是心灵库存中已经尘封的记忆,随之就产生了一种迫不及待地详细了解那些儿时听到的大事件的要求。当我第一次系统审视近一个世纪以来这块土地上发生的一系列重大事件时,又促进了起初的那种思索进一步深化而且渐入理性境界",觉得"所有悲剧的发生都不是偶然的,都是这个民族从衰败走向复兴复壮过程中的必然。这是一种生活演变的过程,也是历史演进的过程"。"我不过是竭尽截止到1987年时的全部艺术体验和艺术能力来展示我上述的关于这个民族生存、历史和人的这种生命体验的。"[1]由此可见,陈忠实文学创作中的审美价值建构经历了一个裂变的过程,对真的审美理解与追求,从当下的生活转向了历史、文化与人的真实的生命体验的建构。

四

贾平凹则是以美来建构自己的审美价值核心的。美的建构更接近文学艺术的本质特性。对贾平凹审美思想意识,笔者曾在有关贾平凹文学创作的文章中作过这样的表述:支撑贾平凹文学艺术建构和精神情感的支柱有两个,一个是爱,一个是美。爱与美构成了贾平凹文学创作的两大精神力量。比较而言,在笔者看来,贾平凹的审美意识中具有更多的对艺术美的追求,更多体现出对美的倾心关注。这并不是说贾平凹忽视真与善的审美追求。在进行文学艺术创作时,贾平凹似乎更习惯于将真与善融汇到美的

---

[1] 陈忠实:《陈忠实创作申诉》,花城出版社,1996年,第16—17页。

价值建构之中，或者说他总是以美的价值观念、美的审视眼光来审视真与善。因此，他所叙述的真与善，也应当具有美的审美品格。不仅如此，贾平凹的文学创作艺术建构中，总有许多丑的、形而上的东西。从美学角度看是一种审丑。作家将现实、人性中丑的东西非常真实地叙述出来，实际上是一种审视下的剖析。在叙写的深层背后，蕴含的是作家对美的呼唤与追求。也许在现实生活中，贾平凹感觉到存在着许多丑的、假的东西，这种感觉源于他现实生命的裂变体验。他总想追求唯美的精神境界，但是，现实却总是一种残缺美的建构状态。

贾平凹追求的是一种生命本体精神之真。我们常常听到或者看到对贾平凹的文学创作这样的评价：对生活的叙写真实性不够。甚至有人认为贾平凹对生活的积累功力不深，因而常常出现对生活的叙写不够真实。其实这种说法并不符合贾平凹的文学创作实际。笔者认为贾平凹不是典型的现实主义创作，而是意象主义的创作。因此，他所追求的不是生活的真实再现，而是生命本体心灵精神的真实表现。贾平凹的文学创作对真之审美价值的建构，实际上是通过对现实世界的叙述，构建他的生命本体和心灵精神世界。甚至可以说，唯有生命本体心灵精神的真实，才是贾平凹文学创作真之审美价值的核心建构。

这样说，并不是说贾平凹就不看重对生活真实的叙写。我们阅读贾平凹自《废都》之后的作品发现，贾平凹特别注重生活细节的真实刻画。于生活整体把握上，他追求一种茫然的叙事方式，就是虚构型的细节，他也刻画得惟妙惟肖。比如《废都》开头对奇异盆花和四个太阳的描写，犹如真实发生的一般。其实，只要稍微具有自然常识的人，都不会相信天上会出现四个太阳。就是他言称要为故乡立一块碑的《秦腔》，其整体叙事上现实性还是非常强烈的，不少人将其视为现实主义创作。他对乡村生活与文化的把握是非常准确的，包括他所选择的叙事语言也是纯正的故乡语言，叙事方式很显然带着故乡思维习惯的痕迹。他所建构的现实生活叙事之真，达到了令人赞叹的地步。对这部作品的创作艺术审美追求，他作了这样的阐释："我的故乡是棣花街，我的故事是清风街，棣花街是月，清风街是水中月，棣花街是花，清风街是镜里花。但水中的月镜里的花依然是那些生老病死，吃喝拉撒睡。"①他明确讲自己的创作不追求波澜壮阔的生活叙事，而追求的是一种生活漫流式的叙事。"我不是不懂得也不是没有写过戏剧性的情节，也不是陌生和拒绝那一种'有意味的形式'，只因为我写的是一堆鸡零狗碎的泼烦日子，它也只能是这种写法，这如同马腿的矫健是马为觅食跑出来的，鸟声的悦耳是鸟为求爱唱出来的。我唯一表现我的，是我在哪儿不经意地进入，如何变换角色和控制节奏。"②从贾平凹的表述中我们可以了解到，他的文学创作对真之审美价值建构之追求，是于大实之中去叙写大虚，于质朴叙事之中充分张扬自己的灵动飞扬的心灵世界。所以，我们依然认为，他所叙述的仍然是自己生命本体所感应的故乡，追求的依然是性灵精神的真实审美建构。与其说贾平凹要给故乡立一块碑，不如说他是在为自己心灵精神中的故乡记忆立一块碑。

自《废都》，甚至从《五魁》那一批作品的创作开始，与其说贾平凹是在建构现实或者历史生活的真实叙事，不如说他在建构自己的生命本体心灵精神的历程。他在《废都》的扉页上作了郑重声明："情节全然虚构，请勿对号入座；唯有心灵真实，任人笑骂评说。"我们并不否认，其间含有贾平凹不愿引起阅读误会的因素。但是，《废都》所叙写的的确是他生命本体的真实状态。他曾经说《废都》是他生命运行中出现了破缺和修复生命破缺，是安妥灵魂之作。这等于说他是在叙写自己这段生命情感历程。《废都》后记下面这段话，也印证了他的创作审美追求。"姑且不以国外的事做例子，中国的《西厢记》《红楼梦》，读它的时候，哪里会觉它是作家的杜撰呢？恍惚如所经历，如在梦境。好的文章，囫囵囵是一脉山，山不需要雕琢，也不需要机巧地在这儿让长一株白桦，那儿又该栽

---

① 贾平凹：《秦腔》，北京出版社，2005年，第518页。
② 同上。

一棵兰草的。"也许正因为如此,他在创作过程中,"常常处于一种现实与幻想混在一起无法分清的境界里"。[①]这就是贾平凹文学创作对真之审美价值的艺术建构状态。

原载《西北大学学报》(哲学社会科学版)2009年第6期

(本文系与田翠花合作,收入本书时有增删)

---

① 贾平凹:《废都》,北京出版社,1993年,第519、525页。

中国当代近三十年文学创作的乡土叙事

——以《陈奂生上城》《活着》《秦腔》为例

1978年，对于当代中国来说，是一个具有划时代意义的年份。首先是关于"实践是检验真理的唯一标准"的讨论，为中国改革开放的实施做着思想的准备。随后中共召开的十一届三中全会，标志着中国开始进入一个真正的和平建设时代。就文学创作而言，这一年出现的因小说《伤痕》而命名的"伤痕文学"，标志着当代中国文学创作开始了新的历史时期。1979年10月第四次文代会召开，邓小平代表中共中央所作的《在第四次全国文学艺术工作者代表大会上的致辞》，确定了文学艺术于新的历史时期发展的基本方针。至此，当代中国文学沿着一条新的发展路向前行，并取得了令人瞩目的成就。为了便于论述，本文选择《陈奂生上城》《活着》《秦腔》[①]三部作品为例进行分析，以期对20世纪80年代、90年代和新世纪乡土叙事创作作出描述和价值判断，进而来表述这三十年文学创作发生的变化与所取得的成就。

---

① 高晓声：《陈奂生上城》，载《人民文学》1980年第2期；余华：《活着》，载《收获》1992年第6期；贾平凹：《秦腔》，作家出版社，2005年。

关于世纪乡土叙事问题

关于乡土叙事,经典性的论述恐怕当数鲁迅和茅盾、周作人的观点。他们从不同的视野对乡土文学及其叙事作出了自己的阐释。至今,我们仍然可以从中读出他们不同的人生与文化精神和文学艺术的背景。

鲁迅在为《中国新文学大系·小说二集》所作的导言中,有这么一段精彩的话:"蹇先艾叙述过贵州,裴文中关心着榆关,凡在北京用笔写出他的胸臆来的人们,无论他自称为用主观或客观,其实往往是乡土文学,从北京这方面说,则是侨寓文学的作者。但这又非勃兰兑斯所说的'侨民文学',侨寓的只是作者自己,却不是作者写的文章,因此也只见隐现着乡愁,很难有异域情调来开拓读者的心胸,或者炫耀他的眼界。许钦文自名他的第一本短篇小说集为《故乡》,也就是在还未开手写乡土文学前,他却已被故乡所放逐,生活驱逐他到异地去了。"[1]不难看出,鲁迅先生于此更看重被放逐的乡愁的叙写。

茅盾则更强调社会生活与命运在乡土文学叙事中的作用,他明确表示:"我以为单有了特殊的风土人情的描写,只不过像看一幅异域的图画,虽能引起我们的惊异,然而给我们的,只是好奇心的餍足。因此在特殊的风土人情而外,应当还有普遍的与我们共同的对于命运的挣扎。一个只具有游历家的眼光的作者,往往只能给我们以前者;必须是一个具有一定世界观与人生观的作者方能把后者作为主要的一点而给予我们。"[2]

也许,周作人的观点,更侧重于人的生命体验在乡土文学叙事中的浸透。他说:"我们所希望的,便是摆脱了一切的束缚,任情地歌

---

[1] 鲁迅:《中国新文学大系·小说二集·导言》(影印本),上海文艺出版社,2003年,第9页。

[2] 茅盾:《关于乡土文学》,见《茅盾文艺杂论集》,上海文艺出版社,1981年,第576页。

唱。""只要是遗传、环境所融合而成的我的真的心搏,只要不是成见的执着主张、派别等意见而有意造成的,也便都有发表的权利与价值。这样的作品,自然的具有他应有的特性,便是国民性、地方性与个性,也即是他的生命。""现在的人太喜欢凌空的生活,生活在美丽而空虚的理论里,正如以前在道学古文里一样,这是极可惜的,须得跳到地面上来,把土气息、泥滋味透过了他的脉搏,表现在文字上,这才是真实的思想与文艺。这不限于描写地方生活的'乡土艺术',一切的文艺都是如此。"①

关于乡土叙事,上述诸位大家的话归结起来有这么几点:一是地方性,二是乡土性,三是乡土情怀,四是真实性与世界性。有人还认为地方色彩与风俗画面是乡土叙事的根本特征。

在此,笔者认同周作人的观点更多一些。从叙事角度看问题,可否这样来认知乡土文学及其叙事:就叙事对象而言,自然是以乡村的人、事、情、景作为叙述的基本对象。乡土文学及其叙事,自然是以其特定的地域为基本的叙写基地,就如鲁迅以鲁镇、未庄等命名的绍兴,沈从文的湘西凤凰等。作家笔下的一切,均离不开他所生存过的故土。作家自然叙写着自己曾经的生命记忆,这种记忆浸透在作品中所叙写的人事情景之中。就叙事的艺术表现而言,重在叙写人事情景中所蕴含的独到的地域风土人情。不同的地域在其漫长的历史建构中形成了有别于其他地域的风土人情、生活习俗等。不论作家怎样强调社会历史发展的概括性的价值,都无法将特定地域的风俗文化、民风民俗所摒弃。不仅如此,乡土文学叙事更为倚重的恰恰是地域风土人情的叙述,这样方使得作品有了更具艺术生命的魅力。就作家的叙事情怀而言,应当在叙事中熔铸一种乡土情怀。这种乡土情怀,是作家的生命情感命脉与乡土的生命情感命脉相融合;就其叙事所表现出的审美特征而言,应当突出的是地域色彩和风俗画境;就其叙事的内涵追求而言,是地域之中蕴含的超越地域性而实现的与人类历史发

---

① 周作人:《地方与文艺》,见《谈龙集》,河北教育出版社,2002年,第10—13页。

展趋向的同构。至于说艺术表现的方式方法，我以为可以是不拘一格的。正如鲁迅所言，不论是主观或者客观，也不管是侧重于社会人生，或者生命情感。

中国的乡土叙事文学创作，肇始于以鲁迅为标志的"五四"时期，经由20世纪二三十年代的承续、40年代的变化，于50—70年代被弱化，80年代后又重新实现与二三十年代的对接，并得以发展与丰富。

以鲁迅为标志，包括稍后出现的以乡土文学命名的乡土派作家，其基本的思想基调是启蒙。乡土派创作亦分为写实与写意：写实是主流，像许杰、许钦文、蹇先艾、王鲁彦、彭家煌、黎锦明、叶紫等；写意一路主要是废名、沈从文。30年代，乡土文学主体便开始逐渐离开启蒙主题，而倾向于社会化主题，像沙汀、艾芜、张天翼、萧军、端木蕻良、骆宾基等。此时超越社会化主题的是沈从文，具有写意诗性的是沈从文、萧红。40年代乡土文学，具有代表性的是革命文学，像赵树理、周立波等一批解放区作家的作品。50年代后，是一种社会政治模态的农村叙事，标志性的人物是赵树理、柳青、周立波、康濯、孙犁、王汶石，直至浩然发展到极致。80年代后，乡土叙事逐步得以回归，从社会政治逐渐蜕变为社会生活、历史文化，走向了多元化的乡土叙事，像古华、高晓声、周克芹等等。贾平凹属于新时期成长起来的一代作家，像张炜、路遥、陈忠实等，应属同代作家。比较特异的是老作家汪增祺、贾平凹，他们承续着废名、沈从文的路子。这一路乡土叙事的文脉比较弱，但是一旦出现，都具有开拓意义，具有大家风范。

命运：社会生活化的乡土叙事

从文学叙事思维方式以及叙事模态建构来说，中国20世纪50—70年代的文学叙事，是一种社会政治叙事模式。这种叙事模式，以社会政治及在此种观念下所建构的社会结构与生活模式来框套文学创作，追求的是文学叙事艺术建构与社会政治建构的统一性和同步性。因而，文学艺术失去了自己的独立主体性和审美品格，而成为社会政治及政治生活的演化与阐释。这种文学叙事思维及叙事模式作为一种历史惯性，于70年代末至80年代初一直在滑行着。"伤痕文学""反思文学""改革文学"等，虽然在相当大的程度上挣脱着社会政治叙事思维及模态，但仍留有其痕迹。1985年后出现的"寻根文学""现代派"文学，标志着中国当代文学叙事思维及模态走向多元化，步入了中国20世纪文学创作的又一个辉煌的历史时期，并实现了与"五四"文化思想与文学叙事艺术传统的对接。

因此可以说，中国当代文学的乡土叙事，从50年代后的《登记》《三里湾》经由《山乡巨变》《创业史》，到了《艳阳天》《金光大道》，承续的是社会−生活式的乡土叙事模态，并将其发展到了极致，形成了社会−政治乡土叙事模态。直至80年代后期，状况方有了改变。可以说，80年代之前，处于主流地位的是社会政治化的乡土叙事，形成了社会政治话语式的乡土叙事传统。作为一种历史的延续与承接，80年代的乡土叙事，首先秉承的自然是这一当代叙事传统，比如《许茂和他的女儿们》《犯人李铜钟的故事》《芙蓉镇》，甚至《人生》等等。这些作品于社会生活话语下，均有一个共同的叙事特征，那就是叙写当代中国农民的社会历史命运与个人的生活命运，实现的是个人命运与社会命运的叙事同构。这类创作中，高晓声以《陈奂生上城》为标志的"陈奂生系列"作品是具有代表性的。

80年代的乡土叙事，自然存在着发展变化。基本路向是从"伤痕文学"的揭露与批判，经由对中国当代社会历史生活的反思，到历史文化，再到对当代中国社会历史更深一步的反思与批判。直至80年代的后期，乡土叙事走向了多元化的艺术建构。也就是说，当代中国文学的乡土叙事，就对人的揭示与艺术表现来看，是从社会政治化走向历史文化，最终成为自我的本体存在。

对乡土生活的叙事，不论是刚刚被解放出来的作家，还是初登文坛的青年作家，于艺术建构上，均是以整个中国社会时代生活为大背景，着重表现的依然是中国社会政治化的现实生活情境，自然而然地将农民的命运、乡村的命运，与整个中国的社会历史命运紧密地结合在一起，通过作品中人物的生存状态及其命运，来展现中国当代社会历史命运。当然，在具体的艺术表现上，他们之间有一定的差别，但基本叙事主题格调是一致的。

但是，在这种叙事模态下亦有着某种突破。比如高晓声的《陈奂生上城》，就在相当程度上突破了社会命运，而进入了人的精神领域，直指中国国民性等问题，具有更为广阔的意义空间，引发人们更多的思考，也将乡土叙事引向了深入。

高晓声所塑造的陈奂生这一当代中国农民形象，是当代中国文学艺术殿堂中的一个艺术典型。陈奂生的人生道路及生活命运，就是当代中国农民的命运。《"漏斗户"主》《陈奂生上城》《陈奂生转业》《陈奂生包产》《陈奂生出国》等作品，构成了陈奂生当代生活历史命运的叙事建构。如果将作家另一篇作品《李顺大造屋》和这些作品联系起来看，当代中国农民的吃、住问题，从50年代就开始解决。直到1979年后进行乡村改革，这一问题才得以解决。之后，陈奂生去县城卖过油绳，当过村办企业的采购员，最终还是回到土地，做了种粮大户，并且出了国。陈奂生这一系列举动，也真实地展现了改革开放后中国农民的生活历程。

问题并非如此简单。如果是这样，那陈奂生这一乡土叙事文学中的人物形象的价值和意义，就要大打折扣。高晓声作为当代中国文学乡土叙事者，最大的贡献就在于，对农民解决基本生存问题后在精神上的需求这一问题的思考，以及对鲁迅所开创的、以启蒙话语为标志的现代乡土叙事传统的衔接。这一方面，较早进行思考的还有贾平凹等。贾平凹于20世纪70年代末80年代初创作了《"厦屋婆"悼文》等一批从中国文化传统视野反思当代中国社会历史以及农民精神命运的作品，却受到了文学批评界不公正的批评。这类乡土叙事文学的价值就在于,它前承鲁迅乡土叙事艺术传统,下接1985年后出现的"寻根文学"叙事艺术的开启。

鲁迅的乡土叙事,自然以现代文化精神为背景,对乡土及其文化精神予以深刻的揭示与批判。在鲁迅这里,乡土与城市或者现代的文化精神是相对而存在的,他肯定的是现代启蒙文化精神,否定的是以乡土为标志的传统文化精神。鲁迅对"国民性"的开掘与批判,达到了20世纪最为深刻的程度。可惜20世纪50—70年代,鲁迅开创的这一乡土叙事传统被丢弃了。正是在这一意义上,我们说,陈奂生这一艺术形象的塑造具有更为深刻的文学艺术价值。这也可以看出,中国文学在改革开放的历史进程中,逐渐发展进步的历史轨迹。也正因为高晓声从历史文化及民族文化心理视野,来开掘陈奂生这一艺术形象的内涵,才使得陈奂生的价值超越了社会现实层面,而进入历史文化深层。这正如有的论者所言,陈奂生这一艺术形象"写出了背负历史重荷的农民,在跨入新时期变革门槛时的精神状态","陈奂生的精神,典型地表现了中国广大农民阶层身上存在的复杂的精神现象","是一幅处于软弱地位的没有自主权的小生产者的画像,包容着丰富的内涵,具有现实感与历史感,是历史传统和现实变革相交融的社会现象的文学典型"。[①]

陈奂生这一乡土叙事文学中出现的典型形象,显然不同于此前的"小腿疼"、盛佑亭、梁生宝、梁三老汉等先进或落后人物,更不同于肖长春等政治符号化人物。[②]他在叙事上已经开始脱离社会政治观念化艺术建构,也不是从阶级尺度去审定人、确定人的内涵,而是开始从社会生活层面去审视人,从人的社会生存及存在的需求去开掘人的内涵。这虽还未完全回归人自身本体,但是,较前已经开始发生质的变化。它意味着当代中国的乡土叙事,从社会政治叙事走向社会生活乃至人本体叙事。到了"寻

---

① 陈思和:《中国当代文学教程》,复旦大学出版社,2007年,第237—238页。
② "小腿疼",赵树理《锻炼锻炼》中人物;盛佑亭,周立波《山乡巨变》中人物;梁生宝、梁三老汉,柳青《创业史》中人物;肖长春,浩然《艳阳天》中人物。

根文学""新写实文学"中所出现的乡土叙事，比如《远村》（郑义）、《爸爸爸》（韩少功）、《小鲍庄》（王安忆）、《远山野情》（贾平凹）、《狗日的粮食》（刘恒）、《伏羲伏羲》（刘恒）等等，已经开辟多元化的乡土叙事形态。并且，这一影响是深远的，直到21世纪，仍然有将文化与生命存在等作为乡土叙事艺术建构的重要层面的作品出现。

由此可见，以《陈奂生上城》为开启标志的80年代的乡土文学叙事，其自身不仅比70年代之前有了新的发展变化，将当代中国文学的乡土叙事推向一个新的高度，而且为新时期文学叙事艺术建构开启了新的历史。更为重要的是，这一乡土叙事在发展演变的历史进程中，与中国的社会历史进步与发展，于内在精神上具有某种同构性。亦即中国的文化思想开放到什么程度，乡土叙事文学的艺术建构也就达到什么地步。或者说，有怎样的文学生态环境，就有怎样的乡土叙事艺术建构形态。这一点不论从什么视角来谈论，都是无法回避的事实。20世纪80—90年代，中国社会发生了一次深刻的变化，此时的乡土叙事文学亦随之变化。90年代初中国特色社会主义市场经济的建立，给中国的乡土叙事也带来了深刻而复杂的变化，从而使中国当代的乡土叙事进入一个新的历史进程。

活着：充满生存哲思的乡土叙事

中国乡土文学进入20世纪90年代，具有代表性的叙事艺术模态，应当是以《白鹿原》（陈忠实）、《九月寓言》（张炜）等为标志的新历史叙事，也就是人们通常所说的"新历史小说"和《马桥字典》（马原）、《高老庄》（贾平凹）等现实叙事乡土文学创作。但是，真正对乡土叙事产生巨大冲击力的，则是延续"新写实"创作的莫言、余华、刘震云、刘恒等的新乡土叙事。本文对90年代乡土叙事的解读，之所以未以此为蓝本，而选择余华的《活着》进行典型个案解剖，那是因为在笔者看来，《活着》作为乡土叙事文本，在突破社会历史乃至文化而进入人本体的层面，从人自身生存的价值意义视野来审视乡土生活、来审视人，从而建构起以人为本体的乡土叙事形态。

但是，于此我们有必要先对新历史叙事和现实叙事的乡土文学创作，作一概括性的描述。

1985年后，中国的文学叙事艺术发生了巨大变化，出现了有别于此前的叙事艺术新质。新历史叙事就是其中一种表现。坦诚地讲，在20世纪80年代，西方文化思想、文学创作等再次涌入国门，形成了20世纪中国历史上第二次文化思想解放运动，给当代中国包括乡土文学在内的文学创作，带来了巨大的冲击力。其中美洲的魔幻现实主义对中国文学创作的巨大影响，就是一例。1986年张炜的《古船》，就明显地受到马尔克斯《百年孤独》的影响，学习模仿的痕迹是显而易见的。陈忠实的《白鹿原》，从叙事方式到叙事语言亦有《百年孤独》的痕迹。这种新历史叙事，将中国当代文学叙事推向一种新的艺术境地。这就是从一种新的文化与历史视野来解构和建构历史，以期对已有历史作出新的艺术阐释。其中民间文化立场和民间文学艺术精神，是乡土历史叙事的一种基本的立场和精神。可以说，这种叙事立场和精神，在20世纪80年代之前的文学叙事中是不可能出现的。也只有经历了十多年的思想解放和改革开放之后，中国当代的文学叙事方能出现如此来叙述历史的作品。即便如此，仍有相当一些人不能接受。《白鹿原》出版后的坎坷命运，特别是90年代初对这部作品的批判，以及其获得茅盾文学奖的艰难历程，就说明了问题。

关注社会现实，始终是中国当代文学创作的一个传统。1992年之后，中国实行社会主义市场经济，这不仅对现实社会生活产生了巨大影响，对文学创作亦产生了巨大影响。中国文学创作走向了大众化、世俗化、平面化、欲望化、媒介化。特别是网络文学的出现，将文学推向了大众创作，作家专事文学创作的历史局面被彻底打破，精英化的文学创作与大众化的文学创作平分秋色。但显而易见的是，大众化创作的艺术品位，自然是与精英化的创作难以同日而语的。但是，以网络文学创作为标志的大众化文学创作有着更为广大的接受群体。这也是中国当代文学发展到20世纪90年代后所出现的一种不可无视的现象。在这种文学创作语境下来审视《马桥词典》《高老庄》等乡土叙事，更显出执着于纯正文学创作的可贵。

现在我们来探析《活着》这部作品。余华的《活着》代表着一种现代文化乃至后现代文化乡土叙事的文学创作。这类创作，实际上是一种既不同于《白鹿原》又不同于《马桥词典》的全新的乡土叙事。苏童的《米》、刘震云的《故乡天下黄花》等也可归入此类创作的范畴。于此，他们在结构乡土历史与现实的同时，实质上是在建构着一种新的生命本体化的乡土叙事，甚至超越了乡土现实生活本身，而进入对人及其生命存在意义的多种思考。

在《活着》之前，余华创作了《呼喊与细雨》，之后又有《许三观卖血记》问世。而被文学界视为先锋作家代表的余华，虽然此时的创作依然没有离开他曾经生活过的江苏乡村，自己也说《活着》是他个人创作的一种延续，[1]但是，"过去肆无忌惮地使用的时空的任意移位、变形、压缩与置换，人物的陌生化、神经质、绝望感与残酷性被一种人间温情、依恋和对生命的热爱取而代之"[2]。其实，这不仅标志着余华文学创作的转变，即向现实主义的某种回归，更为重要的是，我以为这是其对当代中国乡土叙事的一种新建构。从文学叙事的外在结构上看，《活着》和此前的乡土叙事具有相似性。以中国现当代社会生活发展历史为叙事背景，作品主人公福贵讲述了他一生的生活经历。可以说其他作品中所叙述的中国现当代特别是当代社会历史上所发生的大的事件，在这部小说里都有所涉及。作品对中国现当代的乡村生活、环境以及风土人情等也进行了描述。可以说，乡土文学叙事艺术的基本要素，在这部作品中均有所体现。但是，就作品的深层叙事结构而言，它则超越了以往当代中国文学乡土叙事艺术内涵建构，而进入对人、人

---

[1] 余华、杨绍斌：《"我只要写作，就是回家"》，载《当代作家评论》1999年第1期。
[2] 何鲤：《论余华的叙事循环》，载《湖北大学学报》（哲学社会科学版）1996年第5期。

生、生命存在与生存的哲学深思。社会现实、历史文化、生活情感，包括人的命运等等，都成为叙事的一种载体。而对人本体生命及存在的价值与意义的叩问，才是这部作品的主旨所在。

作品所塑造的福贵是一个具有特殊文学意义的艺术形象。他本是一个富家子弟，父亲辛辛苦苦挣下一份殷实的家业。但是福贵不务正业，吃喝嫖赌，社会上所有的坏习气和行为他均有。福贵气死了父亲，家业被别人骗光，在1949年进行土改时成为一个穷光蛋，他却因此而获福，成了地道的贫农。经历了一系列当代社会生活变故，他所有的亲人都相继离他而去，等到土地承包时，只留下他一人耕种在自己的土地上，与牛相依为命。在别人看来他是不幸的、孤苦的，但是他自得其乐，活出了自己。其寓意可能在于，他在回归土地的过程中，回归了生命本体。从这里我们可以窥视到，《活着》的乡土叙事，超越了现实，超越了历史，超越了生活，也超越了福贵生活的情景，而进入自我存在的哲学境界。也许正因为如此，《活着》作为乡土叙事，才更具有现代文化精神意味。

其实，《活着》的乡土叙事中蕴含着一种对人的思考，体现的是一种人文情怀的现代文化精神。它既不是社会现实生活历史演变式的叙事结构，也不是现代与传统矛盾冲突式的叙事结构，而是一种生命本体存在的叙事结构。也正是在这一层面上，《活着》开拓出当代中国乡土叙事的一种新路径。这从一个方面说明，当代中国的乡土叙事真正走向了多元化艺术建构的道路。

断裂：城市化视域下的后乡土叙事

陈晓明先生认为，贾平凹的长篇小说《秦腔》，昭示着乡土叙事的终结，它"与《受活》《石榴树上结樱桃》这些作品一道，它们以回到中国乡土中去的那种方式结束了经典的主导的乡土叙事，而展示出当下本土性上面的那种美学变革——既能反映中国当下本土生活，又具有超越现代主义的那种后现代性，它的表述策略具有中国本土性特征：语言、叙述方法、修辞以及包含的所有的表述形态"①。这一分析是有道理的。在笔者看来，中国的乡土叙事自20世纪90年代后期，尤其是进入21世纪之后便终结了，而探寻新的乡土叙事艺术建构的后乡土叙事时代亦随即开启。而贾平凹的《秦腔》，则是传统乡土叙事终结与后乡土叙事开启的一部具有标志性的作品。这是与中国的现代化进程，特别是快速的城市化进程密切相关的。甚至可以说，当下中国的现实历史境遇，为中国当代的乡土叙事，提供了一种现实生活情境。②

那么，《秦腔》等新世纪的乡土叙事文学创作，与此前的乡土叙事文学创作相比，在叙事上有哪些新的变化？

首先是乡土叙事的全球化视野与中国现代化历史进程中城市化的语境。很显然，《秦腔》等乡土叙事的文学创作，开始将当代中国的乡土生活及其叙事置于全球化的历史进程和文化语境下，这与20世纪50—70年代的封闭式乡土叙事不同，亦与20世纪80—90年代以西方文化为比照视野不同，而是在回归中国本土化叙事中蕴含着全球化的文化视域。这体现的不仅是文学叙事的艺术视野，更是中国当下现实社会的文化精神与情怀。就中国社会历史转型而言，将视野从乡土转向城市，乡土叙事中蕴含着城市叙事的文化因子。因此，《秦腔》等新世纪乡土叙事，不仅体现着现代文化精神，甚至具有了一定的后现代文化因素。

其次是新世纪的乡土叙事，真实地记述了乡土社会生活与文化的解构历史过程。特别是《秦腔》，贾平凹在对乡土生活与文化逐步消解、消失的历史叙事中，抒写了一曲乡土生活与文化挽歌。但是，正如作家所说："农村走城市化，或许是很辉煌的前景，但她要走的过程不是十年、二十年，是一个漫长的过程，它必然要牺牲一代、两代人的利益，但是作

---

① 西安建筑科技大学中国现当代文学研究中心编：《秦腔大评》，作家出版社，2006年，第145页。
② 韩鲁华：《城市化语境下的后乡土叙事》，载《小说评论》2008年第2期。

为一个人来说，这就了不得了，他们一辈子就牺牲掉了。但是从整个历史来讲，可能过上若干年，农村就不存在了，但是在中国的实际状况又不可能。路是对着的，但是具体来讲就要牺牲两代人的利益。"①特别是作品中关于城市生活与文化对乡村生活与文化的巨大冲击的记述，其间包含着乡村生产与生活方式、生活结构与文化思想观念等诸多方面的变化。"秦腔"作为一种乡土文化符号的象征，面临着消亡的命运，这标志着现代乃至后现代的文化现象进入乡村生活并成为人们生活与文化建构不可或缺的有机因素。

再次是城乡交汇中出现的"乡下人进城"及其叙事，带有亚乡土生活与文化的特质，实际上这是乡土文化解构过程中所形成的后乡土文化现象。交通与通信等在乡村的发展，缩短着城乡之间的时间与心理空间距离。因此，城乡二元对立社会结构与文化语境正在被消解。于此情境之下，"乡下人进城"及相关文学叙事，实际上也在消解着乡土叙事与城市叙事对峙的界限。而像《上种红菱下种藕》（《十月》2002年第1期）的叙事，则是一种"乡村生活与城市生活已无本质差别"的叙事，"反映了乡土和城市关系的结构性变化"②。当然，也有作品表现的是城乡的紧张关系，甚至体现的是一种二元对立的叙事思维方式。但是，作为一种文学叙事的发展趋向，这种亚乡土文化叙事，则体现出更强劲的城乡文化交融中的新建构。

最后要说的是，《秦腔》等后乡土叙事，实际上在进行着中国20世纪乡土叙事的解构与重新建构。也就是说，作家在进行21世纪的乡土叙事时，显然不能以20世纪的思维方式进行艺术建构，必然是在解构20世纪乡土叙事传统的同时，去建构新的乡土叙事艺术形态。

从以上对当代中国乡土叙事简单的论述中，可以明显地看到：这三十

---

① 贾平凹、韩鲁华：《写出底层生存状态下人的本质——关于〈高兴〉的对话》，载《西安建筑科技大学学报》（社会科学版）2008年第3期。
② 曾一果：《论八十年代后文学中的"城乡关系"》，载《文学评论》2007年第6期。

年间，中国的乡土叙事发生了巨大的变化。从社会政治化乡土叙事模态到人本体存在思考叙事模态，再到城乡二元叙事建构的消解，在全球化文化视野层面，去审视乡土生活和城乡关系，建构新的乡土叙事模态。这从一个方面也体现着中国当代文学创作三十年间的发展变化，所取得的巨大历史性进步。其实，当代中国文学创作上的发展进步，亦昭示着中国整个社会改革开放三十年的运行轨迹，及其于文化思想、现实生活上所取得的发展变化与进步。

原载《海南师范大学学报》（社会科学版）2011年第3期

中国经验的中国式叙写

——论《带灯》及贾平凹中国式文学叙事

在走过当代文学三十多年发展历程的作家中，贾平凹向以多产善思而著称于世。他的创作，常常引发人们一些意想不到的思考。记得在《秦腔》首发式上，笔者说过这样的话：这是可以写入现当代文学史的一部作品；这更是给我们提出了几个难以回答的问题的作品；这是将如我似的从事文学研究的人置于非常尴尬境地的作品——提出了一些现有理论无法阐释的问题。《带灯》这部新出版的长篇小说，在笔者看来，亦当作如是观。不仅如此，《带灯》以非常明确的艺术指向，提出了为世界文学提供中国经验的问题。这是一个令人深入思考的问题。

近些年来，创作界与理论界更加深入思考中国化的文学写作问题。这背后隐含的是对"五四"以来中国文学写作西化的反思与拷问。但是，什么是中国式的写作？怎样建立中国式的写作？可谓见仁见智。但在笔者看来，最为关键的应当是对中国文学艺术思维方式与精神的承续，在此基础上，融汇西方的文化精神等，写出中国所独有的文学艺术味道来。这种味道，不是附着于言表，而是透在骨子里。于此，笔者常常想到日本的川端康成与哥伦比亚的马尔克斯。处于今天的时代，文学创作要完全地回归传统是不可能的，但一味地匍匐于西方人的屁股后面亦步亦趋地前行，也是最终难以走出自己的路子的。文学的自觉，不仅体现在回归文学本体，而更为重要的，还体现在建构自己本民族独立于其他民族的文学艺术的问题。就此而言，中国当代文学似乎还有着进一步发展、完善、提升的空间。应当说贾平凹自20世纪80年代起就在做着这方面的努力。

在笔者看来，贾平凹的新作《带灯》在许多方面，是延续着《秦腔》《古炉》的整体艺术思路前行的。但是，其间的确有着明显的变化。这部作品相较于此前的《秦腔》《古炉》等在艺术叙写上的变化，主要体现在：一是内在的风骨更为突出，作品的内在质感更强；二是叙述上更加质朴，白描性、直叙性更强；三是于整体艺术建构上，意象性似乎在减弱，细巧的东西也少了，更加沉静、厚实、直白，是一种生活骨架本真式的呈现。而且从这部作品中可以看出，贾平凹试图实现着将中国文学艺术精神气脉打通的探寻。他自言以前倾心于明清，现在对两汉更感兴趣，欲以两汉笔法叙写今天之事，[①]也许将来他还会将目光投向先秦。他的文学创作中受两宋元明清的艺术因子的影响是明显的。重要的不仅是对文学笔法的学习，更是从作家文人身上承续其文学艺术精神气质。比如，苏轼的精神气质，在贾平凹身上就有着明显的显现。在拉通中国文学艺术历史的过程中，寻求中国式的文学艺术建构，这一方面，当代作家中许多人都在做着努力。于新世纪，或者再早一点的20世纪90年代，中国作家便开始了这方面的努力，取得了不容忽视的成就，只是人们并未像今天这样清醒而已。虽然如此，笔者还是认为这一历史使命并未完全完成。百年来，中国文学一直未能彻底解决确立"我是谁"的问题。西化移植模仿，或者以实用主义的方式，从中外文学中拿来一些东西，貌似古典的、西方的，实际上却给人一种拼贴的感觉，并没有完全地融会贯通。所以，对传统的承续，更为内在的是，在艺术创造中将中国文学艺术的思维方式和艺术精神融会贯通，骨子里生成一种中国文化艺术的风骨，一种中国文学艺术的精神神韵。也就是说，至今中国当代文学的艺术思维、艺术精神还未完全建立起

---

① 贾平凹：《带灯·后记》，手稿复印件，第14—15页。

来。这就是我们今天的作家、理论家所应当彻底检视和思考的问题。

正是从这一方面考虑，《带灯》所引发的思考，是中国现代以来文学发展中带有根本性、本质性的问题。而且笔者还有一个感觉，中国现当代文学发展到了一个需要进行历史性总结的时期。这一思考是在莫言获诺贝尔文学奖之前便产生的。有不少作家似乎都在做着这一方面的努力。在中国当代作家中，应当说贾平凹于这一方面，是觉悟得比较早的作家，也是最持久、最具特色、最富有建设意义的作家。当然，贾平凹的文学创作中的种种探索，也是最富有争议的。也许正是因为他这种不安顺的探索，在别人向西方寻求中国文学的出路时，他却始终如一地坚持将目光专注于中国文学传统，使得他的文学创作打上了非常浓厚的中国本土化的印记。如此说来，有人将他称为最中国化的当代作家，是有其道理的。正是基于这样的思考，把这部作品放在建构中国式文学写作的语境下来思考，不失为一种解读的视野。

中国的经验

对作家作品的阅读，笔者有一个习惯，就是除了认真阅读作品本身之外，还要尽量找来作家自己谈自身创作的文章，反复阅读。当然，我们并不会简单或者愚蠢地按照作家所言去评论阐释其作品。但是，可以从中看出作家创作中的所思所想，亦即作家原本的创作意图与艺术追求。或者说，从中可以看出作家到底要干什么，然后通过对作品的解读去看作家到底做得怎么样。这也就是说，通过对作品与作家创作谈的比照阅读，就可以窥视到作家的意图在作品中实现到了怎样的程度，以及与自己的阅读体验的交汇或者分离究竟有多大。之所以如此，笔者向来不赞成那种不顾作家作品的实际，一味地用自己的观念理论框套具体的文学创作的做法。这次对贾平凹的新作《带灯》的阅读，依然如此。不仅读了两遍作品，而且反复读了后记。后记不仅记述着他在创作这部作品中的艺术思考，其实也是一篇非常优美的随笔散文，与作品融为了一个整体。

不论是作品艺术建构所显现出的特质与追求，还是贾平凹在后记中所作的道白，给予笔者最为强烈的感觉，就是如何建构起中国式的文学写作，以期为世界奉献出中国的经验。于此，笔者想到王春林先生以《伟大的中国小说》为题评论《古炉》的文章。这当然是借用了美籍华裔作家哈金的说法。[①]《古炉》是否是一部伟大的小说，自然见仁见智，时间最终会给出历史的结论。于此，比这让人更感兴趣也更有意味的是，贾平凹所写的《古炉》确实是一部提供了中国经验的中国小说。以此来审视《带灯》，可能它比《古炉》在提供中国经验方面，表现得更为自觉。或者说，《带灯》是他明确坦承以中国的方式去叙写中国经验的实践。此前，虽然从20世纪80年代他就开始了这方面的探索，但并未明确说要用中国的文学方式叙写中国经验。

谈到中国经验，这是一个论域比较复杂也比较宽阔的命题。中国经验的提法，其中一种观点认为，最初源于社会经济领域的"中国模式"，进而引发关于中国经验的学术研讨。由此，"近10年来，围绕上述学术转换，已经有诸多学者一再论'中国经验'及其意义"[②]。在文学研究上究竟何人何时最初论及中国经验问题，笔者未作详细考证，于此自然不敢贸然作出判断。但是，以中国经验为论题探讨文学创作的文章，可以说成为近几年文学评说的一个热点话题，像李云雷的《如何阐释中国与中国文学》、牛学智的《"中国经验"：越来越含混的批评路线》、卓今的《本土经验与中国现当代文学的世界性》、南帆的《经验、理论谱系与新型的可能》、金理的《面对"思想"和"中国经验"的呼唤——讨论开给新世纪文学的两剂药方》、张清华的《"中国经验"的道德悲剧与文学宿命》

---

① 王春林：《"伟大的中国小说"》（上），载《小说评论》2011年第3期。
② 周晓虹：《中国经验与中国体验：理解社会变迁的双重视角》，载《天津社会科学》2011年第6期。

等等。①还有报纸上的一些短论，如莫言获得诺贝尔文学奖之后，就有人以《莫言与"中国经验"的讲述》为题，探讨莫言及其中国文学创作，并引用中国作协的贺词道："莫言的获奖，表明国际文坛对中国当代文学及作家的深切关注，表明中国文学所具有的世界意义。希望中国作家继续勤奋笔耕，奉献更多精品力作，为人类的文化发展做出新的贡献！"②而对当代中国文学创作中国经验的探讨，似乎还是一个正在进行的需更为深入地探讨下去的话题。

当代文学创作的中国经验本身，其实就隐含了诸多的疑问：什么是中国经验？怎样去叙写中国经验？中国经验是以什么视角去谈论的？它产生的社会历史、文化语境是什么？这中间是否包含了一个与世界文学比照的视域？中国当代文学的自信与自觉的历史建构是怎样的？

于此首先关注的是：什么是中国经验？从文学创作而言，它起码包含两方面的内涵：一个是文学创作所要叙写的中国经验；另一个是中国经验如何去叙写。就中国当代文学所要叙写的中国经验而言，从时间维度来说，就有历史经验和现实经验。前者如陈忠实的《白鹿原》、莫言的《檀香刑》等等；后者像贾平凹的《秦腔》、刘震云的《一句顶一万句》等等。换一种视角，有叙写城市经验的，如王安忆的《长恨歌》等，而更多的是叙写乡村经验的，如张炜从20世纪80年代就开始的《古船》等一系列作品。当然，如果从思想精神层面上来进行分析有关文学所要叙写的中国

---

① 张清华：《"中国经验"的道德悲剧与文学宿命》，载《当代作家评论》2012年第4期；牛学智：《"中国经验"：越来越含混的批评路线》，载《文学自由谈》2009年第3期；卓今：《本土经验与中国现当代文学的世界性》，载《文学评论》2011年第2期；阎连科：《当代中国文学的样貌及其独特性》，载《中国人民大学学报》2009年第5期；南帆：《经验、理论谱系与新型的可能》，载《文艺争鸣》2011年第7期；金理：《面对"思想"和"中国经验"的呼唤——讨论开给新世纪文学的两剂药方》，载《小说评论》2010年第5期；李云雷：《如何阐释中国与中国文学》，载《南方文坛》2009年第1期；孟繁华：《文学革命终结之后——近年中篇小说的"中国经验"与讲述方式》，载《文艺研究》2011年第8期。
② 清辉：《莫言与"中国经验"的讲述》，载《光明日报》2012年11月4日。

经验，可能可以细分出更多意义层面上的中国经验来。如果就中国经验如何去叙写来看，最为普遍的叙写视域是以西方文化思想价值观念为基本参照系，对中国所正在进行的历史转型时期的社会、人生、人性、情感，以及历史、文化、经济、政治等经验的叙写。这应当说是中国近现代以来的一个最为普遍、最为基本的叙写视角。我们自然可以说在世界不断交流融合的历史背景下，中国的文学叙写无法超乎世界文学历史建构之外；我们也可以说，西方的文学叙写确实为中国的现当代文学叙写提供了许多值得学习借鉴的经验；我们更可以说，中国作为人类的一个有机组成部分，中国人的经验自然就是世界经验的有机组成部分，我们的文学叙写也就自然是世界文学叙写的有机组成部分。现在的问题是在世界文学叙写的历史建构中，我们究竟处于怎样的地位。

实际上这里就涉及一个中国文学如何叙写中国经验的问题。那么，中国当代文学叙写了一个怎样的中国呢？如果从当代文学的历史来看，其最具特异性的，恐怕首先还是以文学叙事的方式建构起来一个社会政治意识形态化的社会历史、现实人生的中国。当然，这是具有发展性的，即从社会政治意识形态化的中国，到现实人生生活化的中国；从社会政治意识形态一元化的人到世俗生活、个体生活、精神生活、文化历史生活多元化的人的历史建构；从外部世界建构到人的内心世界的历史建构。这里始终贯穿着历史-现实、传统-现代、本土-世界等矛盾冲突，以及这些矛盾冲突中的现代中国的现代社会经济、现代文化、现代人的历史建构。不过当代文学中的这些，则是通过对人性、人情的煎熬的痛苦描述而呈现出来的。当然其间也有着对人生尴尬的境遇、人性血与火的融合，以及社会生存境遇、人之存在的荒谬等的揭示。

贾平凹与中国当代文学一路同步走了过来，成为当代文学三十年来的一个标本。在把他这三十多年来的作品所叙写的现实生活内容作一个排列后，得到了一个过去并未意识到的震撼。那就是贾平凹用自己的笔记录了中国这几十年的历史生活。这使人想到了法国作家巴尔扎克。贾平凹文学创作关注社会现实的脉搏，始终与中国的社会现实共同律动，他总是非常敏感地带有一定超前性地用自己的笔触动了我们这个社会不同时期的或敏感或麻木或脆弱或刚强的神经。他不仅是社会历史生活的记录者，更是民族文化精神心理历程的剖析者。所以，从某种意义上说，要了解中国改革开放所形成的中国经验，也许读读贾平凹的文学作品，不失为一种具有典型意义的探索。

如果对贾平凹的文学创作做一个历史性的梳理，就会发现从20世纪80年代初始，贾平凹就在做着这方面的努力。从以《商州初录》命名的系列作品开始，仅长篇小说而言，就有《商州》《浮躁》《妊娠》《废都》《白夜》《土门》《高老庄》《怀念狼》《病相报告》《秦腔》《高兴》《古炉》，直至今天的《带灯》。这中间还有数以百计的中短篇小说，以及数百篇散文和诗歌。把这些作品进行整体性的梳理解读，就会发现，贾平凹一直都在叙写着中国式的社会历史、人生状态、生命情感体验、文化精神的中国经验及经验建构。在不同的年代，贾平凹都有着对当下现实生活的文学叙写，这些当下性的文学所叙述的中国现实生活，从今天来看，就成为活态的历史。历史从某种意义上来说，就是过去时态下现实的当下性建构。就此来说，将贾平凹的文学创作作一个线性的历史连缀，就是一部中国当代社会艺术化、审美化的历史建构。我们这样论说贾平凹及其文学创作，并不具有排他性。因为其他当代作家也在建构着自己文学叙述下的当代中国。

于此，就长篇小说而言，贾平凹有几部作品显得尤为重要。如果说20世纪80年代后期创作的《浮躁》，是对此前十多年中国社会改革的历史性总结性思考，是对中国时代精神的一种概括，那么，他在新世纪所创作的《秦腔》，则是对乡村改革二十多年后陷入一种尴尬的两难境地的揭示，其间既蕴含着对历史文化（这里主要是指乡村文化）消解乃至消失的无奈的留恋惆怅，亦有着对现代文化建构所造成的巨大伤害性的困惑担忧。创作时间居于这两部作品中间的一部极为重要的作品就是《废都》，这部当初不被许多精英知识分子所认同的作品，今天得到了更多学者包括当年不认同者的认同。《废都》其实是超前性地叙写了当代中国知识分子在历史转型中的迷茫、困顿、尴尬的历史境遇和文化精神的解体乃至堕落的痛苦心路。其他作品如《白夜》实际上已经涉及农民进城寻求生路的人生尴尬境遇，这是否可算作比较早的关于农民进城的叙写呢？因为男主人公的社会身份就是农民，是具有一定知识文化的农民。《土门》实际上就反映了城中村改造的社会现实，其间蕴含了城市文化对乡村文化的侵蚀，以及乡村及其文化的被消解乃至消失。《怀念狼》对人与自然生命对抗的揭示，蕴含了作家对乡村现实境遇中生命本体的存在哲学或者是生存哲学的思考，进而引申出人类与自然的矛盾冲突，实际上是人自身生存与发展的矛盾冲突。《病相报告》是在历史-现实视域下对社会与人性病态建构的叙述，在社会-政治以及爱情叙写的外衣下，蕴含了更多的富有戏剧性、荒诞性、悲剧性生命存在的况味。《高兴》农民进城后精神文化上的不被认同，以及这种不被认同的尴尬境遇，实际上在内在精神中暗通对接了鲁迅的思考。《古炉》叙述的是当代中国社会中最为特殊的一段历史生活，其间蕴含着对特定社会历史情境下人性的剖析展示，也是对今天社会发展建构的一种历史性的照应。从社会学的角度看，这些作品所叙述的就是中国当代社会形态的一种历史建构。或者说，叙述的是文学艺术建构视域下三十多年来中国社会历史的经验：传统的中国向现代的中国、乡土化的中国向城市化的中国、本土化的中国向全球化的中国裂变转化中的痛苦而又亢奋、尴尬而又困惑、荒诞而又真实、固守而又趋同的历史过程。

　　《带灯》似乎是关于这种社会历史经验的回望性的总结与现实境遇困惑中的思考的文学叙写。这里看作家本人的一段自述：

> 文学出现了前所未有的困境，其实是社会出现了困境，是人类出现了困境。这种困境早已出现，只是我们还在封闭的环境里仅仅为着生存挣扎时未能顾及，而我们的文学也就自愉自慰自乐

着。当改革开放国家开始强盛人民开始富裕后，才举头四顾知道了海阔天空，而社会发展出现了瓶颈，改革亟待进一步深化，再看我们的文学是那样的尴尬和无奈。我们差不多学会了一句话：作品要有现代意识。那么，现代意识到底是什么呢，对于当下中国的作家又怎么在写作中体现和完成呢？现代意识也就是人类意识，而地球上大多数的人所思所想的是什么，我们应该顺着潮流去才是。……到了今日，我们的文学虽然还在关注着叙写着现实和历史，又怎样才具有现代意识、人类意识呢？我们的眼睛就得朝着人类最先进的方面注目，当然不是说我们同样去写地球面临的毁灭、人类寻找新家园的作品，这恐怕我们也写不好，却能做到的是清醒，正视和解决哪些问题是我们通往人类最先进方面的障碍。比如在民族的性情上、文化上、体制上、政治生态和自然生态环境上，行为习惯上，怎样不再卑怯和暴戾，怎样不再虚妄和阴暗，怎样才真正的公平和富裕，怎样能活得尊严和自在。只有这样做了，这就是我们提供的中国经验，我们的生存和文学也将是远景大光明，对人类和世界文学的贡献也将是特殊的声响和色彩。[1]

很显然，贾平凹在这里是将社会发展的历史建构与当代文学发展的历史建构融会在一起来谈的。中国的改革走到了一个历史的关键点上，20世纪80年代的风采已成为历史，今天社会发展处在了一个历史的拐点。就此而言，我们应当对已经走过的三十年的历史做一冷静的历史归结。更为重要的是，我们必须直面今天的现实。就现实来看，中国改革中历史转型的种种矛盾进入了集中爆发期。作家在这里其实是用一种历史发展的眼光审视当下的社会现实境遇的。《带灯》所叙写的内容，是中国目前最为敏感的社会问题之一：上访。而上访似乎仅是透视社会的一个焦点。从这个焦点辐射出去是整个中国的现实生存状态。他在接受笔者访谈时说："作

---

[1] 贾平凹：《带灯》，人民文学出版社，2013年，第360—361页。

品里带灯就说了一句话，基层社会的矛盾就像陈年的蜘蛛网一样，你动哪儿都往下落灰尘。你就不敢动，到哪儿都是事情。综治办或者上访办就成了问题集中营一样，社会问题集中营，它整个都集中到那儿了。"[1]信访办是中国特有的一种体制机构，各类问题在这里都有着集中反映。它既是一种民情民意民心民事传达的晴雨表，也是缓解社会上下矛盾的一个缓冲地。对中国式社会经验的表述，毫无疑问这是一个很好的透视视角。有关这方面的文学叙事，近年就有张育新的《信访办主任》、孟新军的《信访干部》、杨志科的《信访局长》[2]等长篇小说。这些小说多是一种社会问题式的叙事结构，多被当作官场小说进行解读。《带灯》正是通过叙写一个名叫樱花镇的综治办主任带灯及其同事的生活工作，描绘出一幅中国现实生活的图景，揭示了带灯以及她所生存的生活环境在生活、精神、文化、观念、人性、情感、体制等诸多方面的困境，以及对这种困境的种种突围。这显然不是官场小说的写法，而是当代中国现实生活状态、当代人的现实生存境遇等的叙写。更为重要的是，贾平凹不仅敏感于中国的现实生存境遇，而且是从人类历史建构与人类发展趋向的视域下来观照当下的中国现实的。也就是说，他是将中国的经验融入人类的经验之中进行叙写的。

中国文学叙事传统的回归

坦率地讲，中国的文学叙事问题是一个大问题，用一本书的篇幅也未必就能够将其非常全面地阐述清楚透彻。据笔者有限的阅读所见，20世纪八九十年代，有两部研究中国文学叙事学的论著，在学界产生了颇大的影

---

[1] 贾平凹、韩鲁华：《带"灯"而行——贾平凹新作〈带灯〉访谈》，载《西安建大报》2012年12月31日。
[2] 张育新：《信访办主任》，贵州人民出版社，2010年；孟新军：《信访干部》，大众文艺出版社，2010年；杨志科：《信访局长》，百花文艺出版社，2012年。

响,一部是陈平原先生研究中国现代小说叙事模式转换的论著《中国小说叙事模式的转变》,一部是杨义先生撰著出版的《中国叙事学》。[①]近年来有关中国叙事研究的著述显然多了起来,尤其是对中国古代叙事及历史传统的梳理研究。

这里首先涉及一个问题,就是我们探讨中国文学叙事的社会时代的文化语境问题。谈到文化语境,学界最普遍的一种表述就是全球化的文化语境。随着冷战时代的结束,特别是高科技的迅猛发展、网络信息时代的到来等等,从建构经济一体化到建构整个人类文化的一体化或者全球化,似乎成为许多人的一种文化理想诉求。中国当代文学创作及其研究,在这种文化语境下自然也就融入其中,并且担当了一种不可推脱的历史使命。这里自然有着将中国文学从过去几十年与西方的对立引向趋同的意愿,比如中国文学走向世界就成为诸多作家与理论家的夙愿。当许多人将中国文学走向世界视为以西方文学来建构中国的当代文学时,自然将主要精力放在了向西方学习借鉴甚至模仿上,即以西方的文化思想和文学艺术为准则,建构中国当代文学。这几乎可以视为中国文学近百年来发展历史的一种主导趋向。对西方的学习借鉴乃至模仿的文学创作实践热情,远远高于对本民族文化思想、文学艺术传统的传承。纵观中国文学百年发展历史,特别是近三十年的历史,可以说,西方从古到今,特别是近代以来的文化思想与文学艺术,从某种意义上来说,成为当代文学创作思想与艺术极为重要的、不可或缺的资源,甚至是一种兴奋剂,或者是中国文学创作发展的推动力。许多作家以西方的文化思想和文学艺术方式来叙写中国的历史与现实生活,而将中国的文化思想与文学艺术传统,视为愚昧、落后、保守的代名词。我们这样说,并非排斥对西方的学习借鉴,而是想说明,这种学习借鉴不是以西方为体的照搬,而是以中国为体的吸收容纳。于此,我们甚为赞成"学衡派"吴宓等先生的观点:"论究学术,阐求真理,昌明国

---

① 陈平原:《中国小说叙事模式的转变》,上海人民出版社,1988年;杨义:《中国叙事学》,人民出版社,1997年。

粹，融化新知。以中正之眼光，行批评之职事，无偏无党，不激不随。"[①]这实际上还是中学为体、西学为用思想的衍化。我们翻这些老账，并非要作翻案文章，而是想说明一种非常有意思的现象：今天从文化思想到文学艺术转向从民族传统中寻找出路，似乎是中国文学从"五四"时期起发展到今天，绕了一圈又回到了原点。

由此而想，在全球化的语境下，回归民族本体的文化思想与文学艺术建构，应当说成为当代文学确认自我的一种途径。就近三十年来当代文学创作而言，"寻根文学"无疑是一次具有历史意义的实践。但是，今天进行检视，"寻根文学"似乎依然是以西方的文化思想来对中国传统的文化思想的批判反思，这是与"五四"启蒙文学的一种呼应。或者说，是用西方的文化思想手术刀来解剖中国的文化心理及其现实表现状态。但不管怎么说，"寻根文学"在当代文学创作上艺术思想、思维方式的历史性转换——从社会意识形态视域转向文化思想视域，从倾心于对西方文学艺术的模仿到对中国文学艺术的吸纳传承——则是必须给予充分肯定的。

更为重要的是，在全球化的语境下，于中西比照中确立中国文学艺术的身份，建构独立的中国文学艺术。不论是受到马尔克斯、福克纳等的影响或者启发，还是真正醒悟到中国传统文学艺术独立形态建构的魅力，总之从中国古典文化思想与文学艺术传统中寻求思想与艺术的营养，成为20世纪80年代后当代文学创作上一种发展的基本历史趋向。就此，我们可以列出一个长长的名单，比如莫言、张炜、陈忠实、王安忆、刘震云等等，贾平凹自然也在其中。比较而言，对中国文化思想与文学艺术的浸染，以及在探寻建构当代文学中国式文学叙事中，也许贾平凹更具有典型意义。

贾平凹对中国式文学叙事的回归，是从中西比较中开始的。当然，这种于比较中的探寻，自然是不能脱离当时的社会历史文化，特别是文学语境的。20世纪80年代初期的中国文学，处于全面复苏的历史阶段。在经

[①] 吴宓等：《学衡杂志简章》，载《学衡》1922年第1期。

过了70年代末的艰难而痛苦的拨乱反正之后，摆在人们面前的首要问题是对中国当代文学，也就是五六十年代文学传统的恢复。中国经过"文革"后，文学这片鲜花盛开的园地已被毁坏成为一片荒漠。因此，中国文学首先应该在这片荒漠之中开垦绿洲。但是，开垦怎样的绿洲？于此，"伤痕文学"之后，"反思文学"的兴盛也就成为合乎逻辑的必然。因此，从整个文学创作来看，恢复革命现实主义传统，是大部分作家的共同愿望与实践。

但是，问题并非整齐划一。十多年的禁锢，特别是从片面地学习苏联文学到最终与外界隔绝，中国作家对世界文学产生了一种陌生感。禁锢的逐步解除，改革开放的提出，为中国文学的发展燃起新的希望。中国文学孕育着新的开放，一些作家开始从介绍外国的文学观念、文学作品、创作方式再到学习模仿，形成了一股强劲的文学观念变革与创作实践的冲击波。一段时间里，西方近百年的各种各样文学流派成为一些作家创作的艺术范本，先锋派文学给中国文学创作带来了一片全新的天地。似乎形成了这样一种观念：中国文学的现代化，就是创作西方式的文学作品。80年代初，几乎每一部学习模仿西方现代文学的文学作品，都能给人以惊喜，都能给人一种新奇的感觉，最典型的是王蒙的"意识流"小说。面对这喧闹而浮躁的文学创作，贾平凹似乎更多了一份冷静。他也惊奇于各种文学观念，惊叹拉美文学等的冲击，但是他并未盲目趋从，或者反对，而是在作着独立思考，在建构属于自己的文学艺术创作道路，在探寻着中国文学既不返归传统又不趋从于西方现代文学的另外出路。这就是，在面对西方的同时，又把目光投向中国的文学传统。

贾平凹对中国式文学叙事的回归，是从中西比较中开始的。而进行中西比较的第一件事，就是阅读了大量的中外文学作品。我们虽然无法确切统计他阅读的书目，但是，从他的一些谈论创作的文章中可以了解到，就中国古代人物及作品而言，他读了司马迁、陶渊明、韩愈、李白、白居易、柳宗元、李商隐、苏轼、曹雪芹、蒲松龄等的作品，以及《诗品》

《闲情偶语》等文论著作。现代文学有鲁迅、周作人、郁达夫、冯文炳、沈从文、孙犁等人的作品。外国的有川端康成、福克纳、泰戈尔、马尔克斯等名家著作。在这种比较阅读中，贾平凹得到了新的感悟，也更坚定了他的文学信念。除此之外，他还阅读了中国与西方的哲学、文化学等方面的著作。他此时对中外哲学、文化等理论著作自然不能说是真正吃透了，当然也谈不出一条二条的理论，但是，有一点却是可以肯定的，也是非常重要的，那就是他从中得到了不少启示，特别是中国古代的文学艺术、哲学思想对他有着非常大的启发作用。

因此，中国文学的出路，最终还在自己民族的土壤上，作家还应从中国古典文学艺术中吸取营养。1982年他对川端康成的一段评价，是意味深长的，他说："没有民族特色的文学是站不起的文学，没有相通于世界的思想意识的文学同样是站不起的文学。用民族传统的美表现现代人的意识、心境、认识世界的见解，所以，川端康成成功了。"[①]同年，他在为《当代文艺思潮》写的一篇文章中，又说了这样的话："以中国传统的美的表现方法，真实地表达现代中国人的生活和情绪，这是我创作追求的东西。"[②]此后，他多次谈过类似的话。在此，贾平凹绝对不是对中国文学传统的完全回归，而是从中吸取营养，寻求中国与西方、传统与现代的一种契合点，走出一条现代的民族文学发展的道路。

文学在最高境界上是相同的，不同的是追求这最高境界的方式、路径。对于中国作家来说，重要的不是学习西方的方式，而是探求其文学的最高境界，吸取其思想营养，并将其与中国的文化传统、中国的现实相结合，即取其精神而弃其形式。不仅如此，贾平凹文学叙事对中国传统的回归，还有赖于他对诗、书、画等文学艺术的感悟。他在对中国文学艺术进行综合考察中醒悟到，中国文学艺术的传统是表现的艺术，重在精神的表现，而不在形式的刻绘；在于整体的把握，而不在于细致的精描；在于意

---

① 贾平凹：《静虚村散叶》，陕西人民教育出版社，1990年，第118页。
② 贾平凹：《平凹文论集》，青海人民出版社，1985年，第71页。

境的创造，而不在于场景的再现；在于空灵的追求，而不在于细腻的叙说；等等。这些都使他的文学叙事发生着变化。他一方面致力于整体把握，即中国文化及其心理结构，中国表现艺术的整体美；另一方面他则有意无意地在作品中塑造富有象征意味的意象。①由此来审视贾平凹自《废都》之后的文学创作，就不难理解其在文学叙事上所表现出的极富中国文学叙事情致与韵味意趣了。

我们不惜笔墨对贾平凹这三十年来在文学创作回归中国文学传统中所进行的探寻做了比较详细的论述，目的在于说明，只有将《带灯》这部新作，放在中国文学当代史中，至少是放在贾平凹整个文学创作的历史中加以考察，方能更清楚地看出它的文学史的价值。如果从贾平凹的文学创作历史角度来看，正如前文所提到的，《带灯》无疑仍然是沿着《废都》之后的文学叙事思路前行的，而且表现出更为强烈的从中国文学传统中汲取叙事智慧的愿望。就其更具叙事整体艺术建构而言，我们认为是意象叙事，这可以视为贾平凹文学叙事艺术建构的一个总纲，一切都蕴含在意象叙事整体建构之中。就具体作品的叙事意象建构来看，则是以一个整体意象去统领许多具体意象。这就犹如一座房子，在这座房子中有许多具体的柱子、檩条、大梁，以及各种部件和房内的摆设，这些具体的意象既具有其独立叙事功能，又是与作品整体意象叙事建构相融会的，构成了一种意象的群落。在此需要简略说明一句，贾平凹的这种意象叙事建构，绝对不是西方式的，或者说，他并不是从西方现代主义尤其是意象主义那里移植过来的，而是从中国古代文化思想、文学艺术传统中承续而来的。比如，《易经》《庄子》以及许多文学、绘画等，就成为贾平凹意象叙事艺术建构的根源。《带灯》在整体艺术建构上，依然是一种意象式的叙事结构，即以一种整体意象来统领《带灯》的叙事建构。一般而言，贾平凹常常以作品的名字作为一种整体性意象，比如《废都》《秦腔》《古炉》等。贾

---

① 参见韩鲁华：《精神的映象——贾平凹文学创作论》，中国社会科学出版社，2003年。

平凹的长篇作品，极少用人名作为作品名，在笔者的印象中，只有少数中短篇如《天狗》《五魁》等如此处理。如果《带灯》这部作品用"樱镇"作为名字也未尝不可。作品三部的题目分别为：上部"山野"，中部"星座"，下部"幽灵"，而其手稿上则是：上部"樱镇"，中部"带灯"，下部"樱镇"。从这种变化可以看出，贾平凹在整体艺术构思上，更为突出作品叙事意象的象征性、隐喻性，强化了带灯这个人物作为整体叙事意象的结构性统领功能与象征意味。

中国文学的叙事传统：民间与文人

贾平凹在《带灯》的后记中，说了这么一段话：

《秦腔》《古炉》是那一种写法，《带灯》我却不能再那样写了，《带灯》是不适那种写法，我也得变变，不能在一棵树上吊死。那怎么写呢？其实我总有一种感觉，就是你写的时间长了，又浸淫其中，你总能寻到一种适合于你要写的内容的写法，如冬天必然寻到棉衣毛裤，夏天必然寻到短裤T恤，你的笔是握在自己手里，却老觉得有什么力量在掌握你的脉搏。几十年以来，我喜欢明清以至三十年代的文学语言，它清新，灵动，疏淡，幽默，有韵致。我模仿着，借鉴着，后来似乎也有些像模像样了。而到了这般年纪，心性变了，却兴趣了中国两汉时期那种史的文章的风格，它没有那么多的灵动和蕴藉，委婉和华丽，但它沉而不糜，厚而简约，用意直白，下笔肯定，以真准震撼，以尖锐敲击。何况我是陕西南部人，生我养我的地方居秦头楚尾，我的品种里有柔的成分，有秀的基因，而我长期以来爱好着明清的文字，不免有些轻的佻的油的滑的一种玩的迹象出来，这令我真的警觉，我得有意地学学两汉品格了，使自己向海风山骨靠近。[1]

《带灯》中，贾平凹在文学叙事上的确发生了变化。变化后依然在中国文学叙事的传统之中，所不同的是更加富有质地，体现出他自己所言的"海风山骨"的审美特质。不仅如此，这部作品比起《古炉》，特别是《秦腔》要好读多了。也许，正是这种更富质地的文学叙事，使得生活叙事中所潜藏的血性骨脉，给予了人们更多的阅读激情。当然，从叙事整体结构来看，它是由两大板块构成的。一个是现实生活故事，即以带灯为叙事人物的工作生活故事；另一个是带灯写给元天亮的信，是带灯内心情感精神的展露，这具有一定的独立性，同时又是与现实故事叙事相呼应、相映照的。这两种叙事融为一个整体性的叙事结构。贾平凹在20世纪80年代创作的《商州》，也是两个板块构成的两种叙事相映照的结构，但是二者又有所不同。《商州》中关于商州历史文化的叙事，带有更强烈的理性色彩，是以商州历史文化背景来映照现实生活中的人和事的叙述。或者说，它是用商州的历史文化来诠释现实生活、人的生存状态，以及人物的文化心理结构状态。而《带灯》中带灯写给元天亮的信，则更具情感色彩。这是一种对现实故事的内在心理情感的昭示，但是叙写得很恰贴，是浑然一体的，显得很圆润。这样的叙事结构，从创作而言，与作家收到一位乡干部的短信有关。但是，作为作品的叙事结构，作家在叙述带灯写给元天亮的信时，自然有着更深入的思考。但这绝对不是书信体小说的叙事结构。

不仅如此，从作品看，叙述带灯与各村的联系以及上访是情理中的事，也是作品基本内容所要求的，是塑造人物形象所不可缺失的。而作品还有另外一个线索，这就是樱镇上元家兄弟和薛家兄弟之间的矛盾冲突。这两家虽然不是作品叙事的重点，但从一开始就出现在作品的叙述中，她们的故事在整个叙事中时断时续、时隐时现。这好像与带灯主管的上访没有多大关系，但就是这看起来似乎与带灯关系不大的两家，最终酿成了一

---

[1] 贾平凹：《带灯》，人民文学出版社，2013年，第361页。

场打斗事件，而这一事件又促成了叙事的突转，决定了带灯的命运结局。这就构成了作品叙事的一条带有现实生活背景的线索，使得作品的叙事显得更加蕴含宽阔，也更加复杂。

说到中国文学叙事艺术传统问题，正如有理论者所言："中国文学和文化在治乱迭见、华夷交往而交融的大一统局面中，绵延不断地独立发展了数千年，从而形成了世界上任何一种力量都难以摧毁之、抹煞之的独特的文化实体，包括它的丰富的智慧、悠久的历史以及独特的思维方式和语言方式，并由此创造和积累了无比灿烂辉煌的文化和文学。"[1]也就是说，在中国这块特异的土地上，在中国的社会历史结构过程中，便形成了中国的文化思想、中国的文学艺术传统。这种传统之中蕴含着中国人的智慧，形成了其独特的文学艺术思维方式、独特的艺术文化精神。但是我们还应当看到，中国文学艺术叙事传统的形成，其因素是比这还要、还要复杂的。

中国文学艺术的叙事传统，从地域角度来看，总体分为南北两大系统。不仅古代的文学创作大体以秦岭长江为分水，就是今天，南北的叙事风格差异性还是非常明显的。正如唐初李延寿在《北史·文苑传》序中所说："江左宫商发越，贵于清绮；河朔词义贞刚，重乎气质。气质则理胜其词，清绮则文过其意。理深者便于时用，文华者宜于咏歌。此其南北词人得失之大较也。"[2]梁启超先生曾著有《中国地理大势论》，对此也有着精彩的表述："燕赵多慷慨悲歌之士，吴越多放诞纤丽之文，自古然矣。……长城饮马，河梁携手，北人之风概也；江南草长，洞庭始波，南人之情怀也。散文之长江大河一泻千里者，北人为优；骈文之镂云刻月善移我情者，南人为优。"[3]这也与诸多论家所谈到的《诗经》传统与楚辞传统的论说有着异曲同工之意，这是从叙写风格上所言的。而这叙写风格

---

[1] 杨义：《中国叙事学》，人民出版社，1997年，第7页。
[2] 李延寿：《北史·文苑传》（九），中华书局，1974年，第2781—2782页。
[3] 梁启超：《中国地理大势论》，见《饮冰室合集》（二），中华书局，1989年，第86页。

的背后，还隐含着人的文化思想特性。文化思想这方面的特质也很明显，"孔墨之在北，老庄之在南，商韩之在西，管邹之在东，或重实行，或毗理想，或主峻刻，或崇虚无，其现象与地理一一相应"①。从这些创作实际来看，我们可以说，中国的叙事传统于整体上分为南北风格差异明显的两大传统。就此来审视贾平凹的文学叙事风格及其文化特性，便不难理解于柔、秀之中又融汇着苍茫而富有质地的气质。贾平凹在《带灯》中要"沉而不糜，厚而简约，用意直白，下笔肯定，以真准震撼，以尖锐敲击"。其实，他所处的商州是中国南北的交叉地带，他的身上也就融会了柔和清秀与沉厚尚实的叙写因质。因此，从这个角度来说，我们认为贾平凹的《带灯》所具有的刚柔相济的叙事风格，并不能仅仅归结于作家所说的学习两汉的叙事，还体现着他从文化性格角度对南北文学叙事传统的吸纳融汇。

在此我们还想从另外一个角度来归结中国文学叙事传统。就其叙写笔法来看，又有着史传笔法与诗骚笔法。就其发展历史而言，史传与诗骚传统历史一样悠久，均是肇启于古远，形成于春秋战国时代。这是与中华民族文化思想的发展成熟相一致的。就其叙事而言，史传的叙写是实述式，或者说更注重于对生活与人物更为客观的描述，更突出对现实生活的呈现；而诗骚传统则更接近于史实的建构，更为突出对人的精神情感的艺术表现，更注重主体精神的叙写。当然，如果将"诗"与"骚"作以更为深入的解析，它们之间的差异性就很明显了。就其叙事内涵而言，"诗"往往直逼社会人生，而"骚"则更注重人的精神心灵。"诗"更突出直述，更具有质朴敦厚的特征，其灵性往往被遮蔽了，而"骚"则更富有诡异幻化的特征，质实的东西就受到了一定的遮蔽。就此而言，贾平凹的文学叙写，主要承续的是诗骚传统。记得贾平凹曾经说过，他在文学叙事上是

---

① 梁启超：《中国地理大势论》，见《饮冰室合集》（二），中华书局，1989年，第84—85页。

"以实写虚"[①]。如果将诗与骚进行比照，可以说"诗"是以质实敦厚为主调，而"骚"则是以诡异空灵为主调，贾平凹的文学叙事便是于诡异空灵中融汇着质实敦厚。这种叙写追求，他在20世纪八九十年代就作了不断的探索与发展。作品质地感的强化，其实在《土门》中已显现得非常明显。特别是《古炉》，史传笔法的特质更加突出了。这里我们说一种现象，在《古炉》和《带灯》中都有着宏阔场景的叙写，最为典型的是，前者是对武斗场景的叙写，后者是对元薛两家械斗的描写，都是非常精彩的。这使人极易联想到《水浒传》《三国演义》中战斗场景的叙写。于此，我们自然不是仅仅从宏大场景角度来谈问题的，而是从总括性的叙写中所透露出的刚毅质感方面看问题。这种叙写是非常简洁明快的，没有拖泥带水，而且叙述质朴直白，几乎没有任何修饰，采取的是一种直取内里的方法，一个个人物活脱脱呈现在人们面前。

其实，中国的叙事还有两种传统，一个是文人传统，一个是民间传统，这在文学史著述中也有类似的表述。自陈思和提出民间问题后，尤其是这几年文学创作对民间艺术素养的汲取与发展，成为一个极为重要的视域。这里笔者联想到《诗经》的编排分类——风、雅、颂，其间是否就隐含着民间、文人（知识分子）与庙堂的不同叙事建构？在知识分子没有完全分化出来时，可能只存在庙堂与民间，而在春秋战国时期，应当说中国的文人（知识分子）已经具备了独立精神，虽然所谓的百家争鸣中表现出十分明显的与官方合作的诉求意愿，但其独立的文化人格还是建构起来了。所以说，中国的文人（知识分子）在几千年的历史建构中，形成了自己的精神风貌。特别是魏晋与宋代，在中国文人的精神与文学艺术的叙事建构中，表现出特有的精神历史价值。当然，就当代作家的具体创作来说，比如贾平凹、莫言、张炜、余华、刘震云等等，在笔者看来，余华的所谓先锋写作，其实验意义大于艺术创造意义，真正体现其深入思考的是

[①] 贾平凹：《怀念狼》，作家出版社，2000年，第271页。

《活着》等作品。作家可能对文人与民间这两方面的文学艺术思维与精神都有所吸取。相比较而言，贾平凹似乎更具中国传统文人的文学艺术精神，他的文学创作，从语言表述到艺术精神以及艺术思维等，与中国文人更为接近。说贾平凹的文学创作是最具中国化的，也许从这一方面来定位更为恰贴些。

在与贾平凹进行访谈时，笔者曾就其文化精神艺术气质询问，认为他更具中国传统文人的精神气质，他作了如下回答：

> 严格讲，自己还是传统文人那种习气东西多一些，爱好、气质，这种应该是的。因为纯民间的东西它是另一种形态。相比较来说，这话是怎么个说法，纯民间也很有意思，它里边好像是另一种。
>
> 拿我这生活里边来看，你比如说，书画、收藏这方面它完全走的是中国传统文化人有的那种习气，他那种习气，他看问题，他写作趣味，他肯定就带到他的作品里边去了，他那种趣味性、他那种审美，他必然带进去。民间有些东西是精彩的，民间文化它没有这些东西，它有它的新鲜感，或者它的简单化，或者它的就事论事性的一些东西，它不玩那个味儿，不玩那个味道。①

的确如此，贾平凹的文学创作，非常注重作品的趣味性、神韵性、意味性、情趣性等的表达。这些，我们不能不说，他更多是对中国古典文学的体悟，对中国传统文人文化精神性格气质的承续。所以说，"他把中国文学悟得很透，不立流派而自成一家，以海的博大接纳外来的手法和技巧，所以我们看到的是鲜明的中国气派和中国味道"②。而这个气派应当说是中国文人的文学气派，这个味道也是中国文人传统的味道。

这里也有必要从中国文学史的角度来谈谈中国文学传统问题。人类社会总是处于历史的建构之中，它是一个动态的发展过程。同时，它又具有一定的静态的历史建构。也许正因为如此，不同的历史时代，文学艺术

---

① 转引自李伯钧主编：《贾平凹研究》，陕西师范大学出版总社，2014年，第273页。
② 李宗陶：《贾平凹密码》，载《南方人物周刊》2013年第3期。

所表现出来的特征自然是具有差异性的。人们习惯说先秦的诸子散文、汉代的大赋、唐诗、宋词、元杂剧、明清小说，虽然这样说不免有失片面，实际上就是以最具代表性的文体对不同时代文学传统的一种表述。正如鲁迅先生身上具有明显的魏晋文人文化精神风度一样，在贾平凹的文学创作中，体现着宋代文人及其诗文和明清文人及其小说的文化艺术精神。这一方面正如前文所引作家本人所言，在此就不再赘述了。不过，从贾平凹零散地谈到的他的阅读情况来看，不同时期其阅读有所侧重，于文学叙事上的吸纳也有所偏重。如果将他的阅读进行一个线性梳理，就会发现，不论是从现代到古代，还是从古代到现代，他的阅读与他的文学叙事之间形成一种同一性状态。这里还必须说，他似乎是把中国古代文学拉通了去逐步阅读的。在他说着兴趣了两汉的当下，其实他又在阅读《山海经》，这中间不正透露出一种上溯的信息吗？

如果从文化思想精神角度来说，贾平凹的文学叙事表现出更为明显的道家文化艺术精神。于此，笔者是赞同台湾学者徐复观先生的观点的，最具中国艺术精神的是道家，尤其是庄子。中国本土所产生的儒家思想与道家思想，对中国人特别是文人的文化人格与精神建构，具有极为重要的作用。出则兼济天下，入则独善其身，就是最为通常的一种儒道两家思想精神在文人身上的体现。从另一种角度看，儒家是一种社会人生伦理哲学，它往往告诉人们如何处世；而道家则是一种主体精神哲学，在阐发其道的过程中实际上是在告诉人如何追求精神上的自由自在。贾平凹就其文化精神来说，自然并非仅仅吸收中国一家的文化精神。但是在他的身上表现出更多的道家文化思想精神，他与道家的文化精神有着更为内在的相通。故此他也就更易走向艺术精神表现性创作。孙见喜说贾平凹具有"道家的风骨"[1]，此话是不虚妄的。正因为如此，贾平凹的文学叙写，常常自然而然地流动着一种气韵，蕴含着一种神韵，通透着一种空灵。

---

[1] 李宗陶：《贾平凹密码》，载《南方人物周刊》2013年第3期。

中国式文学叙事艺术思维

行文于此，就不得不探讨一下贾平凹文学叙事的艺术思维问题。笔者有个固执的观念，以为中国文化思想的思维方式是与西方的思维方式不同的。这种不同在于西方从古到今的思想家特别是哲学家，基本上都是自然科学研究出身，其思维建立在数理分析的逻辑基础之上，表现出明显的实证分析与数理逻辑的特征。而中国则不同，中国的思想家特别是哲学家基本属于人文社科出身。中国的思想文化特别是哲学思想，就思维方式而言，是一种意象思维，具有明显的感悟性、流观性、象征性、天人感应与天人合一性等特征。

中国的文学叙事思维，自然是中国文化思想孕育出来的。从总体上来看，表现出整体性、感悟性、散点透视性等特点，而这些又总括于意象思维模态之中，具有象征性、模糊性、多义性。有关中国文化与文学叙事艺术思维的形成，有许多研究者作出了自己的阐释。比如杨义先生认为，"中国人的时空观念重视整体性，西方人的时间观念重视分析性。""家常日用的事物中隐含着一个民族的'第一关注'，及其文化在漫长的独立发展中沉积下来的一整套思维方式和行为方式，深刻地影响了一个民族的长短互见、优劣混杂的文化性格。"[①]正因为如此，从文学叙事艺术萌发起源上，中国的文学叙事就与西方的文学叙事表现出差异性来。比如，"西方神话是故事性的，英雄（或神人）传奇性的，而中国神话则是片段性的，非故事性和多义性的"[②]。这些不仅体现着中国文学叙事的特性，更体现出中国文学的思维方式的独特建构。

在贾平凹有关自己文学创作的言论中，有两篇文章具有极为重要的意义。一篇是20世纪80年代初的《"卧虎"说》，一篇是80年代后期的《浮

---

① 杨义：《中国叙事学》，人民出版社，1997年，第8—9页。
② 同上。

躁·序言之二》。《"卧虎"说》可以说是贾平凹早期一篇比较明确的创作理论宣言。他提出了"重精神、重情感、重整体、重气韵，具体而单一，抽象而丰富"，"以中国传统的美的表现方式，真实地表达现代中国人的生活和情绪"。[1]于此，他所谈论的内容，实际不仅总结了中国文学创作的基本特征，亦蕴含了中国文学叙事思维方式及特征。他在《浮躁·序言之二》中明确提出："中西的文化深层结构都在发生着各自的裂变，怎样写这个令人振奋又令人痛苦的过程，我觉得这其中极有魅力，尤其作为中国的作家怎样把握自己民族文化的裂变，又如何在形式上不以西方人的那种焦点透视法而运用中国画的散点透视法来进行，那将是多有趣的实验。"因此，他认为"艺术家最高的目标在于表现他对于人间宇宙的感应，发觉最动人的情趣，在存在之上建构他的意象世界"。[2]这可以说是贾平凹真正确立自己文学创作艺术目标的理论阐释。从文学叙事思维上来看，他强调散点透视和天人感应，于整体叙事艺术建构上创造自己的意象世界，亦即文学叙事整体思维建构上的意象思维方式。可以说，贾平凹在体悟到中国文学叙事的艺术思维方式和表现精神之后，方逐渐形成自己的文学创作个性，走出了一条极具中国特色的文学创作路子。这种意象于80年代中后期形成，此后的《废都》等作品，在整体艺术建构上基本都是沿着意象创作的路子走，一直走到今天。当然，从贾平凹的创作实际来看，他的每部长篇小说都有着具体的艺术思考。比如《白夜》更强调日常生活自然而然的叙述，认为"小说是一种说话，说一段故事"，作家"其实都是企图着新的说法"。他所追求的是"说平平常常的生活事"，因为"生活本身就是故事，故事里有它本身的技巧"。[3]这似乎回避了意象叙事的建构，其实不然。从作品名字《白夜》，到作品中许多叙事事象、物象，包括人物等等，依然构成了一系列的意象叙事结构。《秦腔》最被人

---

[1] 贾平凹：《平凹文论集》，青海人民出版社，1985年，第70页。
[2] 贾平凹：《静虚村散叶》，陕西人民教育出版社，1990年，第4页。
[3] 贾平凹：《白夜》，华夏出版社，1995年，第385—386页。

们所关注的就是，叙写了人们的"那些生老离死，吃喝拉撒睡""一堆鸡零狗碎的泼烦日子"。①而"秦腔"作为乡土文化的一种象征、一种隐喻，依然蕴含了作品整体叙事建构的意蕴，构成了作品叙事的整体意象。从文学叙事思维方式来说，依然是在意象思维模式整体构架下，表现出整体性、混沌性与体悟性特征。

由此可见，贾平凹的文学叙事思维，于整体上来说，是一种意象思维模态建构。这种整体意象叙事建构，不仅追求象征性、隐喻性等，而且在叙事把握上特别强调整体性、流贯性、模糊性、散点透视性等等。这也就是说，贾平凹的文学叙事，一方面追求作品的整体意象艺术建构，非常重视叙事结构的整体性、茫然性、意象性。在这里，也就表现出他意象叙事思维的另外一个突出特点，即整体性把握。这种整体性艺术思维，给他文学创作的具体叙事带来了一种新的变化，同时也使得其叙事与其意象建构更为浑然一体。正如他所说，"对于整体的，浑然的，元气淋漓而又鲜活的追求使我越来越失却了往昔的优美、清新和形式上的华丽"。"没有扎眼的结构又没有华丽的技巧，丧失了往日的秀丽和清晰，无序而来，苍茫而去，汤汤水水又黏黏糊糊"，"尽量原生态地写出生活的流动，行文越实越好，但整体上却极力去张扬我的意象"。②于此还体现着贾平凹文学叙事艺术思维上另外一个基本特性，那就是"以实写虚，体无证有"，追求的是"形而上与形而下"的融合。③这实际上与中国文学艺术中"仰观""俯察"式思维方式于本质上是一致的。

论述到此，我们自然联想到贾平凹的艺术叙事建构中经常出现一些具有神秘色彩的东西，甚至其叙事表现出超现实性。比如《秦腔》中引生变作虫子窥视村委会开会的情境，《古炉》中狗尿苔与动物的对话，就是《带灯》也有一些极为神秘的叙事。比如对人面蜘蛛的叙述，对樱镇上那

---

① 贾平凹：《秦腔》，作家出版社，2005年，第565页。
② 贾平凹：《高老庄》，太白文艺出版社，1998年，第413、415页。
③ 贾平凹：《怀念狼》，作家出版社，2000年，第271页。

个疯子的叙述，以及对带灯夜游的叙述，还有对皮虮、萤阵等的叙述。这些都是极具隐喻性的叙述，自然是一种意象叙事。其实，往往这些带有虚幻色彩的意象叙事中，隐含了更多的现实的思考与隐喻，而且这种意象是用非常实的笔法叙写出来的，这也就体现出中国文学叙事思维上的神秘性特征。

在具体叙述的过程中，他既有主导的一种叙述视角，还经常采用多视角叙述、散点透视。多视角散点化的叙事，在《秦腔》《古炉》以及《带灯》中，表现得都是非常明显的。《带灯》的叙事，自然是以带灯这一主要叙事人物为基本视角的，但是，在进入具体叙事之后，我们发现，作品的叙述往往带有极强的散点性。比如带灯与她那老伙计的故事可以说是天女散花式，虽然有着一种整体性的叙事建构，但又是通过不同的老伙计透视着不同的生活情态。贾平凹文学叙事思维上的这一启悟，应当是源自绘画中得到的一些感悟。西方的油画是焦点透视，中国的写意画是散点透视，最典型的就是《清明上河图》。如果把《清明上河图》与西方的油画加以对照，就会显现得更为清楚明了。《清明上河图》几乎没有一个聚焦点，它是从上下左右前后不同的视角进行透视的。当然，也不能说贾平凹仅仅从绘画或者《清明上河图》中得到启悟，他可能是在吸收的过程中记录了自己的一些感悟、一些体会，同时把古典的、历史的不同门类的文化艺术思维，甚至包括西方的一些艺术思维融会在一起，形成了他文学叙事上独特的艺术思维方式。也就是说，对中国古代文学艺术精神、艺术方式等他吸收的不是一点，可能这方面的有，那方面的也有，比如诗词、绘画，还有雕刻等等。他就曾谈到受过古画像石的启示，他还谈过西方现代派的绘画，谈过西方的现代建筑。贾平凹是将这些与他所体悟到的中国古典艺术思维融为一体，形成了其文学艺术思维方式，进而体现在作品叙事方式的建构上。

我们还应当看到，作家的文学叙事思维方式中蕴含着作家的情感方式、心理结构方式、认知方式等。贾平凹曾经说自己是农民，骨子里是农民的血脉。当然,他也受到了现代文化的浸染,具有一定的现代文化思想意识。但问题在于,我们解读贾平凹的文学叙事时发现,一旦与中国的传统文化,特别是乡土文化相连接,就会放射出熠熠光彩。甚至我们觉得,贾平凹的文学叙事思维建构中,融汇着更多的中国人所固有的情感方式、心理结构方式和认知方式。我们说贾平凹的文学叙事具有中国的味道,恐怕与此亦有着内在的密切联系。

贾平凹在20世纪大概是80年代末,曾经谈到文学的时代精神问题。其中非常重要的一点,就是时代精神是一种"气",一种"势",亦即社会心态与社会历史发展的趋势。①而且,这种"气"与"势"并非外在于事物的形式,而是内在于人们的精神情感,内在于社会现实的机理建构之中。就文学创作而言,作家的精神情感、艺术思维在有意无意、或隐或现之间,便体现出社会时代的精神特征。贾平凹看到汉代茂陵前的石雕卧虎,所阐发的有关文学艺术精神,其实正是对汉代文化精神的一种认知。也就是说,汉代雕塑所表现出来的特征,那种粗犷的几笔勾勒出来的苍茫和苍劲,是和汉代整个民族文化的精神气质相通的。但是到了明清之后,雕塑非常精细,比如清代的鼻烟壶,在鼻烟壶里画出千姿百态的图画。又如有篇《核舟记》,文章叙写了在一个桃核上刻了一个舟。这是如此的精细,但就是缺乏汉代那种大气大势,这是民族精神衰落的表现。从某种意义上讲,贾平凹的文学叙事也是一种感时应世的思维方式。贾平凹在《带灯》中学习借鉴两汉笔法,是不是他对这个时代的一种感应呢?汉代具有代表性的文体是汉大赋和《史记》,在阅读过程中我们感到问题似乎要更为复杂。

叙事自然离不开时间与空间,作家叙事模态或者叙事方式的建构是以时空为基本要素的。就客观时间而言,它是一个发展的过程,一般用过去、现在与未来三维来表示。从文学叙事的时间来说,又有着叙述对象的

---

① 贾平凹:《静虚村散叶》,陕西人民教育出版社,1990年,第150页。

时间，亦即故事建构叙事的时间，而作家的创作也是在具体的时间中完成的，故此作家的具体写作时间亦应成为文学叙事所关注的范畴。这样，故事发生发展的时间与作家的写作时间就构成了文学叙事的基本时间。如果我们换一种角度考虑问题，应当说，文学叙事所涉及的时间，包含了客观的事件时间、作家写作的时间以及人们的心理时间。空间亦是如此，客观世界的空间、故事的空间以及作家的心理空间。就文学叙事而言，我们更为关注的是作家在进行文学叙事时，对时间与空间的把握与感知体验。因为作家把握与感知体验时间与空间的方式与状态，直接影响着作品艺术叙事的时空建构，也就是作家从什么样的视域来建构自己文学叙事的时空模态。

中国人对时间与空间的把握感知，自然是与其文化思维紧密相连接的，即感时应物的茫然混沌的整体性。孔子所说："逝者如斯夫，不舍昼夜。"[1]也许孔子的这种对时间的感知与表述，正能够体现中国古代人们对时间把握的思维特征。第一，对时间流动过程的整体性把握体验，它是浑然茫然的；第二，将自然与人的生命紧密融合，将自然的河水流逝喻为生命的流逝，二者合二为一，构成了时间的整体观念；第三，感悟顿悟性，即对时间的把握不是出于理性的分析，而是源于生命的体悟；第四，包含着一种模糊性，正因为它不是分析，而是体悟，这中间就存在着巨大的模糊地带，而这也许正是文学叙事在时间上更具有内在张力的地方。

由此我们来审视贾平凹文学创作叙事时间上的特点，可以说上述这些都有体现。《废都》的叙事时间是最难以把握的。难以把握的不是叙事节点的具体时间，而是整体叙事时间的模糊性消解着时间的确定性。作品开头第一句话"一千九百八十年间"，虽然交代了时代，但是具体的年月日则是模糊不清的。《废都》采用的叙事时间是一种不确定的像"一日""一个月后""下午""饭后"等时间概念，这就大大消解了时间的

---

[1] 陈志坚主编：《诸子集成》第1册，北京燕山出版社，2008年，第145页。

精确性和确定性。《秦腔》的叙事时间亦表现出这样的特点。《古炉》于整体叙事时间结构上采用的是春夏秋冬，这里的时间似乎非常确定，但实际上则是极为模糊不清的：与其说是一种具体时间的叙事，不如说是一种以季节为时间区段的叙事。《带灯》的叙事从时间上来看，一年四季的变化融入整体故事叙述的建构之中，亦有大的社会时代，比如从元老海阻止高速公路通过樱花镇到大工厂的建立，这告诉人们一个时代的时间区段。从作品中可以推测到，大概叙述了带灯到樱镇这几年的生活历程。但是，究竟是几年，我们确实无法作出准确判断。正是这种模糊性时间叙述，给了人们一种十分清晰的时代。

　　有人讲历史都是当代史，这是从历史建构叙述角度看问题的。历史是当代人所叙写的历史，自然是从当代的视域来观照历史的，必然带有当代文化思想时代的精神烙印。其实，我们对时间的认知，也是从现在开始的，现在的时间扭结着历史和未来。文学叙事时间，也是以现在为其基本时间叙事的节点的。由此我们进而深入探究时间的存在价值和意义，如果说时间是人存在的一种价值方式的话，那么时间的展示就成为人存在价值意义的一种基本的历史建构。故此，人的存在价值首先应当于"现在"体现出来。海德格尔曾言，"此在以如下方式存在：它以存在者的方式领会着存在这样的东西。确立了这一联系，我们就应该指出：在未经明言地领会着和解释着存在这样的东西之际，此在所由出发之领域就是时间"，故此"我们须得源源始始地解说时间性之为领会着存在的此在的存在，并从这一时间性出发解说时间之为存在之领悟的境域"。[①]于此，我们对海德格尔的论说进行一点有意的误读，不仅将"此在"理解为人之存在的一种方式，而且还将其理解为现在的存在方式。现在的存在是时间存在的一个主要的切入点。因而，文学叙事的时间建构，也就首先是一种此时的时间建构。《带灯》的叙事时间毫无疑问是以此时为其基本叙事建构的，叙述

---

① 海德格尔：《存在与时间》，陈嘉映、王庆节译，生活·读书·新知三联书店，1987年，第22—23页。

的是我们正在进行着的现实。从文学叙事思维方式角度来看，关注当下始终是贾平凹文学创作的一个基本特征。

建构自己的文学叙事空间，这似乎成为当代作家进行文学叙事的一个共同趋向。比如莫言的山东高密东北乡、阎连科的耙耧山脉等。贾平凹建构自己的叙事地域是从"商州系列"作品真正开始的，可以说，他主要的文学作品所叙写的都是商州。商州成为他文学叙事的基本地域对象。商州作为贾平凹于文学中所创造出来的叙事空间，从自然地理上看，它是秦岭中一个山清水秀的盆地，连接着中国的南北；从人文地理角度来看，它是陕西一个地市级的区划，是中国南北文化的一个交汇地区。从《满月儿》等一直到《带灯》，贾平凹叙写了商州当代的社会历史生活。位于秦岭中的商州就犹如一座丰富的矿藏，为贾平凹提供了丰富的文学叙事资源，也成为贾平凹文学叙事叱咤风云的广袤无限的天地，使他创造出一个文学叙事意义上的艺术世界。对《带灯》中的樱镇，作家是这样叙述的：

樱镇是秦岭里的一个小盆地，和华阳坪隔着莽山，不是一个县，但樱镇一直有人在大矿区打工。[1]

正如樱镇是秦岭山地中的一个小镇，贾平凹并非叙写同一名称的村镇，比如《浮躁》是两岔镇，《高老庄》是高老庄，《怀念狼》是景阳老城，《秦腔》是清风街，《古炉》是古炉村。这些名称各异，但是从地理特征上来看，它们又似乎是同一地域。比如在《浮躁》中，"州河流至两岔镇，两岸多山，山曲水亦曲，曲到极处，便窝出了一个不大不小的盆地"[2]。或者说，构成贾平凹笔下的具体叙事村镇，地理风貌上都是周围环山的小盆地，都有一条河流流过。唯一的解释就只能是，贾平凹文学叙事所创造的村镇，都是以他的故乡棣花镇为模本的。这一点贾平凹在《秦腔》后记中作了表白："我的故乡是棣花街，我的故事是清风街，棣花街

---

[1] 贾平凹：《带灯》，人民文学出版社，2013年，第3页。
[2] 贾平凹：《浮躁》，人民文学出版社，2018年，第3页。

是月,清风街是水中月,棣花街是花,清风街是镜里花。"①

贾平凹对村镇形状体貌周边环境等的叙述,极少作静止的大篇幅叙写,而多半是于故事的叙说中自然而然地带出几笔。这一方面与沈从文极为相似。这样的叙事在思维方式上,是否也是一种流观式的叙事思维呢?于此,我们想到,中国古代小说常常采用某某人到了某地见到一处特殊的地方的叙事方式。比如《西游记》唐僧师徒正行走间突然出现一座山或者一个城镇,《水浒传》中武松行至景阳冈,等等。但其间又有着变化,那就是中国传统小说对自然景观等的叙述,在以凸显的笔法说出之后,往往要作一番静止的描绘。但是,贾平凹则不是,他采用的是于叙事中顺其自然地叙出,仅仅是寥寥数笔一点,又将笔转向故事的叙述。这确实没有山是奇山、庄是奇庄必然要有奇异故事的奇异之感,却给人以更为融合自然的叙事美感。

原载《小说评论》2013年第4期,原题为《论〈带灯〉及贾平凹中国式文学叙事》

(收入本书时有增删)

---

① 贾平凹:《秦腔》,作家出版社,2005年,第565页。

中国乡土及乡土经验的文学叙事

——以贾平凹、莫言乡土叙事为例

当代中国的文学叙事,虽然也出现过萧也牧《我们夫妇之间》(《人民文学》,1950年第3期)这样试图以城市文化为视点的文学叙事,但构成其最为重要内容的,是以乡土及乡土经验为主体的文学叙事。乡土及乡土经验,以丰富而深厚的文学叙事资源,成就了几代作家。以赵树理、柳青、周立波、孙犁等为代表的第一代当代中国乡土作家,他们的文学叙事,是将原生态的乡土及乡土经验,转化为社会政治意识形态化的乡土及乡土经验,建构的是社会政治意识形态化的乡土叙事模态,以至有学者将他们的文学叙事称为农村题材的小说。比如丁帆先生就认为:"20世纪60年代初到70年代末的反映农村社区生活的大量作品,是不能称其为乡土小说的,充其量亦只能称作'农村题材'的小说。"[1]在社会政治意识形态化文学叙事道路上走向极致的是李准、浩然等作家。当然也有特殊情况,比如汪曾祺先生,他应属于"20后",但他则承续了沈从文的乡土文学叙事传统,创作了乡土文学品性十足的作品。以刘绍棠、高晓声、古华、张一弓等为代表的则是第二代乡土作家,这一代作家试图从意识形态化的农村文学叙事中剥离出来,走向日常生活的、历史的、文化的本真化的乡土

---

[1] 丁帆:《中国乡土小说史》,北京大学出版社,2007年,第231页。

叙事，但最终未能完成。真正将当代文学乡土叙事推向新的历史阶段和艺术境地的，是被称为"50后""60后"的作家，像贾平凹、莫言、张炜、韩少功、阎连科、刘震云、周大新、李佩甫、余华、苏童等。作为"50后"作家，贾平凹与莫言的文学叙事，虽然也是起始于社会意识形态化，但是，在现代与传统、中国与世界的碰撞中，走出了一条新的乡土文学叙事路子。创建新的乡土文学，构成了他们文学叙事的基本格调，也是他们的宿命。当然，他们并非无力于乡土之外的文学叙事，比如城市文学叙事，他们分别创作了《废都》《酒国》等，但是最能代表他们文学叙事特立独行艺术个性与深广度的，依然是乡土文学叙事。

当代乡土文学叙事的转变，既根源于1980年代乡土生活现实历史性的转换，也得力于西方福克纳（*Faulkner*）、马尔克斯（*Márquez*）等的文学叙事经验的启迪。进入1990年代，特别是新世纪，在中国社会历史转型与全球化双重语境下，此前中国与西方的乡土叙事艺术经验或叙事模式已无法适应新的乡土生活经验，作家需要进行新的乡土生活体验及叙事艺术的思考与探索。正是在新的乡土生活体验与乡土叙事艺术探索中，创构出新的乡土叙事艺术形态。本文基于这一语境，对贾平凹与莫言乡土叙事艺术进行考察探析，以窥探他们本土化历史叙事中所具有的世界文学共通性。

一、新乡土叙事的探寻与确立、突破

贾平凹与莫言成为当今文坛举足轻重的作家，取得了举世瞩目的文学叙事成就，但是他们的文学叙事依然是从意识形态化的叙事开始的。在此，我们不赞成以今天的成就去遮蔽过去的历史，而应还原一个真实的历史。贾平凹第一篇作品《一双袜子》于1973年发表在由陕西省群众艺术馆主办的《群众艺术》，莫言第一篇作品《春夜雨霏霏》载于河北省保定市文联主办的《莲池》（1981年第5期）；贾平凹第一部作品集《兵娃》于

1977年由中国少儿出版社出版,[①]莫言的第一部作品集《透明的红萝卜》于1986年由作家出版社出版。[②]毫无疑问,他们一开始的文学叙事带有明显的社会政治意识形态的模式规约痕迹。他们真正找到文学叙事的自我,则是从意识形态化的文学叙事中挣脱出来之后,真正回归到乡土及乡土经验的世界。而对个性化的乡土世界的寻找与确立,就当代文学叙事来说,是有一个嬗变的过程的。但是对于具体作家而言,这个嬗变过程长短快慢是存在着一定差异的。贾平凹作为文学创作始于"文革"中后期的作家,他的文学叙事的历史嬗变经历了将近十年,这与当代中国文学叙事的历史嬗变具有同构性。莫言则不同,他从步入文坛到叙事爆炸,仅用了四五年时间。

就整个当代文学发展而言,1985年前后是文学叙事发生历史性转变的时期。也许是进入文学世界晚了几年,莫言减少了从"文革"到新时期历史转换过程中"文革"历史惯性的影响,而受到当时文学叙事新因素的冲击更为强烈,受到福克纳、马尔克斯等的影响,找到了艺术叙事的自我。贾平凹的《满月儿》虽然在1978年获得第一届短篇小说奖,但是,他真正开始营造自己的艺术天地则是《商州三录》的创作,这奠定了他在当代中国文学叙事历史上的第一块坚实基石。莫言1985年发表了《透明的红萝卜》,尤其是紧接着发表《红高粱》,开始形成以自己故乡为原型的"高密东北乡"文学叙事艺术王国。贾平凹于1983年在《钟山》第5期上发表《商州初录》之前,已发表小说90余篇,散文与诗歌40多篇(首),出版作品集7部。[③]莫言发表《透明的红萝卜》之前,发表包括具有文学叙事探

[①] 郜元宝、张冉冉编:《贾平凹研究资料·贾平凹创作系年》,天津人民出版社,2005年。
[②] 孔范今、施战军主编:《莫言研究资料·附录·作品年表》,山东文艺出版社,2006年。
[③] 郜元宝、张冉冉编:《贾平凹研究资料·贾平凹创作系年》,天津人民出版社,2005年。

索性的《白狗秋千架》《秋水》《金发婴儿》在内的作品约有26篇。①

  他们在乡土叙事艺术上的每一次突破，或者说每前行一步，都会引起巨大争议，甚至是批判。如1980年代初对贾平凹《二月杏》《沙地》《"厦屋婆"悼文》等作品的批评，1990年代《废都》所受到的几乎是铺天盖地的批评乃至批判以及来自文学艺术之外的指责，成为当代文坛一个奇异景观。1980年代后期乃至90年代，莫言的《红高粱》特别是《丰乳肥臀》等受到强烈的批评。这似乎成为当代文坛一种奇异的文学现象：当代最为优秀的作家也是争议最大甚至被批评乃至被批判最多的作家。相较而言，贾平凹的转化比较缓实，或者是在批评界的压力之下出现过某种反弹，比如在《"厦屋婆"悼文》等作品之后，就创作了《腊月·正月》等。但实际上他是在比别人慢半拍的情况下向前进了一拍，在平和缓慢中突然来一个创作上的"爆炸点"，如《废都》的出现。在今天看来，《废都》具有开启一个文学叙事时代的意味。莫言的转换则来得更为迅猛，更为明了，更为直截了当，几年间就创作出了《透明的红萝卜》《红高粱》等，而且一发不可收拾，具有强烈的迸裂性。莫言表现出更为强烈的爆破性甚至高调明确表示追求叙事艺术上的变化。可谓一个于温和之中蕴含执拗，一个于刚烈之中表现出矢志不渝。但是他们的文学创作都贴着故乡的土地，或者说，都将自己的文学叙事根植于乡土及乡土经验。也正因为如此，自1980年代，贾平凹从"商州系列"之后、莫言从《红高粱》之后，"商州"与"高密东北乡"便成为他们文学叙事艺术天地中的象征。乡土及乡土经验，不仅使他们的文学叙事接通了地气，而且赋予他们的文学叙事以神灵般的艺术生命。他们在回归故土的过程中，走向了文学叙事的大境界。

---

① 孔范今、施战军主编：《莫言研究资料·附录·作品年表》，山东文艺出版社，2006年。

二、故土：新乡土叙事审美空间创构的纽结

乡土作为一个相对于城市而存在的地域性概念，它更多地体现出空间性文学叙事审美内涵。而乡土经验不仅具有审美空间意义，而且表现出更为强烈的作家乡土人生经历与乡土生命情感体验及其记忆的时间性内涵。文学叙事审美空间意义下的乡土，我们认为至少具有三层含义：一是地理学意义上的自然空间；二是文化意识上的区域空间；三是情感精神上的心理空间。正是这三种空间的有机融合，在文学艺术创造的过程中，构成了审美空间。就此而言，也可以说乡土叙事是一种空间的审美叙事。也正是在这种意义上，以地域名称命名的乡土文学叙事，成为文学叙事中独到的艺术王国。

从文学叙事来看，几乎所有乡土作家的文学叙事，都是从自己的故土开始的。鲁迅以故乡浙江绍兴为原型所塑造的"鲁镇""未庄"等文学叙事审美空间，沈从文创造的"湘西"审美叙事空间，成为中国现代文学叙事经典性的审美空间。但是，我们必须承认，当代文学作为一种文学叙事审美空间艺术创造，则是受到了马尔克斯、福克纳等人的影响于1980年代而明确提出的。比如莫言就明显是受到他们的启示之后，开始自觉地建构自己的"高密东北乡"这个文学叙事的独立王国的。在我们看来，问题的关键不仅仅在于当代作家是否受到外国作家影响而建构起以自己故乡为原型的文学叙事审美意义中的地域空间，而且在于立足于本民族的社会历史文化以及文学艺术的大地，创造出既是本土的又是世界的、个性化的无可替代的文学叙事审美空间。1950—1970年，文学叙事中出现的地域空间在强烈的社会政治意识形态观念的干预下，既失去了地域性的文化艺术本质特性，又隔绝了与世界文学艺术沟通的通道，因而被悬置在意识形态观念的高空，失去了审美意义上的独特个性，大大消解了文学叙事空间的审美意义。而贾平凹、莫言则在自觉去意识形态化的文学叙事中，最大限度

地逼近了文学叙事空间的审美境地。他们所创造的文学叙事空间之所以具备更为丰富蕴藉、自如浑然的审美空间的价值意义，就在于他们既根植于故乡的地理、文化的深土之中，使得自然地理的物理空间如细雨润物般悄然转化为文学叙事的审美空间，又在文化精神与文学艺术精神上与中国历史传统和世界叙事进行着对话与沟通，创造出当代文学叙事的新的审美境界。可以说，贾平凹与莫言笔下的"商州"和"高密东北乡"，已成为当代乡土叙事具有典型性的审美空间意象。

相比较而言，在当代文学叙事中，1980年代之后特别是1990年代之后，乡村自然环境及景物的叙事功能，是与1950—1970年有着一定的差异的。总体上来看，1950—1970年乡土文学叙事中出现的自然景物更多的是作为一种背景，它们与作品中的人物性格等，缺乏一种内在生命情感的联系，也就是说，不管自然景物怎样变化，人物的性格内涵都不会发生本质性的变化，甚至这些自然景物可以从作品审美空间的创造中分离出来。到了新的乡土叙事，这种情况发生了变化，自然景物在整个文学叙事建构中成为不可替代的审美空间意境，具有更为强烈的文学叙事审美空间意境创造的象征性和隐喻性，其独特性、个性化以及审美化的因质，就如同血肉一样融进整个文学叙事之中。像陈忠实笔下的白鹿原，阎连科笔下的楼耙山脉，路遥笔下的陕北黄土高原，迟子建笔下东北的白水黑土，等等，均有了叙事结构的审美整体象征意义。于此，我们可以看到新乡土文学叙事中的自然景物描述，一方面对接了鲁迅、沈从文等现代乡土叙事的传统，另一方面，也表现出受西方或者中国古典文学艺术启示后，对故土自然景物文化与艺术象征意义的追求，转化为更为自觉的审美空间意境创造。

谈及文学叙事中的乡土及乡土经验，首要的是作家对故乡自然地域的记忆。作家对审美空间的创造，是以其故乡的自然空间为基础的。自然空间作为人类赖以生存的第一空间，其天然的地理地貌、自然植被以及天气气候等，深深地沉淀在了作家的记忆之中，进而深深地影响着他们文学叙事空间的艺术建构。当然，作家"家乡的地域生态环境，已经不是客观的存在，而成为他们文学艺术生命结构的有机构成。他们不是在进行描绘与叙述，而是在进行着一种艺术生命情感的融合交媾"①。

贾平凹是当代文学叙事中，最早自觉并持之以恒以自己故乡为文学叙事审美空间的作家之一。他在创作短篇小说集《山地笔记》时，就开始营造商州这一特异地域叙事审美空间，引起了学界的关注。而《商州三录》就将商州作为一种文化与文学艺术审美空间意象定格下来。可以说故土成就着贾平凹的文学叙事，而贾平凹则又以其文学版图中的商州，丰富了现实中商州的文化内涵。商州，特别是他的故乡丹凤棣花镇的山山水水，成为他文学叙事的根基与永不枯竭的源泉。许多自然景致于他作品中不断地出现，比如莲花池，在他最早的《兵娃》中出现过，《古炉》中依然有相关描述，还有他故乡的笔架山、丹江以及庙宇等。莫言文学叙事的成功，更得益于故乡。莫言说当自己拿起笔写作时，"故乡的土、故乡的河流、故乡的植物，包括大豆，包括高粱，"就会"缭绕在我的耳边"。②他的文学版图中的高密东北乡，可以说就是他的故乡大栏乡的复制。家乡村边的那条现在虽然已经干涸的小河，那个桥洞，那个荒草甸子，尤其是那片高粱地，都构成了莫言小说叙事审美空间中富有生命的风景。

当然，进入作品中的自然景致，作为一种审美艺术的创造，自然是一种超越作家故乡实际的创造，作家可能会根据艺术叙事的需要，将其他地方的景物移植到自己所塑造的故乡，甚至会虚构想象出某种景物情景。贾平凹说："这环境吧，和我以前的环境还有些不一样，山上产什么鸽子，它那个吃食是怎么个做法，我老家和这还是有些不一样的。它必须要带着那个地方鲜明的一些特点，那个地方一看就是大山，山上有各种果树，

---

① 韩鲁华、韩云：《地域文化与作家审美个性及风格》，载《西安建筑科技大学学报》（社会科学版）2009年第2期。
② 孔范今、施战军主编：《莫言研究资料·附录·作品年表》，山东文艺出版社，2006年。

还有其他各种树，还有各种走兽，然后怎么做醋、做酱豆、做这样那样，一看它就有鲜明的地方特点。我老家那个地方它是个川道子，没有这些东西。"①《古炉》中的古炉，亦是将铜川的古陈炉移植了过来，在贾平凹的故乡棣花街并没有烧制陶器的窑场。无独有偶，莫言也明确表示，"我的故乡实际上就是一个文学的理念，文学的想象，只能说是一个文学意义上的故乡，是在记忆中的真实故乡的基础上，加上许许多多的外来素材虚构起来的一个故乡。故乡在不断地扩展、丰富，从山川树木河流，到人物到事件，许多都从外面拿过来，移植过来的"②。

衣食住行是乡土文化最为基本的载体或者样态。乡土文化最本源性的根源就在于民间老百姓的衣食住行等这些最为基本的生存因素。以地域的衣食住行为最基本的生活方式，以及为满足这衣食住行而从事的生产方式和由此而拓展开来的交往方式等，构成了乡土文化习俗最基本的内容。这二位作家，在创造自己审美文化地域空间时，无一不浸透着故乡日常生活的细枝末节。尤其是贾平凹，其故乡日常生活叙事，不仅形成他文学叙事独一无二的艺术特色，而且极大地丰富和拓展了当代文学叙事的审美文化空间。

三、生命情感：新乡土叙事审美文化精神的凝聚

乡土经验对于文学叙事来说，就是作家故乡的人生经验和生命情感体验记忆的艺术创造。这人生经验与生命情感体验中，既有整体性记忆，更有特殊的个人化记忆。而在人们的心底能够沉淀下来并形成某种心理情结的，则是那些使作家产生切肤之感的人、事、物。谈到对故乡生活的记忆时，贾平凹说得最多、影响最深的是父亲在"文革"中被打成历史反革

---

① 贾平凹、韩鲁华：《中国化的文学写作——贾平凹新作〈带灯〉访谈》，载《江南·长篇小说月报》2014年第2期。

② 《专访莫言：我没有一部作品不关注现实》，来源：中国日报网，2012年10月12日。

命，一个人孤独地看山，还有饥饿。莫言首先想到的是饥饿的记忆，其次是被赶出学校在生产队放牛的孤独生活。莫言称自己是被饿怕了的人，坦言饥饿与孤独是他创作的源泉。如果纵观这两位作家对故乡经验的记忆，可以用饥饿与孤独来概括。

饥饿是改革开放之前中国人的一个集体记忆，在1980年代的文学叙事中，像《犯人李铜钟的故事》《绿化树》《狗日的粮食》等作品，有着极为刻骨的关于饥饿记忆的叙述。就是在"60后"作家的笔下，亦有对极为残酷的饥饿历史记忆的叙述，比如苏童的《米》。土地改革以及后来的合作化和公社化，从社会历史构建显性地看是解决所有制问题，但从最为基本的生活与生存现实来说，实际上是解决衣食住行问题。只是"十七年"文学在乡村衣食住行的叙事中，用理念化的社会意识形态遮蔽着其本体意义。当代作家最先意识到这一问题的是高晓声。同样是源于乡土世界本身的衣食叙事，乡土作家与城市作家之间是有着差异性的。比如张贤亮在其《绿化树》等作品中，关于饥饿的叙事，不能说不令人触目动心，但是，你能明显感觉到，那是一种落难公子式的叙事，一种相对于乡土的他者的叙事，与乡土生命之间存在着一种无法完全弥合的间隔。贾平凹、莫言的乡土叙事，更为典型的是一种原生态的日常生活叙事，作家在这日常生活叙事中，将乡村的衣食住行表现得淋漓尽致。比较而言，莫言对饥饿的记忆，似乎要比贾平凹更为强烈。饥饿的生命体验，成为莫言乡土叙事的一个主要的切入点。《透明的红萝卜》，可以说将作家对乡村饥饿的记忆想象，推向了极致。此后，他的许多作品虽然不一定对饥饿记忆进行专门叙写，但是我们能够从文本中感知到莫言对饥饿记忆的潜在心理。

关于孤独的乡土生活体验的记忆，对于贾平凹和莫言来说，更为重要的是一种生命情感体验，是一种精神心理的积淀，凝聚成一种精神心理气质。并非具有孤独精神心理气质的人就一定是作家，但是，作为作家，他的精神心理一定是孤独的。屈原如此，托尔斯泰如此，鲁迅如此，当代优秀的作家也基本如此。对于贾平凹来说，"孤独的性格是从小就形成的。

早在少年时代，由于身小体弱，在以体力为主的乡村，人们自然对他表现出某种心理上的歧视。正如他讲，很难与别人进行平等交流，常常一个人面对大山，在与大自然交流中，展开自己飞翔的心灵"，而"更大更为强烈的孤独是源自他的生命本体，源自他的文化精神"。①如果说贾平凹的孤独是一种沉寂，那莫言的孤独则是热烈的激荡。表面看莫言似乎呼呼啦啦的，其实他内心深处依然沉积着孤独。而他孤独的心与贾平凹一样都是童年形成的。他曾言："在那样一片在一个孩子眼里几乎是无边无际的原野里，只有我和几头牛在一起。""我想跟白云说话，白云也不理我。"这种孤独是刻骨铭心的。所以，"当我成为作家之后，我开始回忆我童年时的孤独"。②重要的是，他们将个体生命之孤独，引向对人类历史文化、历史命运、生命体等的思考，这是与人类的孤独这一文化精神相通的，实现了与世界文化精神的对接。

四、文人与民间：新乡土叙事审美艺术的维度

当代乡土叙事艺术的突破与新构，是在回归本土与走向世界的奔突中实现的。贾平凹、莫言及其新乡土叙事审美艺术中对世界文化与文学的吸纳暂且放置，在此我们仅选择文人与民间的角度对其回归传统的问题作一简述。

中国的文学叙事，在《诗经》里以风雅颂的编排分类，就隐含着民间、文人（知识分子）与庙堂的不同叙事建构。此后，"中国的文人（知识分子）在几千年的历史建构中，形成了自己的精神风貌。特别是魏晋与宋代，在中国文人的精神与文学艺术的叙事建构中，表现出特有的精神历

---

① 韩鲁华：《精神的映象——贾平凹文学创作论》，中国社会科学出版社，2003年，第277—278页。
② 莫言：《饥饿和孤独是我创作的财富》，载《法制资讯》2012年第11期。

史价值"①。贾平凹的文学叙事，虽然正如许多论者所言，表现出明显的民间特质，但是，于文学艺术精神上，更多承续了中国传统文人的文化性格与精神气质。特别是"体现着宋代文人及其诗文和明清文人及其小说的文化艺术精神"②。正如他自己所言，"严格讲，自己还是传统文人那种习气东西多一些"，"比如说，书画、收藏这方面完全走的是中国传统文化人特有的那种习气，他那种习气，他看问题，他的写作趣味，他肯定就带到他的作品里边去了，他那种趣味性、他那种审美，他必然带进去。民间有些东西是精彩的，民间文化它没有这些东西……它不玩那个味儿，不玩那个味道"。③正是这种传统文人的精神气质，使得他的文学叙事趣味性、神韵性、意味性、情趣性等非常浓郁。

如果说贾平凹身上有一种士林之气，那么，莫言身上则张扬着一种绿林之气。莫言的文学叙事之中，始终都贯穿着这种绿林好汉的精神气质，甚至张扬着一种具有匪性意味的侠义精神。因此，莫言这种绿林之气，极易导致他的文学叙事走向民间艺术。从他清醒意识到回归故乡汲取文学创作文化思想营养，到他后来明确表示大踏步地后退，回归中国文学艺术传统，并明确宣称自己的创作是作为老百姓的写作，其实就是一条走向民间的路径。在他看来，"民间说唱艺术，曾经是小说的基础。在小说这种原本是民间的俗艺渐渐地成为庙堂里的雅言的今天"，④有必要将小说回归本源。莫言的文学叙事，是融汇了说唱方式的演义叙述。演义是一种似是而非的叙述方式，介于史实与虚构之间，更为重要的是，演义常常在把史实传说化的过程中，增添了许多叙述者的想象，因此，叙述时就更为自由、狂放、恣意、挥洒、无节制。

在文学叙事艺术思维上，中国传统的艺术思维是意象思维，不仅追

---

① 韩鲁华：《论〈带灯〉及贾平凹中国式文学叙事》，载《小说评论》2013年第4期。
② 同上。
③ 贾平凹、韩鲁华：《中国化的文学写作——贾平凹新作〈带灯〉访谈》，载《江南·长篇小说月报》2014年第2期。
④ 莫言：《檀香刑》，作家出版社，2001年，第518页。

求叙事的象征性、隐喻性等，而且特别强调整体性、流贯性、模糊性、散点透视性等。这种整体意象艺术建构，非常重视叙事结构的整体性、茫然性、意象性。贾平凹自言，"对于整体的，浑然的，元气淋漓而又鲜活的追求使我越来越失却了往昔的优美、清新和形式上的华丽"[①]。并且"以实写虚，体无证有"，追求的是"形而上与形而下"的融合，在"仰观""俯察"之中，完成了意象创造的文学叙事。[②]莫言的文学叙事，更多的是源自民间艺术思维，可以说是天马行空恣意狂妄。那既是经验的、感觉的、身体的，又是超验的、终极的，超越自我、超越历史理性的。比较而言，莫言的叙事思维中，融入了西方式的情感、心理、认知方式。这也许就是研究者更多将莫言与西方现代叙事连接在一起的原因吧。

五、生活细节：乡土叙事中作家生命情感血脉的凝聚

在这里我们更进一步探讨的是作家对乡土经验的文学叙事，以及更为重要的浸透着作家生命情感血脉的关于生活细节的记忆。如果说事件是构成乡土生活历史经验的骨架，那么细节则是构成乡土生活经验的血肉。对于作家来说，社会事件可能是共同性的历史记忆，比如说当代社会生活中的合作化、"文化大革命"等。但是，具体的生活细节的记忆，则体现出更为个性化的特征。也就是说，不同的作家对生活细节的生命情感体验，以及地域性、民俗文化，尤其是个人的心理体验感受等，存在着更大的差异性。这些生活细节记忆不仅仅库存在那里，甚至成为一种潜意识，在作家进入文学叙事时，它们就会被激活，涌向作家的笔端。因此甚至可以说，最能检验出作家对乡土生活的叙事"隔"与"不隔"的（这是借用王国维先生《人间词话》中的概念）就是关于乡土生活细节的叙事。

就此而言，我们在阅读贾平凹、莫言的文学作品时，感觉到他们对

---

① 贾平凹：《高老庄》，太白文艺出版社，1998年，第415页。
② 贾平凹：《怀念狼》，作家出版社，2000年，第271页。

于自己故乡生活的叙事是切入乡土生活细节骨髓里的。当然，他们的文学叙事，自然增添了并非故乡的生活体验，也不全是童年时代的生活记忆。但是，在进入各自以故乡为原型的乡土叙事时，他们都浸透了故乡记忆的思想情感血脉。于此笔者联系到当代文学叙事之发展，其中一个突出的趋向是，追求原生态、日常生活化、细节化的叙述。毫无疑问，贾平凹和莫言在细节描述上都有着精彩的表现。但从叙事的整体结构来看，莫言觉得"作为写小说的人，我深深地知道，应该把人物放置在矛盾冲突的惊涛骇浪里面，把人物放置在最能够让他灵魂深处发生激烈冲突的外部环境里边。也就是说要设置一种'人类灵魂的实验室'，设置一种在生活当中不会经常遇到的特殊环境，或者说叫典型环境，然后我们把人物放进去，然后来考验人的灵魂"[①]。也就是说莫言的文学叙事非常擅长于组构富有传奇色彩的大起大落、跌宕起伏的故事情节，设置两军对垒惊险诡异的矛盾冲突，以此来构成文学叙事结构的基本骨架，并在这种基本骨架展示推进的过程中，开掘出人生命运与人性灵魂的历史与现实的境遇。因而可以说，莫言的关于乡村生活细节的生命情感记忆叙事，是融汇在其富有传奇色彩的大起大落、跌宕起伏的故事情节之中的，在情节的展现中，闪耀着生活细节的光华。而贾平凹从《废都》开始，尤其是在《秦腔》中达到极致的，则是依靠生活漫流式的细节叙述支撑起文学叙事的整体建构。正如作家自己所言："我不是不懂得也不是没写过戏剧性的情节，也不是陌生和拒绝那一种'有意味的形式'，只因为我写的是一堆鸡零狗碎的泼烦日子，它只能是这一种写法，这如同马腿的矫健是马为觅食跑出来的，鸟声的悦耳是鸟为求爱唱出来的。"[②]

我想也许正是这些说得清楚和说不清楚的、清醒地意识到或者作为一种无意识积淀在心里的真实而蕴含着原始生活液汁和生命情感的乡村生活细节，使得作家不论故事如何结构，都能够呈现出无可替代的、独到的生

---

① 《专访莫言：我没有一部作品不关注现实》，来源：中国日报网，2012年10月12日。
② 贾平凹：《秦腔》，作家出版社，2005年，第565页。

活在场真实性。而且笔者固执地认为,作家的叙事功力正是在生活细节的叙写中见出高低优劣来。这一方面,也可以从贾平凹与莫言的许多言谈中得到印证。也正因为他们将更为真实的乡土生活细节记忆,转化为其文学叙事,他们才成为当代文学叙事中独树一帜的作家。

原载《西北大学学报》(哲学社会科学版)2014年第5期

(本文系与秦艳萍合作,收入本书时有增删)

特殊视域下特殊时代的人性叙写

——《古炉》与《铁皮鼓》叙事艺术比较

我们之所以把两个处于不同时代、不同国度的作家联系在一起，那是因为，我们发现他们各自都是"出于一个特殊的目的在一个特定的场合给一个特定的听（读）者讲的一个特定的故事"[①]。这就是中国当代作家贾平凹与德国获得诺贝尔奖的作家君特·格拉斯。这两位作家的创作都是很丰富的，而本文所要谈论的仅是他们的两部作品：《古炉》与《铁皮鼓》[②]。当然，他们在自己作品中所叙述的故事应当说就其历史事件而言，那是各不相同的。一个是发生在一个国度的"文化大革命"，一个是波及整个人类世界的两次世界大战。这二者之间似乎没有什么共同之处。但是，如果我们深入作品的内在机理，就会发现在文学叙事艺术方面，二者还是有着异曲同工之妙的。

为了便于说明问题，也是为了后面不再对两位作家的创作作出其他方面的论述，于此，有必要对格拉斯与贾平凹的创作给予简要的介绍。

君特·格拉斯生于1927年，是德国当代著名作家，他与伯尔和阿尔

[①] 詹姆斯·费伦：《作为修辞的叙事：技巧、读者、伦理、意识形态》，陈永国译，北京大学出版社，2002年，第5页。
[②] 君特·格拉斯：《铁皮鼓》，胡其鼎译，上海译文出版社，2008年。

诺·施密特被誉为德国最知名的三大作家。其父亲是德意志人，母亲是波兰人。他在17岁被征入伍，被迫卷入给人类带来巨大灾难的战争，被美军俘虏进入战俘营，于1946年获释，同时成为一个无家可归的难民。他先后做过农业工人、钾盐矿矿工、石匠艺徒，曾经进入杜塞尔多夫和西柏林的艺术学院学习雕塑与版画。由此可见，贫穷与流浪似乎成为他生活的主调。直到1958年10月，"四七"社在阿德勒饭店聚会，他朗诵了长篇小说《铁皮鼓》首章《肥大的裙子》，得到大家的一致赞赏，获得该年"四七社"奖。1959年秋格拉斯出版《铁皮鼓》，被称为联邦德国20世纪50年代小说艺术的一个高峰，与此同时他也成为一位极富争议而又非常受人关注的作家。后来《铁皮鼓》与1961年发表的中篇小说《猫与鼠》和1963年发表的长篇小说《狗年月》，以"但泽三部曲"出版，被认为是德国战后文学早期重要的里程碑似的作品，"试图为自己保留一块最终失去的乡土，一块由于政治、历史原因而失去的乡土"[①]。1999年，因"以嬉戏的黑色寓言描绘了历史被遗忘的一面"[②]而获得诺贝尔文学奖。后来，他所创作的由100个故事组成的《我的这个世纪》在德国文坛又引起新的轰动。

贾平凹1952年生于陕西丹凤县棣花镇，在老家商州生活了二十年后，1972年作为"可教子弟"被推荐进入西北大学中文系学习。1975年毕业分配到陕西人民出版社做编辑。1981年调至西安市文联《长安》杂志做编辑，后成为专职作家。现任陕西省作家协会主席、西安市文联主席，受聘西安建筑科技大学文学院院长等。自1978年短篇小说《满月儿》获得首届全国优秀短篇小说奖以来，曾获国内茅盾文学奖和国外飞马奖、费米娜奖等多个奖项。最具有代表性的是长篇小说《废都》《秦腔》《古炉》，以及刚出版的《带灯》等。他近四十年来一直保持不间断的丰富、深厚而富有探索性、挑战性的创作，一直是被当代中国文坛所关注的作家，也成为

---

① 君特·格拉斯：《铁皮鼓》，胡其鼎译，上海译文出版社，2008年，第3页。
② 君特·格拉斯：《未完待续》，见程三贤编选《给诺贝尔一个理由》第1辑，中国广播电视出版社，2006年，第22页。

当代中国文学创作上最富有争议的作家。又因其对中国古典文学艺术的传承与发展，创作出了极富中国古典艺术思维方式、韵味韵致的作品，以其中国化的生命体验与文学表达，被称为最中国化的作家。

一、特殊时代生活的异态叙述

什么是特殊时代的生活？在我们的理解里，它是特指在某个历史时段所发生的，有别于人们正常生活的具有特殊社会历史意义的时代生活。比如战争、瘟疫、灾荒等等，总之是突发的天灾或者人为的灾祸。如果用一种简单的办法将社会生活区分为安定与动荡，就其基本的生活形态来说，安定的生活应当是占主导地位的。这也是人们所期望的正常的生活。当然，我们也应当看到，动荡的生活就其时间而言，可能是几年、几十年，当然也有百余年甚至几百年的情况，它对整个人类历史的发展而言，时间比例上恐怕还是要大大小于安定时间。但是，它对社会历史的影响、对人类心灵的冲击与震撼，一般要比安定时期大得多。或者说，它对人们的历史记忆的影响，是非常深刻而深远的。这种刺痛人类心灵的记忆，是刻骨铭心的。也许正因为如此，世界上的文学巨著，叙写这一方面生活的作品，就占有相当大的比重。非常有意味的是，这些作品所叙写的特殊时代的生活大多都给人类以苦难或者灾难性的记忆。也许我们应当换一种思路考虑问题，正是这种苦难或者灾难性的生活留下了更多的人性审视的可能性。中国有句话是烈火见真金。也就是说，可能在正常生活情境下，特别是那些日常琐碎的生活，消磨着人们的心智，也消磨着人的记忆。或者，人性中许多东西就被安稳的生活所遮蔽了，只有在非常特殊的生活境遇下，人性中更多的因素才会显现出来。比如人性之善与恶，在特殊生活境遇下，体现得就会更为充分、更为突出。

当然，这仅仅是认知问题的一种思路。

对文学叙事艺术的认知，我们自然不是题材决定论者，哪怕是在一个极为微小的生活细节中，依然可以剖析出人性的深刻性与丰富性来。但是，我们也不能否认，作家叙事对象的选取，本身就内含着他们的艺术追求。很有意思的是，贾平凹的《古炉》与君特·格拉斯的《铁皮鼓》所选择的叙述对象，应当说都是特殊的时代生活。鲁迅先生把中国的历史，归纳概括为做稳了奴隶与想做奴隶而不得两种时代形态[①]，老百姓则将生活归结为兵荒马乱与安居乐业两种生活状态。比较起来，鲁迅的说法自然是从现代文化思想启蒙的角度，立足于中国历史的理性思考，而老百姓的说法则是源于自己切身的体验。但不管是理性的启蒙思考还是感性的生活体验，其间都蕴含着巨大的文学叙事的历史空间。也许正因为如此，《古炉》所叙写的"文革"与《铁皮鼓》所叙写的两次世界大战，本身就有着巨大的文学叙事的内涵空间。

这两部作品的共同之处在于：都是叙写特定年代的生活。在叙写中侧重于对时代的深刻反思，这种反思又是从民族的根性上挖掘；它们所描述的生活，都具有特异性、超现实性，即神秘色彩。我们发现，它们对时代生活的叙述，都是采取一种世俗化、日常生活化的方式，其间有着许多隐喻性的东西，都注重在日常化的叙述中来展示人性。可以说，对人性的深刻剖析是它们共同的主题指向。

而更为重要的，或者说更能显现作家文学叙事创造性的，恐怕还是怎么叙述的问题。

当然，作品自然要对所叙述基本生活及其背景，作出合理而适当的叙述。《铁皮鼓》叙述的是两次世界大战及其前后的生活，特别是对第二次世界大战的情境有着非常真切的叙述，这主要是对但泽邮局前那场德国法西斯与反抗者的一次激烈战斗的叙述。特别是对战争氛围的叙述，以及对战争给人们正常的日常生活、给人的思想情感、给人的精神心理所造成的巨大恐慌、惊悸、不安、骚动的叙述，对战争笼罩于人们头上的阴影与

[①] 鲁迅：《灯下漫笔》，见《鲁迅选集》（二），人民文学出版社，2004年，第79页。

压力等的叙述。应当说，作品的这些描写是惊心动魄、惟妙惟肖的。不过对战争比较详细的正面描述，也仅此一处，其他许多关于战争的叙写，更多是背景式的叙述。这样，它既是整体上的战争叙述，又是局部的战争细述。人们既处于战争的生活情境之中，又是立足于自己日常生活之上的。《古炉》可以说比较详细地叙述了"文化大革命"从发生到高潮的历史过程。比如串联、贴大字报、大辩论、"破四旧"，最终演化成两大派的武斗，以及武斗结束枪毙武斗的主要组织者与参与者等。可以说贾平凹对这些历史情境的记述是非常真实而惊心动魄的。如果就作品整个叙事结构而言，"文革"中的这些历史事件，构成了叙事的历史时间线性的主体架构。但是，我们则非常深切地感觉到，在这个看似非常清晰的历史时间之中，却熔铸着更多的民间视域的生活和日常生活。或者说，它所叙述的不是官方视野下的"文革"，而是老百姓眼中的"文革"。

这就涉及这两部作品叙事的另外一个特点：它们似乎都非常致力于对日常生活的叙述。《铁皮鼓》将对战争生活的叙述推向了背景，这里虽然也有对战争场景的叙述，但是仅仅是一种穿插式的。《古炉》则是将"文革"生活当作日常生活去写，就如日常生活中穿插了一段插曲似的，过后人们依然恢复到鸡零狗碎的日常生活之中。也就是说，这两部作品，以日常生活消解着社会生活的宏大历史叙事的意义。《铁皮鼓》的叙事，是从外祖母在地里挖土豆开始的，这是一种沉闷而冗长的生活。《古炉》是从狗尿苔因寻找特殊气味而把油瓶子打碎，被蚕婆打出门外开始的。可以说，这种开头已经为作品的叙事确定了一个基本的基调。

阅读经验告诉我们，作家的创作总是与他们生存的地域紧密地连接在一起，地域生活总是能够成为他们进行创作的坚实基础，他们也总是在对地域生活的叙写中彰显独特的艺术魅力。《铁皮鼓》对但泽乡村以及城市生活的叙述，《古炉》对商州山村生活的叙述，带着故乡湿润的呼吸，并把它们嚼成温馨柔和的生活之粥，散发着浓郁的乡土气息和地域文化芳香。可以说，他们都是叙写自己故乡地域风情的高手，在对地域生活的细致描述中，蕴蓄着直达社会历史与人类精神心灵的内涵。格拉斯在《铁皮鼓》第一章对外祖母宽大多层裙子的描述，对她在旷野中收挖土豆的叙述，尤其是对外祖父在外祖母裙子下面完成天作之美的神奇叙写，等等，令谁读后都会为之眼睛一亮。正是这种地域化的乡村生活，孕育出神奇的艺术精魂。贾平凹对商州诸多滴着原生态生活液汁的细节、场景等的叙写，可谓犹如熠熠闪烁的明珠，烛照着整个中国大地，构成了中国化的浑然而富有灵性的艺术建构。据此我们可以毫不夸张地说，格拉斯与贾平凹，他们都在这种地域化生活的精彩叙事中，创造出了具有各自民族艺术思维、艺术气韵、艺术个性与文化精神的叙事艺术。

对两次世界大战的文学叙述，可以说几乎各国都有名著问世。君特·格拉斯《铁皮鼓》对两次世界大战的叙述的特异之处就在于，以一种特异的视角展示了特殊的生活情境：一个名叫奥斯卡的侏儒眼中的战争生活。这种战争生活故事是神奇的，甚至可以说是现实生活中不可能发生的。因为作品所叙述的生活，往往溢出了现实的边界，现实世界的时间、空间和因果关系等难以对它进行规约。也就是说，《铁皮鼓》所叙述的两次世界大战，并非从所谓的正史或者常态视域下展开的，而是以一种非常态视域展开的，或者说它是叙述了一种异态视域下的战争生活。这是将现实的故事与虚构的神奇故事交织在一起进行叙述的，是对特定环境中现实生活的超现实性的描写。比如奥斯卡三岁的自摔，无师自通敲铁皮鼓的特异艺术天才技能，还有用声音击破玻璃的特异功能，甚至三岁身材的侏儒却有着超出正常大人三倍的智能，等等。这些叙写，虽然具有极大的超现实性，但是，"给我们的东西经常比我们从现实中的人和事中可能得知的东西更深刻更精确"[1]。它不仅向读者呈现了战争给人类以及人们的生活、心灵所造成的巨大伤痛，而且揭示出了人类存在的巨大荒谬性与尴尬境遇。

于此我们不能不说，贾平凹的《古炉》与格拉斯的《铁皮鼓》有着异

---

[1] W.C.布斯：《小说修辞学》，华明、胡苏晓、周宪译，北京大学出版社，1987年，第6页。

曲同工之妙。中国自鸦片战争以来，百余年间饱受侵略战争与内乱之苦。就20世纪而言，抗日战争自然是中国现代历史上一段不可忽视的历史。但是，《古炉》所叙写的是20世纪六七十年代发生于中国和平时代的一场动乱，应当说它亦是一场不亚于战争的历史灾难。这场给中国人留下深刻而苦难的历史记忆的"文化大革命"，在它还进行着的时候，文学就已经对其进行了即时性的叙述。[①]只不过这种叙事者与其所叙述的生活一样癫狂而已。"文革"结束之后，"文革"依然是文学叙事的一个重要视域。但对于贾平凹而言，他似乎并不满意已有的"文革"叙事。在谈《古炉》创作时他曾经坦言："当时我的想法是不想一开始就写整天批判，如果纯粹写'文化革命'批来批去就没人看了。如果那样，一个是觉得它特别荒诞，一般读者要看了也觉得像是胡编的；再一个就会程式化了，谁看了都觉得没意思"[②]。也正因为如此，《古炉》所叙述的"文革"是一个名叫狗尿苔的孩子眼中的"文革"故事，是一个名为古炉的陕南小山村的"文革"。问题并非如此，孩子眼中的"文革"叙事在80年代就出现过，比如何立伟的《白色鸟》等。关键在于《古炉》不是采取常用笔法将生活当作意识形态去叙述，而是把意识形态化的"文革"作以生活化的叙述。而且在这种叙述中，作家将民间历史记忆与民间文化记忆融为一体，给人们呈现出既深入"文革"内里，又超出其外的"文革"叙事形态。比如狗尿苔能够闻出特异气味，能够与动植物对话，以及蚕婆的剪纸、善人的说病等等，皆是如此。

二、特异的叙事人物视角

叙述是人的一种本能需求，叙事则是人类社会的一种历史建构。人从

---

① 王尧：《"文革文学"纪事》，载《当代作家评论》2000年第4期。
② 贾平凹、韩鲁华：《一种历史生命记忆的日常生活还原叙事：关于〈古炉〉的对话》，载《西安建筑科技大学学报》（社会科学版）2011年第1期。

一生下来就在进行叙述，因为叙述是人的一种表达与交流，更是人的一种生命存在方式。人要生存则必须叙述，这是由人本身所决定的。而听人叙述也是人的一种生命需求，人正是在叙述与听别人叙述中完成自己生命精神建构的。因此可以说，叙述是人生命存在的一种状态。也正是这一个个个体的人的叙述与听叙述，构成了社会的叙述，建构起人类整体叙事的历史。当然，人类的叙述发展到今天，那是非常丰富多样的。如果说在人生命的初始和人类的原始状态，叙述是直接简单的，那么对于成人和进入文明时代尤其是人类智慧高度发达的今天的人类而言，叙述不仅仅复杂，而且更为讲究叙述的方法方式，讲究叙述的策略。套用一句老话来说，那就不仅是叙述什么的问题，更为重要的是怎么叙述的问题。

这两部作品的叙事策略，给人留下了极为深刻的启示。最为突出的地方在于：都选择了一种特异的叙述视角。这一特殊叙事视角，首先在于叙事人物的选择——都选择了一种具有特异性的人物作为叙事者，以他们特异的目光来观察叙述对象。这种叙事策略，是20世纪许多作家所选择的。比如外国的有卡夫卡的《变形记》、福克纳的《喧哗与骚动》、马尔克斯的《百年孤独》、奥尔罕·帕穆克的《我的名字叫红》；中国的有鲁迅的《狂人日记》、韩少功的《爸爸爸》、莫言的《透明的红萝卜》、阿来的《尘埃落定》等等。在这里我们不得不承认这些作品所选择的特异叙事视角，是它们获得成功的一个非常重要的因素。试想一下，假如福克纳的《喧哗与骚动》失去那位傻子班吉那种极具特异色彩的故事叙述，情况将如何？恰恰是傻子班吉的视角，将其他两种叙述变得更富有意味。

作品从某种意义上来说，有三种叙事的视角，或者说有三个叙事者。一个是作家视角，这是隐含于叙事之中的；一个是叙述者视角，这是超越于事件之外的观察者，又是连接作家与作品叙事的纽结点；还有一个作品中的人物视角，他作为故事的参与者或见证者从自己的角度来观察叙事。当然在具体的作品叙事中，这三者往往不是割裂的，而是相互联系、相互交融，共同承担故事的叙述，并构成叙事视角整体。当然，它们之中会有一种视角承担着基本的叙述，亦即基本叙事视角。正如前文所述，《古炉》与《铁皮鼓》就是主要以人物的视角进行叙事的。

对于作家的文学创作来说，选择一种恰当的、极富寓意的、特异的视角进入作品叙述，可以说是每一位作家都非常重视的。甚至可以说，这是构成其作品特异审美风格不可忽视的重要因素。这两部作品的主要的具体叙事者，都是一种非常特异的人物。有关奥斯卡与狗尿苔这两个人物形象的分析，已有许多论述，在此不再作详细论说，只是简要地作一说明，以使文章保持内容的完整性。奥斯卡既是一个侏儒，又是一位智者。《古炉》中的狗尿苔和《铁皮鼓》中的奥斯卡存在着许多相似之处：他们都无法确定自己的身世——父亲是谁；都有着超常的特异功能——奥斯卡用声音击破玻璃和超凡的敲铁皮鼓的艺术天才，狗尿苔可以闻见特殊气味的鼻子与能听懂动物话语的本领；都有着一种超越现实之上的神性——奥斯卡具有撒旦般的眼光，而狗尿苔可以通向神灵的心灵。

作为叙述者，奥斯卡的叙述是被限定在一个极富象征意味的白色的床上。对故事的叙述他是从外祖母开始的，但是真正进入他的生命叙述则是从他的出生开始的。他似乎是极不情愿而又无可奈何的，在两个六十瓦的电灯和一只扑向灯泡的飞蛾的阴影下出世。更为离奇的是，他似乎一出生便预感到了人世黑暗，想返回母亲的子宫，但被剪断的脐带已经割断了他与母亲的生命联系。自此，他便以种种方式反抗人世。在他三岁生日时，他以自我伤残的方式，一跤摔成将身高定格于九十四公分的侏儒，拒绝加入成年人的世界。但富有意味的是，他的智力却比成年人高出三倍，而且意外获得唱碎玻璃的超常技能和无师自通敲铁皮鼓的天生艺术才能。他就以一种残体孩子与超长智者的双重身份，承担起故事叙述的角色。作为孩子，他有着比成人更大的叙述自由度，他可以自由地出入事件；作为智者，他则更为清醒，就像上帝一样来观察人世的种种行径。他以种种超常的方式，讽刺、捉弄着当事者。奥斯卡一系列看似荒诞、无聊、恶作剧式的行为，恰恰反衬着人世的荒诞、尴尬与悲痛。

《古炉》的叙事，并非始于狗尿苔出生或者他出生之前，故事开始时他的名字已经由夜平安变成了狗尿苔，他已经成了一个身体定型的侏儒。他进入叙述就犹如河流中的一条小船划入河流，既不是河流的开始，也不是河流的结束，而是河流的某一个岸口。奥斯卡还清楚自己是如何来到这个世界的，但是狗尿苔只是后来知道自己是蚕婆捡回来的，而自己究竟是如何来到这个世界上的，或者说是在怎样的情境下来到这个世界的，不仅他本人无法知道，其他人也都无法知道。比较而言，狗尿苔更具悲剧意味。更令人深思的是，如果说奥斯卡的行为还有着自己的选择性，而狗尿苔则是一种无可奈何的生存状态。狗尿苔根本就不存在他想不想来到这个人类世界的想法，而是被抛到了这个世界，他几乎没有拒绝而只有适应与顺从。为了生存，他似乎也采取了一些行动，比如给人抽烟时借火点烟，甚至自己做火绳，给人跑个小腿。当然，我们可以从一种更为阔大的视界来看问题，人的价值在于对社会或他人有作用，但是就狗尿苔而言似乎还不能完全作如是观，说穿了他就是在为别人服务甚至是被别人所役使中获得生存的空间。因此，他不是自主性的生存，而是被动性的生存。正因为如此，作为人物，狗尿苔所观察到的现实生活，并非主动参与其中的观察，而是被动遭遇式的观察。比如他到公社去卖瓷器，遇到了学生游行而被裹入其中。这里的叙述，也正是透过被裹挟的狗尿苔之眼来完成的。

从叙事学的角度来说，一部小说里有着不同的叙述声音，也就是说，构成小说叙事的有作家、叙述者和人物等。那么，在这两部作品中，又是由谁来承担叙述的呢？毫无疑问，第一叙事者不是作家，而是具有特异功能的人物，作品的叙事主要是通过他们的眼光观察来完成的。奥斯卡与狗尿苔，均是第一叙述视角。他们又是以怎样的一种身份来进行叙事的呢？既是局外人，又是事中人，既是见证者，又是参与者。作为局外人，他们可以冷眼旁观，以旁观者的身份，观察着故事中所发生的一切。作为事中人，他们又时时处处处于"身在现场"的境地，以自己的行为参与到事件的建构之中。奥斯卡从一出生，可以说就一方面在观察见证着成人的生活,见证着但泽不幸的历史,见证着世界大战。这场战争不仅给但泽,给德意志民族,而且给世界留下了黑暗伤疤,这不仅是德意志民族的悲剧,亦是人类社会的一场悲剧。狗尿苔可以说见证了古炉村从"四清"到"文化大革命"兴起,经过串联、大辩论、"破四旧",分为两派发展到武斗的整个过程。与此同时,他们又都是事件的参与者,是故事中的一个人物。不论奥斯卡还是狗尿苔,都参与到许多事情里面,并起到了一定的作用,承担着故事结构的责任。但是,比较起来,他们二人又存在着不同之处。奥斯卡的观察、见证也好,或者作为故事中的人物也罢,对事情的参与带有很强的主动性,甚至在有的事情中发挥着主动推动作用,是故事的主角。而狗尿苔虽然也参与到了故事之中,但是,他始终处于社会生活的边缘,并没有成为故事的主角。因此,狗尿苔的观察是一种被动式的观察。如果说奥斯卡是主动观察,那狗尿苔则是被动观察。这就犹如奥斯卡自己要去看什么,而狗尿苔是出门遇见了什么。

另外,我们感到,奥斯卡的叙述带有极强的自叙性,即奥斯卡在给人们讲述自己的人生故事,而在这自己故事的叙述中,带出了社会时代的故事。或者说他是以社会时代生活为背景来叙述自己的故事,甚或可以说他是将自己的故事融入社会时代的故事之中叙述出来的。狗尿苔的叙述并非自叙,而是对社会生活见证式的叙述,他所叙述的主要是社会生活故事。或者说他是在见证社会生活的过程中,带出了自己的故事,即在社会生活故事的叙述中包含了个人的故事。如果说奥斯卡是个人生活中包含着社会时代生活叙事,那么狗尿苔则是社会生活消解了个人生活叙事。有意思的是,这两位叙事人恰恰体现着东西方不同的文化性格特征。

接下来我们要追问的是,作家为何要选择这样一种特异人物作为叙事者?当然如果就每位作家的创作,特别是具体作品的创作来说,显然是作家根据自己的艺术审美追求、审美体验、审美启悟、审美个性等去选择自认为最能够与作品所叙述的内容相契合的叙述视角。也就是说,每部作品叙述视角的选择确定取决于作品审美内涵表达的需要。正如前文所言,

《古炉》与《铁皮鼓》所叙述的均是特殊的社会历史生活，而这些特异生活的主导力量和参与者，似乎并未意识到这种生活的怪诞性。而只有少数人，特别是敏锐的知识分子意识到了这一点。对20世纪人类的生存，正如本文前面所提到的一些作家作品，均进行着深入而富有探索性的叙述，这些叙述艺术的选择正是由20世纪人类的生存状态所决定的。如果从现代人类的生存状态与境遇，尤其是现代人的精神建构上来看，我们认为，正是"现代人生存的不确定性、尴尬性、困顿性、荒诞性，乃至虚无性，等等，致使20世纪的诸多文学艺术家们，做着如此的叙事艺术探索与建构，方能揭示现代人生存的内在精神状态"[①]，促使作家选择了具有特异性的人物作为叙述者。从另一方面来讲，也只有这种具有特异性的人物叙述，方能更加准确、奇异而深刻地揭示出人性以及人类的生存状态与精神建构。

三、叙事的意义指向

毫无疑问，这两部作品都具有对曾经发生过的人类历史灾难的深刻反思，这种反思中也隐含着深刻的批判意识与人性叩问。相比较而言，《铁皮鼓》的反思与批判显得更为直截了当、更为犀利，也更令人震撼，而《古炉》的反思与批判要显得委婉与蕴藉一些。贾平凹这样做，并非完全出于对现实的考虑，而是与他对社会历史、人生命运的思考变化相一致。更为重要的是，他们并不纠缠于历史，而是透过历史刺穿了人性，把思考引向了更为广袤的人类历史空间。

在阅读这两部作品时，笔者产生了与阅读其他具有世界意义的作家作品的共同的感觉，这就是虽然所叙述的具体生活有着差异甚至反差巨大，但是他们在题意的揭示中，似乎不约而同地指向了人性，指向了人类的灵魂，指向了人的历史命运，指向了人的情感精神的文化建构。

[①] 韩鲁华、储兆文：《一个村庄与一个孩子：贾平凹〈古炉〉叙事艺术论》，载《小说评论》2011年第4期。

但是，我们不得不忠实于自己的阅读，那就是不论是贾平凹还是格拉斯，他们都有一个共同的写作诉求，这就是对本民族文化根性的挖掘。这种挖掘使人感到的不仅是疼痛，还有着沉重的压抑、凝重的沉思。鲁迅先生说他的创作是揭出病痛以引起疗救者的注意。格拉斯对德意志民族的悲剧叙写，是他作为作家的一种历史责任，这种历史责任迫使他用手中的笔"引导迷路的德国走上正道，引导它从田园诗中、从迷茫的情感和思想中走出来"[1]。两次世界大战，特别是第二次世界大战，德国法西斯给世界所造成的巨大灾难，是德国在战争结束后必须面对的问题，必须深刻地反思，向世界人民作出交代。更为重要的是，在德国为什么会出现这样罪恶而癫狂的法西斯，这自然与德意志民族的根性有着密切的关系。甚至可以说，正是这种民族的文化根性成为滋生法西斯的温床。反思、剖析的目的不在于揭出伤痛，而在于从伤痛中走出来，步入人类发展正常的轨道，唤醒迷失、癫狂的人性，复苏人性的善良，以期建构更为完善的人性。贾平凹在谈到《古炉》的创作时，也强调对中国人根性的挖掘，尤其是对"文革"这场灾难发生的根源进行着民族文化、心理上的探寻挖掘。他说"我就想写这个'文化革命'为啥在这个地方能开展，'文化革命'的土壤到底是啥，你要写这个土壤就得把这块土地写出来，呈现出来。正因为是这种环境，它必然产生这种东西。写出这个土壤才能挖出最根本的东西，要不然就会觉得不可思议，怎么能发生'文化革命'这种荒唐事情？""因为我觉得'文化革命'现在回想起来还是一个荒唐的事情。"[2]在这里，我们既可以读出与鲁迅先生对国民性深刻剖析的衔接，又读到了在新的历史时代语境下对民族性认识的新的发展。而这种叙写绝对不是为了展示自己民族的丑陋的家底，而是为了美好的未来。贾平凹在后记中谈到这么一

---

[1] 君特·格拉斯：《未完待续》，见程三贤编选《给诺贝尔一个理由》第1辑，中国广播电视出版社，2006年，第32页。
[2] 贾平凹、韩鲁华：《一种历史生命记忆的日常生活还原叙事：关于〈古炉〉的对话》，载《西安建筑科技大学学报》（社会科学版）2011年第1期。

段话,甚为耐人寻味:"'文革'结束了,不管怎样,也不管作什么评价,正如任何一个人类历史的巨大灾难无不是以历史的进步而补偿的一样,没有'文革'就没有中国人思想上的裂变,没有'文革'就不可能有以后的整个社会转型的改革。而问题是,曾经的一段时间,似乎大家都是'文革'的批判者,好像谁都没有了责任。是呀,责任是谁呢,寻不到能千刀万剐的责任人,只留下一个恶的名词:文革。但我常常想:在中国,以后还会不会再出现类似'文革'那样的事呢?"[①]

格拉斯称自己的创作是与现实的不合作,贾平凹认为作家的职业就决定了他必然要与现实发生摩擦。正是在这种不合作或者摩擦中,作家不仅创造出了伟大的作品,而且深刻地揭示出了人性的丰富性和深刻性。在对人性的剖析中,这两部作品都将锋利的笔触伸向了人性之恶。或者说,他们于特异的时代生活中展示着人性的恶。而这种恶的展示,恰恰孕育着作家对善的呼唤,他们都在作着拯救人类灵魂途径的探索。有关人性邪恶的叙述,在这两部作品中有着许多的展示,它不仅揭示了大邪大恶,更多的是对人性中小邪小恶的叙写,而且对人性如何发生变异给予了深刻的揭示。奥斯卡与狗尿苔的视角代表了一种人类纯真的天性,代表了人类良知对人性的善良、人类的信仰、纯真的爱情等的一种夙愿与诉求,隐含的是作者对人类历史命运、人类文明的建构,以及对更为合理的人性、人情等问题的深刻反思。健全的社会历史与健全的文化人,特别是完善的人性,应当说是人类发展的一种历史诉求。"在人的内部存在着一种向一定方向成长的趋势或需要,……即人是如此构造的,他坚持向着越来越完美的存在前进,而这也就意味着,他坚持向着大多数人愿意叫作美好的价值前进,向着安详、仁慈、英勇、正直、热爱、无私、善行前进。"[②]但问题在于不论是社会还是人性在历史建构过程中,总是难免存在着缺憾。尤其是在现代社会中,"即使最完美的人也不能摆脱人的基本

[①] 贾平凹:《古炉》,人民文学出版社,2011年,第605页。
[②] A.H.马斯洛:《存在心理学探索》,李文湉译,云南人民出版社,1987年,第139页。

困境:既是被创造的,又是天使般的;既是强大的,又是软弱的;既是无限的,又是有限的;既是动物性的,又是超动物的;既是成熟的,又是幼稚的;既是害怕的,又是勇敢的;既是前进的,又是倒退的;既是向往完善的,又是畏惧完善的;既是一个可怜虫,又是一名英雄"[1]。也正是现代人多重复杂的精神建构,使得人类往往处于尴尬的困境。

不仅如此,我们从作品中还读到了人性的荒诞性,这种荒诞性,恐怕与人类存在的20世纪的荒诞性是一脉相承的。20世纪的人类历史,既是一部正义与邪恶搏杀的悲剧,也是一部深刻反思追问人本体存在意义的正剧,同时,它也是一部人类存在的荒诞剧。不是吗?20世纪所发生的包括两次世界大战和"文化大革命"在内的诸多历史事件,不都含有人类存在的荒诞意味吗?在《铁皮鼓》中,格拉斯通过一系列荒诞性的细节叙述,表现出人们在特定时代与生活情境中的荒诞行为。比如奥斯卡在纳粹举行欢庆仪式的时候,用他的鼓声打乱了整个仪式的节奏,使之最后成了一场无聊的狂欢。又如战后夜总会如雨后鲜蘑,"洋葱地窖"中所上演的既滑稽又荒诞的闹剧。这里没有使人癫狂的酒,也无供人宣泄的舞池,提供的服务是让顾客切洋葱,刺激出眼泪,让他们失声痛哭,倾倒肚里的空虚无聊事。古炉村的人们所谓的"破四旧"行径,在武斗中人们染上了浑身发痒的病,等等。这些事情中,都蕴含着人性的荒诞。

当然,这里面也叙写了人性的堕落。可以说,特定的生活境遇成为人性解剖的手术台。也许,人在正常的生活之中,能够保持平静而正常的心态,能够以善良的心态去行动,但是,在一种极端的不正常的情境下,人们极易滑向堕落。奥斯卡曾经抵御着堕落,但是在纳粹营里,他最终还是成为一个小丑,臣服在丑恶现实的脚下,与纳粹党同流合污。除此之外,他在所谓爱情的诱惑下,于男欢女爱的享乐中沦落了。关于人性堕落的叙写,《古炉》似乎没有《铁皮鼓》表现得那么激烈充分,实际上它叙写得

---

[1] A.H.马斯洛:《存在心理学探索》,李文湉译,云南人民出版社,1987年,第158页。

更为隐晦一些。最有意味的是霸槽这个人物。在贾平凹的作品中，多次出现霸槽这样的人物形象，以同名出现的在《秦腔》中就有一个。霸槽式的人物其生命中就有着一种不安顺的根性，问题在于这种不安顺的根性处于正常生活境遇下，他就可以成为干一番事业的英雄。而在"文革"这样的时代，他也就必然要滑向罪恶的境地，实际上这也是一种人性的堕落表现。总之，作品通过两次世界大战或者"文化大革命"深刻地剖示出德意志民族和中华民族文化的根性，以及这种根性在特定历史情境下人性堕落的表现形态。更为令人深思的是作品中人们于癫狂的时代氛围中所形成的盲目随从心态，以及这种盲从心理所造成的巨大的破坏能量，而且这种盲从心理又与国家意志化的诉求达到了一种欲望化的契合。这又是一件耐人寻味的事情。

这里还涉及另外一个问题，那就是在格拉斯与贾平凹这里有没有人性的善良与温暖呢？应当说，《铁皮鼓》与《古炉》中都蕴含着一种暖流，都有着对人性善良与人性光辉的呼唤。比较而言，《铁皮鼓》似乎更突出一种冷峻，在冷峻的叙述中将作家对人性之善的审美建构，隐藏得更深。在一种日常生活的琐屑、冗俗的叙写中透析着社会时代的精神，闪耀着人性的光华。《铁皮鼓》以正视战争之邪恶的态度，不仅揭示了战争给人带来的灾难，更是在正视罪恶或者邪恶的同时更为充分地理解善，唤醒沉睡了的善。善与恶是人性的两极表现形态，从理性上似乎可以泾渭分明，但在实际的具体的人身上则是同构并存的，每个人身上既表现出善良的一面，也有着邪恶的一面。我们觉得《铁皮鼓》对不同人物的叙写，可以说，既写出了人本来的善，又写出了在战争这一特定生存境遇下，一些人由善而恶复杂的转化过程。或者说，作品叙写了善与恶在一个人身上交织搏杀的黏合状态。而《古炉》则是以一种叙事线索加以贯穿，从叙事艺术的完美性角度来说，善人说病实际是说善，与作品的整体叙事艺术建构显得有些不协调，甚至是有些隔的感觉。但是作家执意如此，显然是要给人一种人性的亮色。与此同时，也是在这种善的毁灭中，不仅在张扬着善，更非常有力地鞭挞了人性之恶。其实，作家更多的是叙写普通人身上那些通过烦琐、细小的日常生活所表现出的小善小恶，比如婆媳之间争吵中所透露出的小善小恶。像霸槽在公路边补自行车带，有意将钉子、玻璃瓶摔碎在公路上等，这样的恶作剧中，就透露出人性的小的邪恶。作品并未停留于此，而是进一步叙写了这种小的邪恶，一步一步走向了大的邪恶。应当说最终的武斗对人的残杀，正是这小邪恶在动乱的境遇下的一种累加爆发。

原载《西安建筑科技大学学报》（社会科学版）2015年第1期

柳青与赵树理合作化叙事比较

——以《狠透铁》与《锻炼锻炼》为例

当决定写篇有关柳青文学创作的文章时，几乎未加思索地就自然而然地想到了当代中国另一位作家——赵树理。

在笔者看来，不论是就当代中国文学建构历史本体来说，还是就文学史研究者对当代中国文学建构的历史叙事而言，柳青与赵树理这两位作家以其文学创作上的突出成就与特有的文学地位，构成了一种绕不过去的文学现实与历史的客观存在。因为不论论者对他们的文学创作做出肯定评价或者否定评价，实际上研究者将其作为自己研究言说的对象本身，就已经说明了问题：他们依然存在着。尤其是在他们已经离开人世几十年后的今天，依然有人在对他们的创作进行不同的言说，这不仅说明他们的文学创作至今仍然具有可以言说之处，更证明了他们文学创作存在的文学史建构的价值与意义。或者说，他们的文学创作的艺术内涵体量与历史穿透力为人们提供了跨越时代进行言说的话题或者可能性。当然，就当代中国文学"十七年"这一历史阶段而言，人们对这两位作家的言说主要集中在农业合作化题材叙写方面。具体而言，对赵树理的研究多集中于长篇小说《三里湾》与短篇小说《锻炼锻炼》[1]，尤其是《锻炼锻炼》所引发的争论，

---

[1] 参见《火花》1958年第8期、《人民文学》1958年第9期。

成为当代中国文学批评史上一个极为重要的话题。有关柳青的文学创作，基本是集中在他的代表长篇小说《创业史》上，而他的中篇小说《狠透铁》[①]不仅未引起争议，甚至至今专门谈论它的文章也极少，目前所能看到的就是1958年《延河》杂志社所组织的一次座谈会。[②]这引起了笔者对柳青这部中篇小说阅读与研究的兴趣。为了更全面把握柳青《狠透铁》创作的文学背景，便查阅了全国1958年文学创作情况的相关资料，发现《狠透铁》与赵树理的《锻炼锻炼》之间存在着某些相关性，这更证实了笔者最初的感觉。于是，笔者就避开扎堆研究的视域，主要从自身的阅读感受体验出发，以《狠透铁》与《锻炼锻炼》这两个作品为例，来探讨一下他们的文学创作。

按照中国传统习惯的说法，今年是柳青一百年诞辰（柳青出生于1916年7月20日），赵树理一百一十年诞辰（赵树理出生于1906年9月24日），那就将这篇文章作为一份祭品，奉献于他们的灵前，以表达对两位前辈作家的尊敬与怀念。

生活化与观念化

在阅读《狠透铁》与《锻炼锻炼》这两个作品的时候，有一个问题总是萦绕于笔者的脑海之中：文学创作与生活的关系。这一问题对于今天的许多作家来说已算不得什么大不了的问题，但是对于20世纪五六十年代的作家及其文学创作来说，那可是一个大问题。如果说哪位作家的哪部作品被视为脱离或者歪曲了社会现实生活，那就意味着必然要被打入另册，成为批评乃至批判的对象。所以，文学创作与生活的关系问题，对于柳青、

---

① 最初发表于《延河》1958年第4期时，名为《咬透铁锨》，1959年8月25日至9月8日在《中国青年报》连载，11月陕西东风文艺出版社、12月作家出版社出版单行本时，均改名为《狠透铁》。

② 柳青：《座谈"咬透铁锨"》，见孟广来、朱永清编《柳青专集》，福建人民出版社，1982年，第75页。

赵树理他们那一代作家而言，是首先必须严肃对待和认真处理的问题。他们作为在毛泽东《在延安文艺座谈会上的讲话》精神指引下成长起来的作家，将生活是文学创作的源泉视为经典理论思想，几乎是毫无疑问地加以尊奉的。因为文学创作源于生活，生活是文学创作的唯一源泉，正是毛泽东这篇经典性的中国无产阶级革命文学艺术理论论著的经典观点之一。由此也可以说，他们就是按照毛泽东《在延安文艺座谈会上的讲话》精神进行文学创作的。就拿《狠透铁》与《锻炼锻炼》来说，也都是二位作家认真践行毛泽东《在延安文艺座谈会上的讲话》精神，在深入社会现实生活的过程中所引发的创作动机与实践，是对文学源于生活理论的一次创作佐证。

在谈到《狠透铁》的创作起因及创作过程时，柳青是这样说的：

> 听说上次《延河》读者座谈会上有人反映陕北老区读者抱怨我给《延河》写文章少，又说"邻居琐事"有点应付。……既然有了这种看法，我这回不能再给《延河》写散文了，要花比较多的时间写篇小说，这是一方面。另一方面，去冬全民整风，三天两头开党支部会，我每回在支部会上碰见'老汉'，总觉得对他有什么亏欠。我每回碰见他，总想写一篇文章歌颂他；但是总怕打断正常的持续很久的工作。……开始只准备写万把字，只表现他忠心耿耿为人民服务，但能力有限，做下一点点对人民不利的事情，痛苦万分，老泪纵横。动笔以后才改变了意图，决定写阶级敌人利用他的弱点，向农村无产阶级专政进攻，因为有个别刚刚破获的现成的案件，正好能用上去。文章写到一万字以后，就失掉了控制，任情节自己发展了；后面有两段，还是在清样上补写的。①

从柳青这段话中可以读到这么几层意思：第一，这部作品的创作是源

---

① 柳青：《座谈"咬透铁锹"》，见孟广来、牛永清编《柳青专集》，福建人民出版社，1982年，第75页。

于农村当下生活的触发："每回在支部会上碰见'老汉'",因而就产生了创作一个以这位老汉为生活原型的作品,至于说最初是想写篇文章——应当是散文性质,而后来却写成了中篇小说,这只是文体类型的变化,并未改变所遵循的文学源于生活的写作基本原则,恰恰说明这部小说就是奉行文学创作源于生活原则的具体实践。第二,作品是以歌颂为其格调的,即歌颂老监察这一农村的英雄人物:"写一篇文章歌颂他""表现他忠心耿耿为人民服务,但能力有限,做下一点点对人民不利的事情,痛苦万分,老泪纵横。"就此而言,这部小说于整体艺术格调或者基调上,是与当时的社会时代与整体文学创作的基调相一致的。第三,作品在题意内涵的开掘上,由最初的表扬最终确定为表现阶级敌人向农村无产阶级专政进攻,"写阶级敌人利用他的弱点,向农村无产阶级专政进攻",这也是符合当时文学创作的基本主导思想的。第四,在创作的过程中体现的是文学创作源于生活但又高于生活的思想。从构思到写作完成,是一个不断修改完善的过程。而修改完善的过程,不仅仅是增加了篇幅,更为重要的是思想上的抽象概括,即不断地进行政治思想"提升"的过程。这也就是既要源于生活又要高于生活,这个高,就是进行政治思想上的提升。由此可以看出,更能体现柳青文学创作观及基本特征的,不仅是创作要源于生活,更为重要的是必须高于生活,对生活进行政治思想上的升华提高。

此外,柳青的这段表述,还透露出他正在全力以赴创作其代表作《创业史》。他所说的"总怕打断正常的持续很久的工作",从后来的情况来看,这当时正在进行的"正常的持续很久的工作"就是《创业史》的写作。作为一位艺术态度极为严肃而严谨的作家,柳青有个习惯,那就是不断地在修改自己的作品。《创业史》就是一部在不断修改中的作品。就是这部三万来字的中篇小说《狠透铁》,从1958年初创到后来出单行本,据相关资料,柳青也是作了专门的修改的。柳青的这一创作习惯是具有时代特征的,比如,陕西作家杜鹏程、王汶石等,他们的每部作品,也都是根据评论界的意见或者社会时代的要求,在不断修改中加以完善的。

赵树理的《锻炼锻炼》，显然也是遵照文学创作源于生活的基本原则进行创作的。但是，在如何进行高于生活的艺术创造方面，则是与《狠透铁》有所不同的。按照当时的要求，《锻炼锻炼》显然做得不够，也就是在政治思想上的提升不够高。赵树理源于生活的创作，遵循的是忠实于生活的原则，甚至是从乡村生活的真切感受出发，于提升中渗透的是乡村民间的习俗与伦理思想。他不仅奉行源于生活的文学创作原则，更是坚持忠于生活的创作理念。正因为如此，他所要叙写的是农村原本的样子，是乡村民间习俗与伦理思想观念下的生活与人物。在此创作思想的主导下，他显然对政治思想的提高，未能达到当时主流政治意识形态所要求的高度，反而叙写了现实生活中所存在的诸多问题。故此，这篇小说一经发表，就受到一些人的批评，并且引发了持久的争议。赵树理对自己的创作，在不同场合作了自己的解释。就创作的触发而言，他说："我在作群众工作的过程中，遇到了非解决不可而又不是轻易能解决了的问题，往往就变成所要写的主题。"[1]而就这篇小说《锻炼锻炼》所要表达的思想而言，他说"我想批评中农干部中的和事佬的思想问题。中农当了领导干部，不解决他们这种是非不明的思想问题，就会对有落后思想的人进行庇护，对新生力量进行压制"[2]。于此，赵树理并非回避社会政治问题，他是以积极的态度，面对当时的社会政治，他也是"反对不靠政治教育而专靠过细的定额来刺激生产积极性的"[3]。从他的这些言谈中，我们明显地感到，他的创作就是忠于生活的文学叙写，而不是从某种观念出发进行写作。

今天看来，赵树理的创作为我们提供了当时的社会现实生活，尤其是农村合作化生活更为真实的艺术文本。但在当时他确实受到了许多质疑

---

[1] 赵树理：《也算经验》，见黄修己编《赵树理研究资料》，知识产权出版社，2010年，第84—85页。
[2] 赵树理：《当前创作中的几个问题》，见《赵树理文集》第4卷，人民文学出版社，2005年，第26页。
[3] 同上，第351页。

与批评。对此，他在一次讲话中所作的不无委屈甚至激动的进一步解释，更是强调了他的从现实生活出发而反对从抽象的政治思想观念出发的创作思想："关于《锻炼锻炼》的争论，基本观点有两种：一种是实事求是，一种是用概念。从概念出发，他就会提出'这像社会主义新农村吗？'这样的问题。其实，这不是像不像的问题。你跑去看一看吧，你跟我到一个大队去住几个月吧，你就不会这样提问题了。如果凭空在想：既然合作化这么久了，农村还有这种情况？这就没法说了。……1955年以前，农村有一半还是单干户，合作化到今天，才五年多一点时间，怎么会没有'小腿疼''吃不饱'呢？所以，这种争论首先要有根据，没有根据就是瞎说。农村大队把'小腿疼''吃不饱'当作讽刺教育的对象，说自己队里哪些人是'小腿疼'等等，说明这样写还是有作用的。对浮夸，我真恨死了，这是从五六年开始的，我能写上十来八万字，但目前还不能写，外国人要翻译。"①

家庭伦理与阶级伦理

如果将当代中国20世纪五六十年代农村合作化运动以及后来的人民公社化体制的文学书写，纳入整个中国近代以来，特别是现代以来的从传统社会向现代社会的历史转换之中来审视，应当说，这是一次乡村社会结构的历史变革，也可以将其视为中国社会现代性历史转型与建构的一次乌托邦式的想象性探索。这次探索给乡村与农民带来的影响是巨大的：不论是狂欢式的欣喜，还是断臂割肉式的疼痛。社会变革、物质与社会制度方面的革命，是可以借用外在力量以暴风骤雨的方式强制实现的，比如土地改革，一夜之间可以改变物质——土地、农具、牲畜的属性，在合作化运动中将土地与其他生产资料收归为集体所有。可是人的生活与生存的思想观

---

① 赵树理：《在长春电影制片厂剧作讲习班上的讲话》，见陈思和、李平主编《中国当代文学作品选》，学林出版社，1999年，第23页。

念,特别是千百年来所形成的风俗习惯与伦理道德观念以及由此而构成的文化心理结构,则是很难以强制的方式在短时期内加以改变的。在笔者看来,人们在几千年历史的发展过程中所形成的文化思想观念以及思维方式与行为方式,是渗透于人们的具体生活与生存行为细节之中的。不论外在条件发生怎样的变化,人们的文化心理结构及思维方式与行为方式,于本质上是不会瞬间彻底改变的,而只能是一种层级递进式的嬗变过程,于新的文化思想观念中依然沉积着传统思想观念的核心要素。所以,理想化、主观性地甚至狂妄性地试图在一夜之间完成乡村从传统到现代文化思想观念的历史转换与建构,这是根本不可能的,只能是一种虚妄性的想象。这一方面,1980年代之后的社会现实与文学叙事,已经作出了回答。

作为一种乡村社会全面性的现代性的历史转换与建构,从社会政治与经济体制层面所建构起来的农业合作社特别是后来所建构起来的人民公社,在当时的社会时代背景之下,几乎没有作家提出与之相反或者不同的文学叙事。已有的文学文本,基本上都是在肯定从合作化到人民公社化的社会变革,认为这是中国农村进行现代性历史转换与建构的必由之路,甚至将其作为中国农村现代性唯一正确道路的选择,而加以文学叙事上的文本建构。这一点,从李准的《不能走那条路》到浩然的《艳阳天》《金光大道》,其所建构起来的文学叙事是一种与社会结构同构的文学叙事模态,即以文学艺术的方式证明这种社会历史建构的合理性与必然性。就此而言,柳青的《狠透铁》与赵树理的《锻炼锻炼》,在文学叙事的基本模态上并无什么不同,也是在建构一种文本艺术结构与社会体制建构相一致的叙事模态。如此看来,这两个作品似乎与当时其他同类作品的文学叙事,并无什么不同。

但是,问题似乎并不是如此简单。因为乡村在由合作化到人民公社化的社会历史转换过程中,传统与现代的文化思想观念之间的矛盾冲突,依然非常明显地存在着。乌托邦式的社会体制想象性的建构与现实乡村固有的生活与思想观念之间,发生着剧烈的对抗性的冲突。就当时的社会意识形态、思想文化语境而言，是将合作化与人民公社化视为乡村现代化的唯一正确的历史选择而加以不容置疑的充分肯定的。但是，1980年代之后，随着人民公社的解体，有关这一方面的文学叙事又发生了彻底的转变，学界对其进行了重新评价与叙说。于此，我们更为感兴趣的是，为何文学叙事中所体现出来的传统与现代的矛盾冲突，显示出更为深刻而久远的思想艺术审美价值？在笔者看来其中重要原因之一就是，有关这一方面的文学叙事，是根植于中国社会历史文化思想土壤的。本文所选择的《狠透铁》与《锻炼锻炼》能够引发人们更多思考的地方也在于此。对中国乡村历史及其文化思想如何认知与如何进行艺术叙写的问题，可以从诸多角度与层面切入。于此，我们从伦理叙事这一视野进入，来看看《狠透铁》与《锻炼锻炼》所显示出的文学叙事的文本建构。叙写乡村生活的作家，自然是要研究中国的乡村结构的。问题在于，对乡村社会生活现实与社会结构的研究分析，观察的思想视域不同，得出的结论自然不同，所建构起来的文学叙事往往存在着很大的差异性。

  对中国的社会性质，费孝通先生在《乡土中国》中给出了经典结论："从基层上看去，中国社会是乡土性的。"[①]这一结论得到学界的普遍认同。依此逻辑来说，中国的乡村社会，自然是一种乡土社会。那么，中国这种乡土社会又是怎样一种社会建构呢？费孝通先生得出的结论是一种特有的"差序格局"式的社会结构。在这个"差序格局"式的社会结构中"中国的许多村庄就是以家族姓氏命名的，乡土中国实际上是一个家族式社会"[②]。有关乡村家族式的社会结构，诸多学者似乎有着较为相同或者相近的看法。卢作孚先生从伦理道德与政治法律角度得出如下结论："家庭生活是中国人第一重的社会生活；亲戚邻里朋友等关系是中国人第二重的社会生活。这两重社会生活，集中了中国人的要求，范围了中国人的活

---

① 费孝通：《乡土中国》，上海人民出版社，2007年，第6页。
② 同上，第43页。

动，规定了其社会的道德条件和政治上的法律制度。"[1]梁漱溟先生进而分析了家族制度在中国文化中的重要地位："中国的家族制度在其全部文化中所处地位之重要，及其根深蒂固，亦是世界闻名的。中国老话有'国之本在家'及'积家而成国'之说；在法制上，明认家为组织单位。中国所以至今被人目之为宗法社会者，亦即在此。"[2]而家族是以"血缘"与"地缘"为基础建构起来的，是一种熟人社会。这是因为"生活在被土地所囿住的乡民，他们平素所接触的是生而与俱的人物，正像我们的父母兄弟一般，并不是由于我们选择得来的关系，而是无须选择，甚至先我而在的一个生活环境"[3]。这样，乡土社会乃至整个中国社会，其文化表现出特有的特征："融国家于社会人伦之中，纳政治于礼俗教化之中，而以道德统括文化，或至少是在全部文化中道德气氛特重。"[4]由此可见，家族血缘性、道德习俗性等，也就成为乡村社会伦理极为重要的特质。因而，乡村的这种伦理便成为构成与维系乡村结构关系的不可或缺的重要因素。

但是，乡村社会现代性的历史转换与建构，则是要打破这种血缘家族性、道德习俗性等社会伦理规范，而建构起一种新的乡村社会政治意识形态的伦理规范。怎样建构？就乡村合作化的文学叙事来看，那就是以社会公有体制下的公共道德规范替代私有制下的私人的与个人的道德习俗规范，用社会群体阶级斗争性替代家族血缘亲情性。如果说基于家族血缘亲情、道德习俗等的乡土性伦理道德规范，是源于农民文化精神与心理结构的内在驱力，那么，所要建构的公有体制下的公共道德规范与社会群体阶级斗争性社会政治意识形态的伦理规范，则是一种社会政治权力的外在强迫力。因此，源于农民文化精神与心理结构的内在驱力，与源于建构的公有体制下的公共道德规范与社会群体阶级斗争性的外在强迫力之间，势必

---

[1] 卢作孚：《中国的建设问题与人的训练》，见梁漱溟《中国文化要义》，上海人民出版社，2005年，第16页。
[2] 梁漱溟：《中国文化要义》，上海人民出版社，2005年，第15页。
[3] 费孝通：《乡土中国》，上海人民出版社，2007年，第9页。
[4] 梁漱溟：《中国文化要义》，上海人民出版社，2005年，第20页。

要发生激烈的矛盾冲突。而这种矛盾冲突，也就构成了农业合作化运动文学叙事模态建构的一个内核。当然，在具体的文学叙事建构中，不同的作家作品之间，在侧重上还是存在着差异的。

这两部作品，都涉及了家族关系的描写，比较而言，《锻炼锻炼》对家族的描写更为突出明显一些。虽然作家并未交代"争先农业社"究竟有几个姓氏家族，但从作品叙述可知，王姓家族应当是大姓。社主任王聚海、支书王镇海、第一队队长王盈海都是王姓家族的成员。虽然作家尽量在淡化家族于合作社建构及发展中的作用，但从社里的主要职位都为王姓，就可以窥探到其间所蕴含的家族结构及其力量的信息。"小腿疼"之所以敢于蛮横，无理闹三分，最重要的底气就是依仗社里这几位本族本家兄弟干部。

《狠透铁》对家族的叙写更少，但是也依稀可见。副队长王以信，在夺权过程中，就依仗或者借助了户族叔叔王学礼的支持。作品中虽然没有更多的有关家族力量的叙写，但从字里行间，似乎也隐约透出这方面的信息。柳青对乡村生活有着深入的了解，对家族在乡村生活中的作用自然是心知肚明的。只是为了突出社会政治生活在合作化运动中的主导地位，有意无意之间消解了家族的作用。但是不管怎样，我们都能从中感知到这两部作品的叙事，始终存在着家族伦理叙事与政治伦理叙事之间的矛盾性与内在张力。所不同的是，《狠透铁》更为倾向于以社会政治伦理叙事替代家族伦理叙事，而赵树理虽然也以社会政治伦理叙事为其艺术叙事的基本构架，但是最终无法遮蔽家族伦理叙事，以至于家族伦理叙事显现出更为强烈的艺术冲击力与文化思想穿透力。

老式农民与新型农民

在阅读《狠透铁》与《锻炼锻炼》中，势必要遇到一个老问题："中间人物"与"新型人物"的塑造及塑造得如何。在这里，我们首先不赞成

"中间人物"的说法，而倾向于用老式农民或旧式农民的表述。这两种表述中隐含着一种论述的思想视角问题。"中间人物"论所使用的是社会政治-阶级分析的思想方法，是按照社会政治态度、阶级地位把人分为左中右，或者先进、落后与反动不同的群类。而新、旧之说，则是从人物现实生活态度与文化心理精神角度来观察问题，于此首先摒弃了把人从阶级或政治上进行定性的观察、认知思路，而是基于乡村的历史文化与现实生活实际。若从文化思想角度来看，不能说仅仅地主富农固守历史文化的立场与生活态度，就是贫农、下中农以及中农等阶层也是如此。因此，在笔者看来，以老式与新式农民形象进行表述，具有更为普遍与深刻的历史文化思想意义。

毫无疑问，柳青在《狠透铁》中极力塑造的老队长或者老监察这一人物形象，虽然具有许多优秀的品德，但还不能说就是新式农民。在笔者看来，他所具有的许多优秀品德是与传统的文化思想伦理道德相关联的，对新的共产主义文化思想道德观念的理解，也只是出于一种朴素的情感。在柳青心目中新型的农民形象是梁生宝这样具有共产主义思想品质的英雄形象。老队长的身上，还不能说就具备了如梁生宝那样的共产主义思想品质，虽然，柳青极力在开掘他身上所应当具备的优秀品质。若从性格塑造的鲜明性来看，老队长的性格特征的确是极其鲜明生动的。柳青作为一位大作家，三笔两笔就勾勒出一个鲜活的人物形象来。于此，作家采用的是欲扬先抑的叙事方法，用突出某一方面的性格特点的手段，着力叙写了老监察的狠劲。他对待工作有一股子狠劲，对待自己也有股子狠劲。而这狠劲中又融合了忠诚与能力不足，使其具有了更为突出的社会思想内涵。作家突出了他社会政治思想的一面："从1949年—解放在水渠村头一个和六十二军的地方工作队接头起，组织起农会，自己当着农会小组长，取消了农会实行普选，自己又当人民代表。人们不是说跟共产党走的话吗？不！从小熬长工一直熬到1950年土改的我们这位老队长说：'咱不能跟共产党走，咱要跟共产党跑。要愣跑愣跑！'"①当他做不好事情时就恨自己无能。"有一回，他召集起队委会，要传达大社管理委员会布置的几样事情，最后觉得还有一样，他却连一点也想不起来了，只好用他那粗大的巴掌狠狠地咬着牙打击自己头发霜白的脑袋，愤恨地骂自己：'你呀！你！鬼子孙！对不住党，对不住人民！'他说得那样凄婉、伤心，弄得大伙哭笑不得。"②但是，在这种鲜明生动之中，还缺乏些更为深厚的意味。从柳青的整体文学创作来说，《狠透铁》只是他在创作长篇小说《创业史》过程中的一个插曲，而这个插曲则是作家柳青直面现实的结果。就其所塑造的老监察这一农民干部形象而言，的确叙写了他身上所存在的问题：一是脑筋迟钝忘性大，二是组织调配能力差。脑筋迟钝忘性大，在生产安排上就会出现不到位的问题，以致社里的红马因耽误医治而死亡，给社里造成重大损失。组织调配能力差与其忘性大密切联系。事情一多他就谋划安排不过来。但从柳青的创作思想来看，则与《创业史》相一致的。这就是极力叙写英雄人物的坚定政治立场与优秀的品格。解决问题的办法就是，在阶级斗争中取得胜利，完满人物的塑造。

赵树理的《锻炼锻炼》，我们不能说作家对杨小四等年轻新人形象的叙写不用力。很显然，赵树理是将杨小四作为正面的新式农民形象而加以充分肯定的。但是，其结果却与作家原意有着相当大的距离。他所批评的对象给人留下了深刻的印象，而他积极歌颂肯定的对象，就艺术的感染力与思想穿透力而言，都显得不够充分。具有意味的是，赵树理叙写杨小四等新式农民时，笔力有些不逮，甚至有些生涩。而一叙写"小腿疼"这些旧式或老式农民，就犹如有天神降临，笔尖生花，活灵活现起来。抄录一段如下：

小腿疼是五十来岁一个老太婆，家里有一个儿子一个儿媳，

---

① 韩鲁华、刘炜评主编：《陕西文学六十年作品选（1954—2014）·中篇小说卷》（上），陕西人民出版社，2015年，第1—2页。
② 同上，第2页。

还有个小孙孙。本来她瞧着孙孙做做饭，媳妇是可以上地的，可是她不，她一定要让媳妇照着她当日伺候婆婆那个样子伺候她——给她打洗脸水、送尿盆、扫地、抹灰尘、做饭、端饭……不过要是地里有点便宜活的话也不放过机会。例如夏天拾麦子，在麦子没有割完的时候她可去，一到割完了她就不去了。按她的说法是"拾东西全凭偷，光凭拾能有多大出息"。后来社里发现了这个秘密，又规定拾的麦子归社，按斤给她记工，她就不干了。又如摘棉花，在棉桃盛开每天摘的能超过定额一倍的时候，她也能出动好几天，不用说刚能做到定额她不去，就是只超过定额三分她也不去。她的小腿上，在年轻时候生过臁疮，不过早在二十多年前就治好了。在生疮的时候，她的丈夫伺候她；在治好之后，为了容易使唤丈夫，她说她留下了个腿疼根。"疼"是只有自己才能感觉到的。她说"疼"别人也无法证明真假，不过她这"疼"疼得有点特别：高兴时候不疼，不高兴了就疼；逛会、看戏、游门、串户时候不疼，一做活儿就疼；她的丈夫死后儿子还小的时候有好几年没有疼，一给孩子娶过媳妇就又疼起来；入社以后是活儿能大量超过定额时候不疼，超不过定额或者超过的少了就又要疼。乡里的医务站办得虽说还不错，可是对这种腿疼还是没有办法的。[①]

很有意思，作品叙事是从合作社整风贴大字报开笔，但犹如神使鬼差一般，叙写之笔就自然而然地拐到了"吃不饱"与"小腿疼"的叙写上。在问题的处理上，笔法则有些生硬，但也的确是当时的实际情况：开批斗会，把人绑了送到乡政府去。这种简单的处理方式，的确透露出当时社会变革中的暴力行为。以暴力的方式来解决日常生活问题，是值得深思的。但就艺术的叙写而言，不能不说这种简单粗野的对暴力行为的处理，

---

① 赵树理：《锻炼锻炼》，见陈思和、李平主编《中国当代文学作品选》，学林出版社，1999年，第2—3页。

还是不能令人信服。如果那时就解决了问题，也就不会出现八九十年代对农民历史传统思想观念的大量叙写。赵树理乡村叙事的价值，恰恰在对"吃不饱"与"小腿疼"旧式农民的叙写上。

由此联想到严家炎等对柳青《创业史》所作的评价，认为梁三老汉这一艺术形象比梁生宝的形象更具有艺术典型性，更具有生活的基础，也是更为成功的艺术形象。[①]这一方面，在赵树理的文学创作中表现得更为突出，至今论者对赵树理作品中所谓的落后农民如"三仙姑""二诸葛""小腿疼""吃不饱"等人物，还是津津乐道的。之所以如此，恐怕在于不论是柳青还是赵树理，更熟悉、更能够从文化血脉上与老式的农民建构起一种亲缘关系。这些所谓的老式农民形象具有更为深厚的社会历史文化基础。因此可以说，这种文学叙事，不论是有意还是无意之间、清醒或者懵懂之中，其内里隐含的是对中国乡村历史及其文化思想如何认知与如何进行艺术叙写的问题。

这，应当说至今仍然是一个引人深入思考的问题。

农民立场与知识分子立场

在阅读《狠透铁》与《锻炼锻炼》中，我们能够非常强烈地感觉到，柳青与赵树理所走的叙事艺术路径是完全不一样的。概而言之，柳青从整体上承续的是"五四"文学叙事与外国文学叙事的传统，走的依然是知识分子的文学叙事路径；赵树理虽然也受到"五四"知识分子文学叙事的影响，但最终承续的是中国文学叙事艺术与民间艺术的传统，走的是一条地地道道的中国化的民间叙事艺术路径。

为更好地阐释这一问题，我们在阅读作品的同时，亦查阅了作家的相

[①] 参见严家炎谈《创业史》的系列文章：《谈〈创业史〉中梁三老汉的形象》，载《文学评论》1961年第3期；《关于梁生宝形象》，载《文学评论》1963年第3期；《梁生宝形象和新英雄人物创造问题》，载《文学评论》1964年第4期。

关自述。在阅读柳青有关谈创作的文章时,可以明显地感到他在不断地强调自己思想情感的转化问题。这是否从某种意义上在透露这样一种信息:正因为他不是工农大众,因此方需要进行思想情感立场的转变。故此,他把自己思想情感立场的转变,包括在生活上与人民大众相一致,非常严肃地看作"我们知识分子长期在工农群众中生活的一道难关",而且"我知道:假使我不能过这一关,我就无法过毛主席文艺方向的那一关,我就改行了"。[①]由此可见,柳青非常清醒地将自己定位为知识分子,虽然他也是从农村走出来的。但问题并没有真正得到解决。柳青知识分子的文学叙事立场在《创业史》中依然存在。正如有论者所言:"尽管柳青也出身农村,但与后来在他影响下成长起来的陕西作家不同,他始终注意在描写农民时保持一个客观的立场,更准确地说,他常常用叙述人的口气提醒读者,他是以一个非'庄稼人'的立场去描写农民的——尽管他对农民充满感情。他的叙述模式——革命文学的叙述内容,与党的意识形态保持自觉的一致,对劳动者彻底的情感认同,'五四'和左翼式的叙述语言和'趣味'——使他成为建国后主流文体的主要生产者之一。"[②]当然,柳青一直致力于做一位革命的知识分子,成为一名地地道道的革命作家。在我们看来,柳青其实就是从一位革命知识分子的立场进入文学叙事的。也正因为如此,不论他怎样与农民群众同吃共住,都无法改变他文学叙事的知识分子的文化立场。也正因为如此,他关于乡村的文学叙事总是处于"他者"的地位。我们从《狠透铁》也可以读到,作家的叙事是凌驾于乡村生活与农民思想情感之上的。换句话说,他不是像赵树理那样在为农民写作,而是在为社会时代写作,是一种为社会时代代言式的写作。这样,他可能更易于在为社会时代写作的过程中使自己的知识分子思想情感与社会意识

[①] 柳青:《转弯路上》,见孟广来、牛永清编《柳青专集》,福建人民出版社,1982年,第7—8页。
[②] 吴进:《〈创业史〉对农民的描写及其知识分子趣味》,载《陕西师范大学学报》(哲学社会科学版)2009年第3期。

形态相融合,走上一种革命知识分子作家的意识形态文学叙事的道路。也正是在这种意义上,我们认同吴进的观点:"柳青则钟情于作品的深刻性,希望在作品中表现出一种理论深度——尽管革命文学的语境留给他自由思索的天地并不广阔。"不仅仅是《创业史》,就是这部中篇小说《狠透铁》,也"深受五四和左翼文学的影响,在艺术手段上是充分西方化的:不重故事而重描写,尤其重视对人物的心理描写;重视对特定历史时期大规模的、史诗性的表现;叙述人语言和人物语言泾渭分明"①。"当时的正统左翼作家在一定程度上否认了文学作为一种独立意识形态的地位,采取的是以理念与主义指导人物和情节的方法,创作本身即被要求是政治生活与意识形态斗争的一部分。"②

就赵树理而言,他的文学叙事的确是一种为农民而写作的文学叙事。几乎所有的研究者都认同赵树理是一位非常出色的大众化文学叙事高手。可以说,为农民写作的思想是贯穿赵树理整个文学创作历史的。他为了实现为农民而写作的目的,采用大众化的文学叙事方式。正如研究者所言,他适应了延安时期革命的大众文学建构的历史需求,因而从民间一下子走向了现代文学历史的前台。"赵树理是一个极为独特的作家,他因为'工农兵文艺'的话语偶然浮出水面,但却不是一个追逐潮流的弄潮儿,他固执地站在农民的立场上,体现出农民的利益、愿望、价值、道德和审美观念。"③也正因为如此,1949年之后,他的文学叙事便与社会时代的文学叙事要求发生了严重的历史错位。如果说《小二黑结婚》《李有才板话》所建构起来的这种为农民写作的文学叙事已经达到了艺术的成熟境地,那么,1949年之后,包括《登记》《三里湾》以及《锻炼锻炼》在内的作品,在文学叙事艺术上并无大的突破,甚至是一种叙事艺术上的重复。尤

---

① 吴进:《柳青的文学史意义》,载《文学评论》2013年第2期。
② 崔璨、陈国恩:《从救赎到飞升——论萧红与左翼文学的契合与疏离》,载《江淮论坛》2014年第6期。
③ 旷新年:《赵树理的文学史意义》,载《文艺理论与批评》2004年第3期。

其是他所坚守的乡村化的文化思想伦理道德观念与生活观念,更是与当时的社会时代不相适应。正是思想与艺术上的这种固守,使他保持了对疯狂社会现实的冷静思考与客观真实叙写,同时也使他受到了更多的批评。就此而言,赵树理的《锻炼锻炼》等文学叙事,其社会现实的警示价值是不可否认的,但是它们的文学叙事的艺术价值与文学史价值,则不能给予完全肯定。

柳青的情况则有所不同。首先必须承认:在《创业史》之前,柳青虽然也创作了长篇小说《种谷记》与《铜墙铁壁》,还有一些中短篇小说,包括这部《狠透铁》,但都不是他文学叙事艺术成熟的表现,而是他文学叙事艺术探索道路上的创作积累。柳青的文学史意义与价值不在于1940年代,而在于1950年代至1970年代。用某些研究者的话说,柳青的价值在于社会主义文学新秩序与叙事艺术模态的建构探寻。正如有论者所言:"就《创业史》的写作来说,它在总体上是完成了意识形态对新中国文学长久的期盼,这里的总体不但是指'主题'的提炼、'英雄人物'的塑造,更是指形式的寻找,一种并不只属于某个作家的个别形式,而是属于某一时期文学的带有普遍性形式的寻找。"[①]由此是否可以说,柳青的《狠透铁》是其乡村文学叙事艺术探索路途中的"急就章",赵树理的《锻炼锻炼》则是其叙事艺术成熟之后的一种历史惯性的延续。但不管是探索路途上的"急就章",还是成熟之后的历史延续,蕴含于其中的文学叙事的文化立场则依然如故:柳青所持有的知识分子文学叙事立场与赵树理所坚守的农民文学叙事立场。在这里我们所要郑重说明的是,柳青的文学叙事并非仅仅体现出知识分子的文学艺术与文化思想趣味,而是其文化思想立场始终是知识分子的。

原载《西北大学学报》(哲学社会科学版)2016年第1期

[①] 萨支山:《试论五十至七十年代"农村题材"长篇小说——以〈三里湾〉、〈山乡巨变〉、〈创业史〉为中心》,载《文学评论》2001年第3期。

陈忠实文学创作审美价值论

陈忠实作为当代中国文学创作整体格局中的一位重要作家，他以自己严肃而富有艺术探索精神的创作，为中国当代文学艺术宝库，奉献出了无愧于我们这个时代的极富审美价值与个性的文学作品。从他的创作实际来看，他不仅具有自己的艺术追求、自己的艺术观念，更有着自己的审美价值内涵建构。他的文学创作，坚守着纯正文学艺术的立场，表现出坚守社会良知的艺术姿态，确信自己的艺术知觉与审美感受，如实地叙写自己真实的生命情感体验。因此，对真善美的追求和审美艺术建构，是他在文学创作上的共通性追求。虽然他在文学创作上对真善美的审美建构，可能还未达到完美无缺的境界，但是，我们必须承认，他在尽自己最大的努力向着真善美审美艺术建构的完美境界逼近。所以，他的文学创作蕴含了丰富的审美价值内涵。

对真善美的追求，对于陈忠实来讲是以生命情感体验的善为其审美价值建构核心的。这种判断也是源于对陈忠实整体文学创作的解读。毫无疑问，我们也感受到了陈忠实对生活的真实性是非常重视的。但是，我们在阅读陈忠实的文学创作时，感到了更为强烈的以伦理道德为核心的善的力量。在对社会现实生活与历史生活进行价值判断时，陈忠实始终尤为看重对善的建构与追求。在他的文学审美建构中，在对社会现实生活真实性的叙事中，熔铸着浓郁的善的价值审美内涵，可以说，陈忠实笔下的真实生活是在善的烛照下焕发着光芒。他所追求的美，或者说他笔下所叙写的美的生活,也必然首先是善的生活。在他看来,真实的、美的文学艺术首先应当是充满善的思想、凝聚着善的审美价值内涵的艺术建构。

一

从作家的文学创作实际来看,不同作家对文学的审美价值及其建构的理解和表现是存在着差异性的。由于作家艺术个性、审美情趣以及创作思想等方面的不同,在进行文学艺术审美建构时,不同作家对真实追求的侧重点也是各不相同的。比如,现实主义的文学创作,首要的也是最为核心的审美价值,就是对客观世界如实的再现性的叙写;而表现主义、浪漫主义尤其是荒诞主义的文学创作,恐怕更主要的是追求作家心灵世界、生命情感体验与内在生命的真实。所以,在我们看来,唯有写出自己生命情感体验的真实,才是更具文学艺术审美价值的,才是更接近文学艺术本质的。

陈忠实的文学创作对真的审美价值追求,整体来看,或者就其代表作《白鹿原》来说,是一种历史文化视野下社会与人所存在的建构之真。陈忠实当然也非常注重社会人生命运、现实生活等方面真实的艺术叙写,但是,我们以为,不论陈忠实所叙写的具体生活对象是什么,其间总是熔铸着一种历史文化之审美视域。他似乎更看重或者说他只有以历史文化的审美视域来建构自己的文学艺术世界时,方能显出其最具魅力的特异审美价值,他文学创作上真的审美价值建构,方才达到一种更加完美的艺术境界。甚至可以说只有在历史文化审美视野下建构自己的艺术世界,方才真正找到了艺术创造上的自我,达到自我的自由境界。

和其他同代作家一样,陈忠实对文学创作真实价值的追求,是从以社会政治生活真实的再现为第一要务开始的。因此,他在建构自己的文学真实审美价值时,自然是将社会现实生活的真实价值建构置于社会政治视野进行考量的。正是在这样一种文学创作思想的指引下，陈忠实20世纪80年代的文学创作，基本上是追随社会时代生活前行的，正如他说："文学是社会生活的反映，作家必然要把这种变革的生活诉诸文学。要更敏感地感受变革的生活，要深刻地理解进而反映生活。"①其实，陈忠实在这里进一步提出了文学创作真实反映生活的前提条件，这就是敏感而深刻地感受生活。换句话说，陈忠实所建构起来的文学艺术，是以作家的真实生活感受为基础的。从陈忠实的文学创作实际和发展历程来看，他的确有着丰富而深厚的社会生活积累和感受。可以说，他的文学创作就是建立在他对社会现实生活的切身感受之上的。如果没有这种丰富而深厚的生活感受，也就没有了陈忠实的文学创作。

但是，陈忠实对社会生活真实价值的审美建构，也是发展变化的。我们发现，在20世纪80年代末，特别是在创作了《白鹿原》之后，陈忠实最喜欢也最能代表他对文学艺术创作深刻认识的说法，就是生命体验。在他看来，"作家进行文学创作唯一依赖的是一种双重的体验，由生活体验进而发展到生命体验，由艺术学习发展到艺术体验，这种双重体验所形成的某个作家的独特体验，决定着作家全部的艺术个性"②。他把文学创作的全部秘密归结为个人兴趣和体验。他说自己"到50岁时还捅破了一层纸，创作实际上也不过是一种体验的展示"，"体验包括生命体验和艺术体验而形成的一种独特体验。千姿百态的文学作品是由作家那种独特体验的巨大差异决定的"。③就生命体验而言，它源自生活的体验。由此逻辑推理，我们可以说，陈忠实后期对文学创作真实审美价值的追求，便是真实地叙写自己源于生命本体的、触发于生活体验的全部生命体验。换句话来说，文学创作的真实性审美价值建构，就是对作家真实生命体验的艺术展示。从生活真实到生活感受真实再到生命体验真实的艺术审美建构，便构

---

① 陈忠实：《陈忠实创作申诉》，花城出版社，1996年，第91页。
② 同上，第46页。
③ 同上，第46页。

成了陈忠实真实审美价值建构的发展轨迹。

在此基础上,我们进而对陈忠实文学创作关于真的理解变化加以分析。很显然,陈忠实是从对社会生活的真实再现走向创作道路的。从20世纪80年代中后期开始,他对历史文化的真实艺术叙写表现出更大的兴趣。这种变化,是从对民族命运的深入思考开始的。他在与李星的对话中谈道:"回想起来,那些年我似乎忙于写现实生活正在发生的变化,诸如农村改革所带来的变化。直到80年代中期,首先是我对此前的创作甚为不满意,这种自我否定的前提是我已经开始重新思索这块土地的昨天和今天,这种思索越深入,我便对以往的创作否定得愈彻底,而这种思索的结果便是一种强烈的实现新的创造理想和创造目的的形成。当然,这个由思索引起的自我否定和新的创造理想的产生过程,其根源动因是那种独特的生命体验的深化。我发觉那种思索刚一发生,首先照亮的便是心灵库存中已经尘封的记忆,随之就产生了一种迫不及待地详细了解那些儿时听到的大事件的要求。当我第一次系统审视近一个世纪以来这块土地上发生的一系列重大事件时,又促进了起初的那种思索进一步深化而且渐入理性境界",觉得"所有悲剧的发生都不是偶然的,都是这个民族从衰败走向复兴过程中的必然。这是一种生活演变的过程,也是历史演进的过程"。"我不过是竭尽截止到1987年时的全部艺术体验和艺术能力来展示我上述的关于这个民族生存、历史和人的这种生命体验的。"[1]由此可见,陈忠实文学创作中的审美价值建构经历了一个裂变的过程,对真的审美理解与追求,从当下的生活转向了对历史、文化与人的真实的生命体验的建构。

二

是什么东西支撑着陈忠实始终如一地坚守着文学艺术精神?他在谈到

---

[1] 陈忠实:《陈忠实创作申诉》,花城出版社,1996年,第46页。

自己的文学创作时多谈到了对文学事业的痴心。这种痴心的精神内核又是什么？我们认为是一种以善为思想内核的对文学创作精神的理解与建构。这就是说，他在对文学创作审美价值的追求与建构中，坚守着一种向善的价值取向。不论是对文学创作历史责任或者良知的认同与坚守，还是对文学创作伦理道德价值观念或者审美价值的追求与建构，他都是从善的角度出发来思考问题的。

那么何谓善？从哲学角度看，价值是客观事物及人类行为所产生的能够满足人类需求的某种属性。这里主要体现为人的劳动，因而也就体现为人与自然、人与社会、人与人之间的某种关系。所谓的审美价值主要是"指自然界的对象和现象或者人类劳动的产品由于具备某种属性而能够满足人的审美需要，能够引起人们的审美感受"[1]。人类在生存的过程中，形成了一系列的价值观念，善就是文学艺术最为重要的一种审美价值。虽然从古到今人们对善的认识与表述不同，善之审美价值标准也各异，但是，对善之追求是一以贯之的。善是以真为前提、以美为最高追求的，而善又是真与美的审美精神追求，离开善也就谈不上真与美。正因为如此，作家在建构自己的文学创作审美价值形态时，总是将文学之善作为首要的精神价值追求。人们在阅读欣赏文学作品时，亦将以善为内核的思想价值作为审美判断的首要标准。从另外一种角度来看，文学创作所追求的善的审美价值，其实是一种审美功用的体现，是一种合目的性的审美创造行为的价值建构。文学创作的一个非常重要的功能，就是教化功能。虽然现在对文学创作的教化功能多有异议，但是我们认为，这并不在于文学所具有的审美教化功能自身，而在于对这一审美功能的理解和实践中的偏差。或者说按照意识形态的要求，去框限文学艺术的审美教化功能，甚至将文学艺术的审美艺术创造直接视为意识形态或者伦理道德教化行为，显然违背了文学创作的艺术规律。

---

[1] 奥夫相尼柯夫、拉祖姆内依主编：《简明美学辞典》，冯申译，知识出版社，1981年，第178—179页。

中国当代文学创作非常强调对善的追求，但其间亦出现过不少问题。最主要的，一是在"政治标准第一，艺术标准第二"思想的指导下，过分夸大文学创作的教化功能，而忽视文学创作的审美功能；二是在对善的理解上出现了偏差，将社会政治之善强调到无以复加的地步，而忽视甚至有意拒绝善的其他内涵；三是对善的开掘与艺术叙写缺少审美情感这一重要环节，走向了抽象化、概念化，成为思想观念性的教化，从而使文学创作失去了美感。这就是1970年代之前中国当代文学创作的基本状况：追求所谓的社会思想之大善，而忽视源于人生命本体和人与人之间的真善美。实际上善不是纯粹的思想观念，也不是完全凌驾于具体文学创作之上的，而是渗透于社会生活的方方面面，是具体的价值体现。尤其是文学创作，更为强调的是具体的生活细节之中所蕴含的真善美思想情感内涵，这是作家应当致力开掘并加以审美化的。改革开放之后，随着思想解放的深入发展，文学创作对善之审美价值的理解、建构逐步发生了变化，从追求单一的社会政治之善，发展为从不同的思想与艺术视野理解和建构文学创作善的审美价值。那么，陈忠实又建构起了怎样的一种关于善的审美价值观念形态呢？

对善的追求，陈忠实的价值建构是以伦理道德为核心的。

我们说陈忠实的价值建构是以儒家文化伦理道德为核心的，显然是以他的代表作《白鹿原》为基本文本而得出的结论。但是，这样说并不是认定陈忠实此前的文学创作就没有或者完全忽视了这一审美价值的追求。其实，陈忠实文学创作审美价值建构中对传统的以善为主体的价值内涵的开掘，还是非常重视的，体现得也是非常突出的。所不同的是，他此前对儒家文化伦理道德价值的体认，主要是渗透于具体日常的乡村生活的叙写之中，或者说，他还处于非自觉状态，而将主要思考放在了社会现实生活的价值建构上。

不论《白鹿原》达到了怎样的艺术审美高度，也不论这部作品对中国以儒家文化思想为标志的传统文化的开掘达到了多么深刻的程度，或者说，这部作品将陈忠实推向当代文学多么显赫的位置,我们必须承认,正如作家自己所坦言的那样,他1987年以前的创作处于追踪社会现实生活的状态,可以说并没有形成完全属于自己的审美价值观念。或者说,他在追求与社会现实价值观念同构的过程中,实际上也就消解了他的主体存在。就此而言,陈忠实的文学创作是一种他者叙事建构,是一种社会化的审美价值体认性建构。因此,从总体上来看,陈忠实前期的文学创作,对善之价值的体认是以当时社会公共价值观念为标准的。《信任》作为他前期创作的一个代表性作品,显然是以社会现实结构为叙事基本模态的,是以社会公共价值为审美价值的。老支书是一位胸怀宽厚、公而忘私、以党和群众利益为重的农村干部。他为人处世的基本原则就是极力维护党和群众的利益,他所遵循与坚持的价值观念就是追求个人价值在与社会价值的同一性中的最大化。因此,他身上所体现出来的善是一种社会良知。之后的《康家小院》,其审美价值观念发生了一定变化,这主要表现为对传统道德美的内涵的开掘。康家父子体现着现世性价值观念和传统性价值观念的矛盾冲突。儿子是按照一般的生活规则处理问题,比如所打土坯人离开后倒塌自己并不需负任何责任——这是一种大家共同认可的生活潜规则。父亲却不以此为价值准则,而是以满足对方、自己多付出为价值准则。这是中国农民所具有的宁可亏欠自己、绝不亏欠别人的传统美德。在这里,陈忠实将价值取向的目光投向了中国传统。而《蓝袍先生》则表现出更为复杂的价值取向,既有对传统文化思想、伦理道德、价值观念的部分认同,也有着否定,更有着悲悯。作家在这部作品中试图解剖中华民族的文化精神,反思民族的历史命运。也正是基于这样的深入思考,才引发了《白鹿原》对中华民族历史命运和文化更为深入细致的全面反思。也只有在《白鹿原》这部厚重的长篇大作中,陈忠实才建构起自己的审美价值观念和形态。

总括起来看,陈忠实文学创作善之审美价值建构,表现出如下特点。

陈忠实审美价值之善,正如前文所说,是以儒家文化伦理道德为核心价值而建构起来的。儒家文化思想非常重视伦理道德人格的建构,这就使得陈忠实善之审美价值在建构完善中表现出非常突出而凝重的道德人格力量。我们在分析路遥时也谈到了这一方面的问题。但是比较而言，陈忠实似乎更为突出典型。而这种融汇着儒家文化思想的道德人格建构，又是与他深刻的生命情感体验融为一体的。换句话说，陈忠实文学创作审美价值之建构，是以他对社会历史与现实人生的生命情感体验为切入点的，进而进行理性思考，将儒家文化思想熔铸于道德人格建构之中。

陈忠实文学创作价值观念的审美建构是一种历史建构，这就是说，陈忠实从历史发展演变的历程中汲取着思想价值的营养。儒家文化思想的核心是仁与礼。仁者爱人，儒家所倡导的仁爱思想已成为中国传统文化思想的一个核心价值内涵，这实际上也是一种伦理道德观念。这种仁爱思想拓展为仁、义、忠、恕、智、信等观念，具体到社会实践层面即修身、齐家、治国、平天下。礼即礼制，实际就是讲社会伦理道德，讲社会人伦关系的建构秩序。虽然在几千年的发展过程中儒家思想发生了某种变异，不同社会时代对儒家思想的理解与阐释也不尽相同，但是，这些基本的思想观念则已渗透于人们的具体生活之中，成为普通人生活与生存的基本准则。从陈忠实的表述中，我们知道他对儒家文化思想进行了颇为深入的研究思考。正如前文所说，陈忠实对儒家文化思想、精神价值观念等的汲取，首先是源于故乡的现实生活。他从包括他父亲在内的父老乡亲身上懂得了为人处世的基本原则，形成了他的价值观念。比较而言，陈忠实对善之价值观念等的建构，主要是侧重于实践层面，这就是融汇于乡村文化思想中的实践型儒家文化思想。这在他的《白鹿原》中体现得淋漓尽致。如果说朱先生还主要是一种文化思想的体现，那么，白嘉轩则是典型的实践者。因此，陈忠实在自己的文学创作中所作的价值判断，在相当大的程度上都是以儒家文化思想为审美艺术建构标准的。

我们还应看到陈忠实文化人格价值的特殊魅力。正如前面所言，儒家非常注重人格修养，陈忠实亦是如此。陈忠实不仅仅于文学创作上注重修炼自己的文化人格与艺术品格，就是在现实生活中，也是如此。笔者甚至认为他具有内圣外王的人格精神建构特征。陈忠实以儒家文化思想为内核，建构起自己文学创作的文化人格。"富贵不能淫，贫贱不能移，威武不能屈"，这种典型的儒家文化人格在陈忠实的文学创作善之审美价值建构中有着非常充分的体现。我们甚至认为，白嘉轩的精神性格就是陈忠实文化人格的一种艺术体现。白嘉轩经历了许多人生的坎坷，包括被土匪打弯了腰，但是他依然没有屈服，依然站立在仁义村。我们从陈忠实对他笔下人物的情感趋向中，可以看到他善恶是非的价值判断。

其实，陈忠实对人的生命也是非常关注的，他非常尊重生命的价值意义。在他看来，合理的生命需求包括生命本能欲望之需求，都应当给予尊重和肯定。阅读《白鹿原》有时给人一种冷酷的感觉。开头对白嘉轩与七个女人关系的叙述，使人看到了封建传统文化思想、伦理道德等对人主要是女性的扼杀。但是，我们从这种冷酷的背后，依稀可以感知到陈忠实的悲悯与悲愤。其实这里已经非常清楚地表现出作家对生命的关爱之心。任谁在阅读《白鹿原》时，都会被作家关于黑娃与小娥两人带有原始野性的生命情感描写所深深感动，陈忠实对这种带有原始野性的生命情感的礼赞，是溢于字里行间的。在这里陈忠实显然不是以传统的价值观念来进行审美审视的，也就是说，在陈忠实的文学创作中，对生命的尊重，就是一种善良，我们应当以善良的愿望去审视生命本体。

我们也不得不说，陈忠实善之审美价值的建构中融汇着浓郁的乡土伦理道德观念与民风民俗思想，表现出浓厚的乡村文化特色，甚至可以说，陈忠实从自己的故乡汲取了初始的而且是不断丰富发展的文化思想和价值观念。因此，他的价值观念具有典型的关中乡村，主要是渭河南岸灞河塬的伦理道德价值观念的特征。中国传统文化思想是建立在中国这块土地之上的，是农耕生产生活方式的结晶。而农耕文化则与土地有着密切的内在联系，可以说也只有在这种土地上方能产生农耕文化。因而，中国的伦理道德观念也应当是建立在农耕文化基础上的，是一种具有浓郁土地血缘关系的伦理道德价值观念。我们认为，在中国，最具传统历史文化伦理道德价值特征的地域即关中，而陈忠实所处的灞河塬区域则是关中地域历史文化的核心地带。

陈忠实的伦理道德价值观，首先是一种黄土地观念。我们从陈忠实的文学创作中看到，他对土地具有特别深厚的生命情感及体验，这一点是贯穿他创作始终的。可以说，他在进行文学创作审美价值判断时，对土地的情感与认知成为一个极为重要的价值标准。其次是四合院式的价值观念。四合院式的文化思想及道德观念，说穿了即建立于农耕生活方式基础上的以家族血缘关系为纽结的伦理道德观念。《白鹿原》从文化思想与伦理道德价值观念角度看是一种四合院式的家族血缘文化与伦理道德的叙事建构。这一点路遥、贾平凹似乎都没有陈忠实表现得突出和浓厚。一方面，灞河塬的现实生活为陈忠实提供了活态的四合院血缘伦理道德价值标本；另一方面，他从有关文字记载中获取了历史文化伦理道德价值观念的丰富资源。他在谈《白鹿原》创作时明确表明，他首先做的就是查阅历史资料和生活素材，他"阅读了查阅了西安周围三个县的县志、地方党史和文史资料，也搞了一些社会调查，大约花费了半年时间，收获太丰厚了。某些东西在查阅中一经发现，简直令人惊讶激动不已，有些东西在当时几乎就肯定要进入正在构思中的那个还十分模糊的作品"[1]。蕴藏于这块土地的民间历史传说和文学艺术等，特别是其间所蕴含的思维智慧、伦理道德、价值观念内涵，给予陈忠实丰富的文化思想与艺术营养。当然，我们也不能忽视陈忠实家庭所带来的影响，这在前文有所分析。实际上陈忠实的家族在典型的四合院式的房屋中居住和生活，他的血液中自然而然地就承续和积淀着四合院式的文化基因，他的价值判断标准就融进了这种生命情感。尤其是他的父亲，在具体的生活中将四合院式的伦理道德价值观念就自然而然地传授给了他。我们从他作品中关于家庭、邻里关系以及对待父母妻儿的态度等诸多方面的叙述中，就可以得到印证。

---

[1] 陈忠实：《陈忠实创作申论》，花城出版社，1996年，第46页。

三

在真、善、美这三种审美价值中，最难以探讨清楚的恐怕就是美了。因为不仅有关美的概念的理解与阐释有很多说法，而且美往往是与其他审美价值连接在一起的，或只有通过其他审美价值建构才能体现出来。也有人认为美不是内容，而只是一种形式。美的审美价值是通过真与善的价值建构与表现而得以实现的。最基本的一种认识就是，只有真的善的才是美的，才具有美的审美价值。因此，离开真与善，也就谈不上美的存在。但这样看问题也存在着某种纰漏，比如说毒蛇往往都有着非常美丽的花纹，罂粟花是非常美的但它对人有着极大的毒害，等等。从已有理论的建构来看，有关美的审美价值问题，永远也难以有一个令所有人信服的说法。在此，我们也就只能从自己的理解来对研究对象文学创作中有关美的审美价值及建构特征进行分析探讨。

不论是陈忠实自身对美的理解与认知，或者是其文学创作中所体现出来的艺术审美建构追求，都表现出道德力量之美、现实生活蕴藉沉稳之美、真实质朴之美、刚毅人格之美。陈忠实几乎通过他的所有文学创作在建构着一种从关中文化基因中生长出来的沉稳成熟汉子的阳刚之美。当然，对陈忠实审美观念之中美的阐释，自然是众说纷纭、莫衷一是的，在此，我们根据自己对陈忠实及其文学创作的解读，主要从以下三个方面进行论述。

陈忠实的文学创作，从一开始便具有一种道德力量，道德价值判断成为他进行文学审美判断的一个不容忽视的尺度。甚至可以说，陈忠实的文学创作从始至终都贯穿着一种道德力量之美。如果就价值观念范畴而言，道德常常与良知连接在一起，因此人们在论述道德问题时，也就往往归结到善之范畴。我们从美之范畴来谈论道德问题，那是因为在我们看来，陈忠实在文学创作价值追求上充溢着一种道德力量，这种道德力量中蕴含着作家对美的向往与阐释。在陈忠实笔下，几乎所有被他给予充分肯定的人物身上都充满着正气、骨气、义气和志气。《信任》中的村支书罗坤、《正气篇》中的南恒、《七爷》中的田老七，特别是《白鹿原》中的白嘉轩、朱先生，他们可以说成为中国乡村伦理道德的化身。从作家的叙述中可以看出，在这些人物身上均有着一种征服众人的道德力量和人格魅力，所以，与其说他们是以理服人，或者以自己的智慧折服别人，不如说他们是以其道德的力量和魅力令人们信服。陈忠实似乎用自己的创作在向人们昭示富有道德的人和事才是美的，其间蕴含着一种震撼人心的美的力量，具有打动人心的情感魅力。甚至不得不说，就是陈忠实早期社会意识形态化痕迹非常突出的创作，我们可以对其意识形态化生活叙述提出批评，但是不能对他笔下那些充满道德力量的人物给予彻底否定。换一种说法，罗坤等人物，如果没有根植于生活与文化中的道德品行与品格，可能就会成为完全的社会意识形态化的符号，就会失去最为基本的艺术魅力。"大美在于德"，这用于陈忠实文学创作对美的追求上，应该说是极为恰当的。

以真为美，这不仅于陈忠实的创作是适应的，也是当代中国文学创作上一个必须遵循的共通性原则。我们认为真实而质朴的生活是陈忠实文学艺术创造上所遵循的审美原则。他对乡村生活有着入木三分的生命情感体验。直至今日，与乡村依然保持着最为紧密联系的仍然是陈忠实。

陈忠实所追求的真实，是一种蕴藉而质朴的真实。陈忠实似乎不喜于张扬，对华而不实具有一种近乎本能的抗拒。虽然现在陈忠实不会被浮华袒露所吓倒，但是，我们从与他的接触中可以知道，他更看重的是坦诚而不袒露、质朴而不浮华。陈忠实不论是生活上还是创作中都表现出蕴藉沉稳、真诚质朴的特征。我们这样讲，并不是说陈忠实排斥对生活诗化的艺术把握，其实他也在探寻着诗意叙事的路径。他在《答读者问》中就说过这样的话："对于生活的描绘，对于生活中蕴藏的诗意的描绘，对于一个特定地区的民族习俗中所蕴含的民族心理意识的揭示，只有在《康》文的写作中才作为一种明确的追求。"①从《白鹿原》的阅读中，我们更能体味到陈忠实对生活诗意叙述的追求。但是，这一切甚至是致力而为的追求，并未改变陈忠实文学创作上蕴藉沉稳、真实质朴的基本审美特色。我们更不能说陈忠实文学创作上缺乏机智或者机敏，但是，我们必须说，陈忠实的文学创作洋溢着真实质朴，是如此地蕴藉沉稳。

阅读陈忠实的作品，会有一种刚毅韧健的人格力量冲击着心灵。就陈忠实本人来说，从他的相貌中就透露着一种刚毅韧健的人格魅力。一方面，这是陈忠实生命本体心理建构所致；另一方面，应该说是他过多的生活曲折经历所致。许多人从他那如同黄土地般的脸上读出了真诚与质朴、深邃与蕴厚，但是，他那双眼睛更显露着鹰隼般的锐利，更显露出生命情感的刚毅韧健。他这种生命情感与文化人格，毫无疑问地投射在他的文学创作之中，呈现着一种刚毅韧健人格之美。曾经有研究者将陈忠实文学创作（主要是中短篇创作）归结为十种人格类型②，虽然有些烦琐，却也道出了陈忠实文学创作审美价值追求上的某种特征。甚至可以说，陈忠实几乎在每一部作品中，都要塑造一位非常具有人格艺术魅力的人物形象。长篇巨作《白鹿原》自不必说，它是体现陈忠实这一审美追求的典型作品。阅读过这部作品，任谁都不会忽视白嘉轩这位具有几乎与陈忠实相似文化人格力量的人物。作家坦言这是一部追求写出民族秘史的作品，但是，如果没有白嘉轩这个人物及其文化人格建构作为主要支撑，那这部秘史的价值和意义都会大打折扣。不仅如此，这部作品最为震撼心灵的恐怕仍然是白嘉轩刚正的人格力量，他与朱先生、鹿兆鹏、鹿兆海、白灵甚至黑娃等一起，构成了这部作品文化人格的基本品性。从某种意义上讲，陈忠实文学创作的艺术魅力就源于陈忠实从现实与历史生活中所开掘出的这种文化人格。所以说，人格美及其艺术展现是陈忠实文学创作审美价值追求与建构的一个最为重要的方面。

---

① 陈忠实：《陈忠实创作申诉》，花城出版社，1996年，第83页。
② 参见畅广元：《陈忠实论——从文化角度考察》，人民文学出版社，2003年。

在检阅陈忠实谈论人生与文学创作的言论时，我们发现出现频率最高的是这么几个词语：兴趣、神圣、生命体验、乡村、生活、真实、质朴等等。如果对陈忠实及其文学创作进行归结，给人最为突出的感受是：务实、沉稳、刚毅、倔强、执着、豁达、凝重、深邃。这两组词放在一起，也许能够透析出陈忠实对美的价值取向的追求。如果说前一组词语透露的是陈忠实在文学创作上对艺术之美的追求，那么，后一组则是他从故土生长出来，又经过社会历史文化浸润之后所表现出来的主体生命、情感精神之美。

对陈忠实的文学创作，评论研究界有着各种各样的阐释归结。陈忠实在谈到自己对文学创作的理解时，首先认为这是一种兴趣。他曾不止一次说："文学仅仅只是一种个人兴趣。"在许多论者的研究中，首先甚至从根本上将陈忠实归入现实主义文学创作者一路，他本人也明确表示自己的创作属于现实主义创作。这种判断没有错，但问题是，陈忠实为何在完成他的生命之作《白鹿原》后，会反复说"文学仅仅只是一种个人兴趣"？在我们看来，直至今日大多论者都忽视了陈忠实文学创作上绝不可忽视的另外一个方面的审美追求。兴趣在这里可理解为爱好甚至嗜好，即作家的爱好或嗜好；另一方面，也是最为重要的一个方面，即作家所创作的作品必须蕴含一种具有审美意味的兴趣。不可否认，陈忠实的文学创作不属于机巧或者机敏者，甚至包括他的《白鹿原》在内，其整体叙事结构显得有些沉重刚硬。但是，不论是白鹿精魂的想象性描绘，还是白灵等人物的现实性叙写，其间都透露着一种富有灵性的审美情趣。这实际是陈忠实对文学创作审美兴趣的艺术化实现。兴趣及其艺术化的实现，亦是一种美的建构。如果说陈忠实的小说创作还不足以说明问题，那他的散文创作，可能表现出更为突出的兴趣之美来。他的散文中，不仅洋溢着一种坦诚的生命情感，而且具有一种源于生命本体的情趣之美、兴趣之味。《旦旦记趣》《种菊小记》《家有斑鸠》等小品文，完全透露出陈忠实文学创作的另外一面，也正是有了这另外一面，陈忠实的文学创作才更富有审美情趣意味。

我们不得不说，被人们视为忠实于客观现实生活创作原则的陈忠实，其实在许多方面也表现出主观生命情感的表现特征。对人主体生命情感与欲望的艺术剖视，至少是他后来文学创作审美追求的基本方面。陈忠实曾经谈到文学创作是"包括生命体验和艺术体验而形成的一种独特体验"。体验包括陈忠实所说的生命体验和艺术体验，这都不是单面向的。当代文学创作与评论曾经形成一种思维惯式，即二元对立、非此即彼，在阐述现实主义文学创作基本原则时过分甚至绝对地强调客观性，而忽视乃至无视作家创作的主观能动性，更无视作家独特的生命情感体验。其实胡风用诗化语言所提出的作家的主观战斗精神就是对这种偏颇的校正，但不仅没有受到人们应有的关注和重视，反而被以政治的方式给予了否定。以创作方法来论作家创作的优劣，显然是有违于文学创作实际与创作规律的。陈忠实在回答一位论者的提问时说过这么两段话：

> 我后来比较看重生命体验，这是我写作到八十年代后期自己意识到的。无论是社会生活体验，无论是作家个人的生活体验，或者两部分都融合在一块了，同时既是作家个人的生活体验，又是作家对社会生活的体验。在这个层面上，我觉得应该更深入一步，从生活体验的层面进入到生命体验的层面。进入生命层面的这种体验，在我看来，它就更带有某种深刻性，也可能更富于哲理层面上的一些东西。
>
> 我觉得从生活体验进入到生命体验，好像已经过了一个对现实生活的升华过程，这就好比从虫子进化到蛾子，或者蜕变成美丽的蝴蝶一样。在幼虫生长阶段、青虫生长阶段，似乎相当于作家的生活体验，虽然它也有很大的生动性，但它一旦化蝶了它就进入了生命体验的境界，它就在精神上进入了一种自由状态。这个"化"的过程就是从生活体验进入到生命体验的一个质的过

程，这里面更多带有作家的思想和精神的色彩。①

很显然，在陈忠实看来，文学创作处于生活体验阶段，只是一种艺术创造的初始阶段或者说境界，只有进入生命体验阶段才是文学创作的更高境界，亦即自由精神创造的境界。或者说，陈忠实文学创作上表现出非常强烈的主体精神，对生命本体的揭示与剖析，可谓入木三分。不仅如此，陈忠实对人的生命情感甚至对人的原始生命力量，给予了充分肯定。从他的文学创作特别是《白鹿原》中，可以读到一种洋溢着原始生命力量的审美情愫。在这部作品中，荒原性、神秘性与社会历史文化，共同建构起一种特殊的生命情感精神结构形态，昭示着一种生命之美。

选自《陈忠实研究论集》，西北大学出版社，2018年

---

① 雷达主编，李清霞编选：《陈忠实研究资料》，山东文艺出版社，2006年，第54页。

原本地茫然

——《山本》阅读札记之一

一

读完《山本》，总体感觉是：原本地茫然。

读完第一遍，有些茫然，也有些心痛。这犹如于茫然之中，不知所措地被扎了一锥子，同时还有些疑虑。贾平凹是用心血在写秦岭这架山脉，也是以一种极富挑战性的姿态在叙写这架山脉。《山本》的写作是富有野心的，贾平凹要给秦岭立传。他以《秦腔》为故乡立了个碑，写《山本》是要为他扩大了的故乡秦岭立碑的。他是在挑战自己，也是在挑战已有的历史叙事乃至当代文学叙事的规约性。

历史是这样的吗？

历史可以如此地进行文学叙事吗？

这些年我们思考最多的一个问题就是：中国文化与文学的现代性历史转换已经发展百年，甚或可以说一百六七十年了（如果从19世纪中期算起），应当进行历史的总结，即将此前的文学作一次综合的融会贯通性的历史总结。甚至可以这么说，中国文学现在不缺名家、大家，缺的是如歌德、托尔斯泰这样的将本民族文学推向世界文学最高峰的作家。这是非常难的，但总是需要有人去做的。也许由于时代的变化，一个人无力完成，但是一个群体可以共同努力去做。笔者不禁想到20世纪80年代初贾平凹等人成立了"群木"文学社,一片树木竞争生长,总能长出几棵大树,穿过云雾融入阳光。当代作家中,在笔者看来已有几位作家有意无意或自觉不自觉之间,在做着这种努力。只是,在厚古薄今、厚现代而轻当代的情形之下,又有谁敢言自己在做着这样的努力?

《山本》透露出了这方面努力的信息。

贾平凹《山本》后记中写道:

> 关于秦岭,我在题记中写过,一道龙脉,横亘在那里,提携着黄河长江,统领了北方南方,它是中国最伟大的一座山,当然它更是最中国的一座山。①

这是在说秦岭,但其间是否也隐喻着贾平凹对自己文学创作的思考?贾平凹是要把《山本》写成最中国的一部小说吧!再看后记中这段话:

> 在我磕磕绊绊这几十年写作途中,是曾承接过中国的古典,承接过苏俄的现实主义,承接过欧美的现代派和后现代派,承接过建国十七年的革命现实主义,好的是我并不单一,土豆烧牛肉,面条同蒸馍,咖啡和大蒜,什么都吃过,但我还是中国种。就像一头牛,长出了龙角,长出了狮尾,长出了豹纹,这四不像的是中国的兽,称之为麒麟。最初我在写我所熟悉的生活,写出的是一个贾平凹,写到一定程度,重新审视我熟悉的生活,有了新的发现和思考,在谋图写作对于社会的意义,对于时代的意义。这样一来就不是我在生活中寻找题材,而似乎是题材在寻找我,我不再是我的贾平凹,好像成了这个社会的、时代的,是一个集体的意识。再往后,我要做的就是在社会的、时代的集体意识里又还原一个贾平凹,这个贾平凹就是贾平凹,不是李平凹或张平凹。站在此岸,泅入河中,达到彼岸,这该是古人讲的入得

---

① 贾平凹:《山本》,作家出版社,2018年,第522页。

金木水火土五行之内，出得金木水火土五行之外，也该是古人还讲的看山是山看水是水，看山不是山看水不是水，看山还是山看水还是水吧。①

这是在说他自己文学创作的承续与超越，带有对自己这几十年创作进行反顾与总结的意味。但又何尝不是有意无意之间，隐喻了中国新文学百余年发展的理路？

此话题就此打住，下来还是具体说说《山本》。

《山本》是一部历史小说，一部叙写发生在秦岭20世纪二三十年代的历史生活的小说。

就贾平凹的文学创作来看，关于秦岭更确切地说是关于商州现代历史的叙事，引起人们更多关注的自然是《老生》——叙写了商州百年的历史。《老生》开篇第一部分就叙写了《山本》所叙写的这段历史，于时间跨度上要比《山本》长许多。其实，贾平凹还有一部涉及现代历史的小说，那就是2002年出版的《病相报告》。这部并未引起人们更多关注的小说，可视为贾平凹对历史叙事特别是现代革命历史叙事的一次探索性的尝试与开拓。不过从叙写的地域上看则是走出了商州，在艺术表现上更具现代、后现代的意味。20世纪八九十年代创作的《五魁》《美穴地》《白朗》《晚雨》等等，亦是一种商州的现代历史叙事。这些作品叙写出另一种形态的现代历史，其内里应当说是与后来这方面的历史叙事有着关联性的。其实，在正面叙写现实生活的《浮躁》中，田、巩两姓家族矛盾冲突的历史渊源就缘起于20世纪二三十年代的革命历史及其纠结，已有了后来这段革命历史叙事的雏形。20世纪80年代初的《商州三录》中，许多篇什也都隐含着历史叙事因子，只是因其过于浓郁的文化情致韵味，冲淡了其间的历史蕴含。如果再向前推，贾平凹于1975年发表过一首叫《回秦岭》的诗作，该诗作以一位老红军军医后代的视角，叙写了秦岭红军的革命历

---

① 贾平凹：《山本》，作家出版社，2018年，第524页。

史，其中第三节是："当年打游击，父亲战斗在秦岭。火线去包扎，战地去护送，医疗所扎在梧桐下，红旗挂在梧桐顶。破石窑里常常走，穷人叫他'红医生'，那年敌围剿，血雨浇秦岭，要搜伤病员，枪逼老百姓，为掩护群众出虎口，他血洒村头染梧桐……"①

于此简略提说贾平凹有关商州乃至秦岭的现代历史叙事，无非意在说明：贾平凹的文学创作有关商州及秦岭的历史文学叙事具有历史发展性，而非一日蹴成。正是秦岭历史以及相关的文学叙事在其心里不断地积累层叠，方有了今天的《山本》。

如果把《山本》放在贾平凹整个文学叙事中来看，应当说也是他具有历史性总结与反思的大作品。在我们看来，贾平凹的文学创作整体上是在创造着一架文学的山脉，而不是山峰。这山脉不是横亘于平原甚至谷地，而是如同秦岭一样，起于平原或高原之上的，于地脉上贯通的是形断根脉相连的昆仑山，它所翘首而望的是喜马拉雅山。《废都》《秦腔》《古炉》《山本》，可以视为贾平凹文学创作这架山脉所耸立的几座山峰。如果说《废都》是贾平凹生命被撕裂后的存真——一代知识分子精神与社会世相的剖析，那么《山本》则可能是贾平凹生命沉积的历史存照——一头老牛反刍胃中沉积一个世纪的原食物。至于《古炉》，我觉得其价值意义还有待于进一步开掘。如果就其所叙写的状况来说，它叙写了贾平凹少年时代的一种记忆，也是中国一个时代的记忆。这个记忆的叙写犹如一座灯塔，照亮着茫茫的大海。而为了防止灯被风暴所毁坏，给它安装上了一个防护罩。人们看到了四射的光，而灯芯燃烧的内里，则需剥掉灯罩后方能见到其真面目。到了《山本》，则是对历史的一种原本性的呈现。从文学叙事角度看，就如陈晓明先生所说，《秦腔》标示着"乡土叙事的终结和开启"②，那《山本》呢？在笔者看来，它是在终结以往历史叙事，尤其

---

① 贾平凹：《山花红似火》，陕西人民出版社，1975年，第148—149页。
② 陈晓明：《乡土叙事的终结和开启——贾平凹的〈秦腔〉预示的新世纪的美学意义》，载《文艺争鸣》2005年第6期。

是革命历史叙事。因为它完全超越了既往历史观念形态,不仅从人及人类历史来审视那段历史,也不仅仅是用佛或上帝的目光在看。于此,它似乎是以天地神人相融会的视域在看。

这就是初步阅读后的整体感觉。

二

《山本》对20世纪二三十年代发生在秦岭山地的历史生活的叙事,如果从叙事的基本方式来说,承续着始于《废都》完型于《秦腔》在《古炉》等作品中不断发展丰富的日常生活叙事方式,它似乎在告诉读者:历史原本是生活本真状态的自然流淌。所以,从社会历史主流意识形态来看,历史的主角是那些叱咤风云的英雄。但是从更为长远的历史生活角度来看,再波澜壮阔的历史、再叱咤风云的英雄,也不过是人类历史生活中的一段插曲,更为恒态的历史当是一种日常生活的情态。日常的鸡毛蒜皮、油盐酱醋茶,消解着曾经的英雄与曾主宰人们生活的某一历史事件,日常生活才是更久远的历史生活内容。

这里存在一个审视历史的视角问题。陈思和先生提出的民间视角应当说是对过往历史叙事的一种颠覆。在对《山本》的评说上,陈先生首先也是从这一视角入手并展开论说的。①当代历史叙事特别是现代革命历史叙事,贯通整体历史叙事的一条基本叙事原则就是社会主流意识形态规约下的历史叙事建构。到了20世纪七八十年代,当代历史叙事包括现代革命历史叙事发生着变化,其中,民间历史叙事成为一个非常重要的视角。贾平凹在《山本》后记中以三性即"现代性、民间性、历史性"来概括自己的创作视域,这里也将"民间性"视为一个基本的叙事视域。②这些看法

---

① 陈思和:《民间说野史:读贾平凹新著〈山本〉》,见《收获》文学杂志社编《收获·长篇专号·2018年春卷》,长江文艺出版社,2018年,第287—290页。
② 贾平凹:《山本》,作家出版社,2018年,第526页。

都是符合《山本》叙事实际状况的。于此，笔者进而思考的问题是：历史生活的常态与非常态，日常生活与特殊生活，正常年代生活与动乱年代生活。就此而言，《山本》显然是从更为久远的历史常态视域在审视那段非常态的动荡不安的历史生活，在从日常生活角度叙写特殊时代的历史生活。这里实际上蕴含的是作家历史叙事上从什么角度进行艺术叙事的问题。过去的历史叙事包括《李自成》以及后来的现代革命历史叙事，如《保卫延安》《青春之歌》《红日》《林海雪原》等等，都是以一种非常态历史时期所形成的思想观念、思维方式来看待历史生活，或者以非常态的眼光在叙写非常态的历史。扩而大之，以非常态历史时代所形成的思想观念、艺术思维来叙写常态的或和平年代的历史生活。

　　《山本》则不是这样的。《山本》将非常态的历史生活当作一种历史常态生活加以叙写，也就是从常态的历史视野审视非常态的历史。或者说，它是将非常态的历史纳入历史常态视域进行审视。这是不是一种后历史叙事？

　　这是一种解构之后的另一种建构。

　　作家曾谈到构思《山本》时对历史文学叙事的醒悟"老子是天人合一的，天人合一是哲学，庄子是天我合一的，天我合一是文学。这就对了，我面对的是秦岭二三十年代的一堆历史，那一堆历史不也是面对了我吗，我与历史神遇而迹化，《山本》该从那一堆历史中翻出另一个历史来啊。"①贾平凹在《山本》中翻腾出的又是怎样一种历史？这就是贾平凹与秦岭这段历史相遇合之后，于其生命情感体验中体悟出来的历史。换句话说，就是贾平凹解构之后所重构的秦岭20世纪二三十年代的历史。这个历史是经过作家生命情感体验之后所建构的历史。它不是看山是山的历史，而是看山还是山的历史，是入得金木水火土五行之内，而又出乎金木水火土之外的历史。

　　但于艺术叙事表达方式上，它不是主观臆造，而是一种还原，是经过

---

① 贾平凹：《山本》，作家出版社，2018年，第525页。

作家思想意识浸泡之后的还原。也许正因为如此,《山本》一方面于具体叙写上是那么地逼真、那么地富有现场感、那么地原汁原味,几乎是剔除了所有虚妄的想象,只是如实地记录;另一方面又是那么地富有艺术的创造性,它创造出了如《三国演义》与《水浒传》那样的完全文学艺术化的历史。

他还说:"那年月是战乱着,如果中国是瓷器,是一地瓷的碎片年代。大的战争在秦岭之北之南错综复杂地爆发,各种硝烟都吹进了秦岭,秦岭里就有了那么多的飞禽奔兽,那么多的魍魉魑魅,一尽着中国人的世事,完全着中国文化的表演。当这一切成为历史,灿烂早已萧瑟,躁动归于沉寂,回头看去,真是倪云林所说:生死穷达之境,利衰毁誉之场,自其拘者观之,盖有不胜悲者;自其达者观之,殆不值一笑也。巨大的灾难,一场荒唐,秦岭什么也没改变,依然山高水长,苍苍莽莽,没改变的还有情感,无论在山头或河畔,即使是在石头缝里和牛粪堆上,爱的花朵仍然在开,不禁慨叹万千。"[①]

很显然,《山本》对那段历史生活的叙事是以整个中国为社会历史背景的,是将秦岭的历史纳入整个中国的历史之中加以审视叙写的。那个时代是军阀混战割据、遍地"草头王"的时代,是动荡不安的割据时代。一个中国被弄得四分五裂,犹如一地的碎片。这也就像将一个好好的瓷瓶打碎散落了一地,每个瓷片似乎都有其独立性,但是它们之间又存在着关联性,都是这个瓷瓶的一部分。《山本》就是处于瓷瓶中间位置的一块瓷片,它整合了这个瓷瓶的血脉,撑起了瓷瓶的骨骼。

现在回过头来再说贾平凹《山本》历史叙事的整体视域问题。如果梳理一下贾平凹《秦腔》以来言及创作的言论,比如作品的后记,就会发现,就其文学叙事思想意识而言,不论是现实文学叙事还是历史文学叙事,他都在强调"现代意识、民间意识、历史意识"及它们之间的融

---

① 贾平凹:《山本》,作家出版社,2018年,第523页。

合。换一种说法，在其文学叙事中始终贯穿着现代意识、民间意识与历史意识。比如，贾平凹在《带灯》后记中表达了自己对现代意识的看法："现代意识到底是什么呢，对于当下中国的作家又怎么在写作中体现和完成呢？现代意识也就是人类意识，而地球上大多数的人所思所想的是什么，我们应该顺着潮流去才是。"又说："又怎样才具有现代意识、人类意识呢？我们的眼睛就得朝着人类最先进的方面注目，当然不是说我们同样去写地球面临的毁灭、人类寻找新家园的作品，这恐怕我们也写不好，却能做到的是清醒，正视和解决哪些问题是我们通往人类最先进方面的障碍。"[1]也许《山本》是叙写历史的，因而他又特别强调了文学叙事的历史意识问题。他在后记中说："写作的日子里为了让自己耐烦，总是要写些条幅挂在室中，写《山本》时左边挂的是'现代性，传统性，民间性'，右边挂的是'襟怀鄙陋，境界逼仄'。我觉得我在进文门，门上贴着两个门神，一个是红脸，一个是黑脸。"[2]于此，贾平凹用的不是现代意识、民间意识、历史意识，而是"现代性、民间性、历史性"。很显然，贾平凹在这里主要是从文学叙事表现角度来谈的，强调的是《山本》要更富于现代感、民间感与历史感。他要传达怎样一种历史或者历史感？"过去了的历史，有的如纸被糨糊死死贴在墙上，无法扒下，扒下就连墙皮一块全碎了；有的如古墓前的石碑，上边爬满了虫子和苔藓，搞不清哪是碑上的文字哪是虫子和苔藓。"[3]也就是说，历史历经沧桑之后已是模糊不清了。但是我们更愿意说，贾平凹表达的是历史历经沧桑之后融入了自然。他是以如下文字结束后记的，实际也是在结束这部《山本》："终于改写完了《山本》，我得去告慰秦岭，去时经过一个峪口前的梁上，那里有一个小庙，门外蹲着一些石狮，全是砂岩质的，风化

---

[1] 贾平凹：《带灯》，人民文学出版社，2013年，第360—361页。
[2] 贾平凹：《山本》，作家出版社，2018年，第526页。
[3] 同上，第525页。

严重,有的已成碎石残沙,而还有的,眉目差不多难分,但仍是石狮。"[1]这更证实了我们所说历史经过时间的风蚀,已经变得如同自然一般。通读《山本》及其后记,得到的感觉是:人以及由人所演化的历史及生活,最终也还是融归于自然。流动不止的是人和事,亘古不变的是大自然还有爱。这也就是说,在《山本》中,叙事还有一个自然的视域,这应当说是更具有历史沧桑感的叙事视域。其实不仅如此。我们更愿用天地神人来概括《山本》的叙事视域。如果说"现代性、民间性、历史性"是《山本》进入文学叙事的思想意识,那么,天地神人的融合则是它于更高、更为广阔的视域来进入有关秦岭的文学叙事。作品以女主人公陆菊人为基本叙事视角,可将其视为一种人的视角。不论是平川县的县长所收集的各种花草树木与飞禽走兽,以及作品中所写到的涡镇的老皂角树、黑河、白河、涡滩等等,都可说是显现出一种自然也就是天地的视域。而联通人与自然的又是什么?贾平凹说:"我需要书中那个铜镜,需要那个瞎了眼的郎中陈先生,需要那个庙里的地藏菩萨。"如果铜镜是历史或者人之为人的最为基本的伦常,那么瞎眼郎中陈先生与地藏菩萨以及吹奏尺八的哑巴宽展师傅则可视为天人之间的使者。《礼记》中言:"地载万物,天垂象,取财于地,取法于天,是以尊天而亲地也。"但在中国传统中却又有着天聋地哑的说法。能听见的无法言说,能言说的却什么也听不见。《红楼梦》似也有关于天聋地哑的叙述。郎中陈先生是透明世事的,但他却是瞎子,而宽展师傅目视尽人人事事,却是哑巴。看不见的眼净,说不了的口净。实际上不论是陈先生还是宽展师傅,他们都是透明世事的智者,他们的心灵是通天地的。也可将他们视为连接天地人的使者。故此,他们也就可以是神的眼光。这似乎也可从《山本》的叙事中得到验证,结尾的一段叙写尤其意味深长:"陆菊人说:这是有多少炮弹啊,全都打到涡镇,涡镇成一堆土了!陈先生说:一堆土也是秦岭上的一堆土么。陆菊人看着陈先生,陈先生

---

[1] 贾平凹:《山本》,作家出版社,2018年,第526页。

的身后，屋院之后，远处的山峰峦叠嶂，以尽着黛青。"①涡镇被炮轰毁，井宗秀等人物也都相继离去，而陈先生、宽展师傅却依然活着，还有陆菊人。而涡镇背后的秦岭依然峰峦叠嶂地黛青着。陆菊人所看到的可说是一种人之所见——涡镇、陈先生与陈先生背后的秦岭，反过来，陈先生、秦岭不也在看着涡镇、看着陆菊人及相继离去的涡镇人吗？

三

《山本》故事基本构架线索主要有两条：一条是涡镇与预备旅，一条是秦岭红军游击队。第一条是以涡镇为中心展开的，构成这条线索的纽结是陆菊人与井宗秀似明似暗的爱情关系；第二条线索的核心是井宗丞与秦岭游击队的生成过程。连接这二者的是涡镇。如果说陆菊人、井宗秀是涡镇的留守者，那么，井宗丞、阮天保则是涡镇的出走者。他们的根都在涡镇，只不过井宗秀等始终坚守着自己的根，而井宗丞则将根须伸向了更为广阔的地域——整个秦岭。至于正规的国军、地方政府及其武装保安队，以及刀客、土匪等，应当说是这两条线索发展演化的背景力量。在这两条线索之间，有着人们的日常生活叙写，当然也有着战争的叙写。而这两条线的交集更具有社会时代特征，即几方力量之间的矛盾冲突——集中表现就是相互之间的战争厮杀。

所以，对《山本》的解读，人们很自然地会将其归结为一部叙写战争的作品，这也有作品中诸多的战争场景的叙写为证，但贾平凹说《山本》不是叙写战争的。也许贾平凹在创作时也意识到了人们会将《山本》当作一部叙写战争的书，因此，他在后记中特别强调："《山本》并不是写战争的书，只是我关注一个木头一块石头，我就进入这木头和石头中去了。"②明明写了那么多的战争场景，作者却偏偏要说不是写战争的，那

---

① 贾平凹：《山本》，作家出版社，2018年，第520页。
② 同上，第525页。

不是写战争又是写什么呢？

还是先看看作家的自述吧。《山本》后记开篇言道：

> 这本书是写秦岭的，原定名就是《秦岭》，后因嫌与曾经的《秦腔》混淆，变成《秦岭志》，再后来又改了，一是觉得还是两个字的名字适合于我，二是起名以张口音最好，而"志"字一念出来牙齿就咬紧了，于是就有了《山本》。山本，山的本来，写山的一本书，哈，"本"字出口，上下嘴唇一碰就打开了，如同婴儿才会说话就叫爸爸妈妈一样（即便爷爷奶奶，舅呀姨呀的，血缘关系稍远些，都是收口音），这是生命的初声啊。[①]

就此来说，作家创作初衷是要写一部《秦岭志》，亦即写山的书。那进而要问的是：写秦岭的什么？作家又言：

> 曾经企图能把秦岭走一遍，即便写不了类似的《山海经》，也可以整理出一本秦岭的草木记，一本秦岭的动物记吧。在数年里，陆续去过起脉的昆仑山，相传那里是诸神在地上的都府，我得首先要祭拜的；去过秦岭始崛的鸟鼠同穴山，这山名特别有意思；去过太白山；去过华山；去过从太白山到华山之间的七十二道峪；自然也多次去过商洛境内的天竺山和商山。已经是不少的地方了，却只为秦岭的九牛一毛，我深深体会到一只鸟飞进树林子是什么状态，一棵草长在沟壑里是什么状况。关于整理秦岭的草木记、动物记，终因能力和体力未能完成，没料在这期间收集到秦岭二三十年代的许许多多传奇。去种麦子，麦子没结穗，割回来了一大堆麦草，这使我改变了初衷，从此倒兴趣了那个年代的传说。于是对那方面的资料，涉及的人和事，以及发生地，像筷子一样啥都要尝，像尘一样到处乱钻，太有些饥饿感了，做梦都是一条吃桑叶的蚕。[②]

[①] 贾平凹：《山本》，作家出版社，2018年，第522页。
[②] 同上，第522—523页。

用一种习惯性的说法，贾平凹开始是想写一部秦岭即山的自然志，后来一是自然知识修养所限，二是作家本性精神潜在意识下的兴趣使然，便写成了秦岭即山的人文志——秦岭20世纪二三十年代的传奇故事。而从作品的叙事内容建构来看，则是一部秦岭自然与人文相融会的志书。虽然作家也明言"老子是天人合一的，天人合一是哲学，庄子是天我合一的，天我合一是文学"[1]。但从叙写对象的艺术建构角度来说，首先也得做到天人合一，然后再进而去天我合一吧！或者说贾平凹在实现天我合一的过程中，也实现着天人合一。因为"我"也是人——"我是具体的人"，从具体的人到具有普遍意义的人则是认知的一种升华。其实，秦岭也是具体的山，从秦岭这一具体的山到普遍性的山则是另外一种升华——自然的升华。这种自然与人的双重升华运动，也就变成《山本》叙事艺术建构的一种内在逻辑。

我们再回到是否写战争的问题上来。我们还是看作家的自述：

> 那年月是战乱着，如果中国是瓷器，是一地瓷的碎片年代。大的战争在秦岭之北之南错综复杂地爆发，各种硝烟都吹进了秦岭，秦岭里就有了那么多的飞禽奔兽，那么多的魍魉魑魅，一尽着中国人的世事，完全着中国文化的表演。[2]

既然是战乱的年月，何以会无战争可言？整个中国都成了一地的碎片，这碎片是咋造成的？是战争。也正因为战争不断，方形成了20世纪二三十年代军阀割据的局面。所以，《山本》必然要写到战争的局面与场景。秦岭虽然未发生过全局性的战争，但是在全国全局性战争的影响下，亦是局部的战乱不断。正因为秦岭南北错综复杂的战争，秦岭才发生了变化——"就有了那么多的飞禽奔兽，那么多的魍魉魑魅，一尽着中国人的世事，完全着中国文化的表演"。这就是说，战争一方面是表现秦岭自然与人文合二为一建构的载体；另一方面，战争是秦岭人与事演化的立体的

---

[1] 贾平凹：《山本》，作家出版社，2018年，第525页。
[2] 同上，第523页。

历史时代背景。在此前提下,《山本》一任演化着20世纪二三十年代的人事与中国文化。

仅是这样吗?显然不是。贾平凹要在"如纸被糨糊死死贴在墙上""如古墓前的石碑,上边爬满了虫子和苔藓,搞不清哪是碑上的文字哪是虫子和苔藓"的历史中,剖析着"中国人的强悍还是懦弱,是善良还是凶残,是智慧还是奸诈?无论那时曾是多么认真和肃然、虔诚和庄严,却都是佛经上所说的,有了挂碍,有了恐怖,有了颠倒梦想"。[①]这是在解析中国人的品性,进而剖析着人性——被战争年代所颠倒了的正常的人性。他是通过山的脉络气息在写秦岭与秦岭人的德行,是在写秦岭与秦岭人的生命气理,是在写秦岭与秦岭人的精神魂魄。

这里再回到前文所论说到的常态历史生活与非常态的历史生活、日常生活与特异生活。贾平凹在《山本》中对人事或者人世的艺术叙写是以常态的历史视域来审视非常态的历史生活,以日常历史生活来叙写特殊历史阶段生活,是这特殊的历史生活消融在了日常历史生活之中,使其具有了亘古的历史生活内涵。更为重要的是,《山本》中对秦岭自然的描绘并非作品整体艺术叙事的背景,而是整体艺术叙事建构的富有生命活力的有机体。自然的演化与人事的演绎有机地融为一个生命体。其间似乎在说明:人事是强大的,而比人事更为强大的是自然的演化。在这自然的演化中,消融了多少英雄豪杰,消融了多少曾经惊心动魄的世事。所以,"巨大的灾难,一场荒唐,秦岭什么也没改变,依然山高水长,苍苍莽莽,没改变的还有情感,无论在山头或河畔,即使是在石头缝里和牛粪堆上,爱的花朵仍然在开,不禁慨叹万千"[②]。这里又引出一个问题:贾平凹何以说自然与人事历经沧桑,没有变的不仅是秦岭即自然,还有人的情感、人的爱呢?人之所以为人,正如自然之为自然,是有其亘古不变的特质的。这特质是什么?就是人的情感,就是人本性中存活的爱。人的情感就

---

① 贾平凹:《山本》,作家出版社,2018年,第525页。
② 同上,第523页。

犹如自然有着四季轮回,有着冬冷夏热,有着给万事万物提供生命机理的营养,有着含纳万事万物的胸怀。自然界万事万物之所以能够生生不息也就在于此吧。那人类呢?人类之所以历经种种天灾人祸而至今仍然生存着,也有着自己的内在法则,那就是维系人与人的情感、人与人之间的大爱。

行文于此,笔者忽然想到贾平凹在接受访谈或者对谈时说,揭示社会丑恶的东西,人性中丑恶的东西,其实是在为社会排毒,是在为人排毒。社会身上的毒气、人身上的毒气被排除了,社会与人也就自然有了一种健康的生命机体,方能更为健康而美好地存活,更为久远地存在于大自然。

最后,在这里想进而说明的是《山本》整体上的叙事逻辑。《山本》对秦岭叙事的整体思维架构,其实在作品的题记中表述得很明确:"一道龙脉,横亘在那里,提携着黄河长江,统领了北方南方,它是中国最伟大的一座山,当然它更是最中国的一座山。"而《山本》的写作目的正如贾平凹题记所言:"山本的故事,正是我的一本秦岭之志。"如果从文学的历史叙事角度来说,《山本》表明:历史原本是生活的自然流淌,历史的原本意义就是人的意义,而人的意义则又是大自然的意义。当然,这历史首先是中国的现代历史,这生活也自然是以秦岭为喻体的中国人的生活,因而,《山本》所表达的历史的人的意义也就首先是中国人的意义,而这人所融入的自然的意义也就是中国人于秦岭即自然中演化的意义。这么像绕口令似的表述,其实其内里依然蕴含着《山本》文学叙事上的基本艺术思维方式,包含着审视秦岭及于秦岭中所演化的人事与世事的综合视域。

原载《文艺争鸣》2018年第6期

(本文系与马英群合作)

一代人的情感精神绝响

——方英文《群山绝响》阅读札记

阅读方英文是从20世纪90年代开始的。那时首先关注的是他的散文，尤其是《种瓜得豆》，那种幽默睿智的风格触动着我心灵的琴弦。后来又读了《方英文小说精选》以及两部长篇小说《落红》《后花园》。坦率地说，这两部长篇小说阅读之后总有一种不够味的感觉，或者好像有些东西被抽去了的感觉，找不到一个与我心灵的对应点，故而始终未就这两部作品写过文章。作家新近出版的《群山绝响》，如高山流水自然而又浑然，清晰而又蕴含丰富。尤其是对一代人曾经的生活与生命情感的叙写可以说是重构了一个时代的历史记忆映像、一代人精神心灵的绝唱。现将基本阅读印象记录如下。

《群山绝响》的叙事犹如老牛反嚼自己过去的生命情感历史，既是作家青少年时代心灵、精神、情感、生活的历史记忆，也是那个时代的一次心灵的历史反顾，更是一种心灵的自传。但在叙事上却没有那个时代惯有的愤懑与激烈，而是随心所欲、随形附势、随遇而安的叙写，是一种在好读的前提下才情与才性展示的叙写。这自然与惯常的现实主义或者狠劲式的写实叙写不同，它以看似轻松愉快的叙事，创造着一种清疏阔朗的艺术境界，其深层又埋藏着生命的苦音悲韵。《群山绝响》是以喜剧的方式来叙写悲悯的社会人生，以幽默的笔调叙写生命的尴尬与荒诞，以看似他者的目光来叙写自己与我或我们曾经的生命状态与情感心理历程。

一

《群山绝响》首先打动我的是叙事的顺畅，顺畅得如高山流水那样自然。全书20多万字，从起笔到落笔，几乎找不到叙事上的磕绊。于是就想：这是为什么？

方英文写作的一个基本观点，那就是要让读者好看，读着顺溜，读着舒服，这是他写散文包括小说的一种基本艺术追求。读方英文的作品，就犹如让人掏耳朵，痒痒的甚至还有点痒痛，但是非常舒服享受。《落红》与《后花园》的叙事，就其行文来说，应当说还是坚持了方英文一贯的写作追求。那为何读这两部作品却没有感到《群山绝响》这种痒痒的而又隐含着痛的快感呢？这使我想起王国维先生所说的"隔"与"不隔"的问题。[①]在阅读这三部作品的时候，总感觉《群山绝响》没有任何"隔"的感觉，而另外两部多少还是有些"隔"。这"隔"在什么地方呢？

在笔者看来，文学创作应当是一种生命情感的自然流淌，所叙写的不论是作者对外在世界的感触体验，还是内在生命的涌动，都必须是其生命的痛点。而这又须叙写对象与作家内在生命实现着毫无间隙的融会，亦即源自生命情感血脉的融会。就叙写内容来说，方英文对《落红》《后花园》应当说是有感而发，也可以说是他从商洛来到西安后对西安某一类生活体验感悟的结果，其间也隐含着他作为从乡村而城市者的精神心理情感，以及在两种文化映照下的思考。《落红》是他对唐子羽们从乡村来到城市生存的艺术观照，作家于此虽然有着与唐子羽某种文化心理上的呼应，但是从整体叙写上看，作家于生命情感上还是有着一定的他者之审视。《后花园》也许是正式出版时做了相当的删节，叙事结构上总觉得有

---

① 陈鸿祥编著：《〈人间词话〉〈人间词〉注评》，江苏古籍出版社，2002年，第115、120页。

着某种缺憾。而且这部作品塑造了一种具有梦幻色彩的理想国，超越性过强而使得现实性受到一定的遮蔽。这是作家超越性理想的生命精神情感的塑造。故此，源于深层生命情感的本体在叙述上存在着艺术抒写上的"隔"。

《群山绝响》应当说是方英文生命情感的自然流淌，与其所叙写的对象之间没有任何的"隔"，也就成为他心灵精神上的一种自述。

如果从行文上看，可以肯定，《群山绝响》原稿与出版稿是有一定区别的，也做了相当的删节，甚至可以看出行文上的跳跃性乃至断裂性，这从笔者所看的打印稿的删节痕迹也能得到证明。但是就作品的整体叙写来看，文气非常贯通，作品的内在情感逻辑非常和畅。与其说是作家在叙写元尚婴生命情感成长发展的历程，不如说是作家在对元尚婴的叙写中，完成着自己生命情感、心理精神的一次反顾式重构。于此，作家与表现对象之间实现了水乳交融的应和建构。正因为如此，《群山绝响》从内到外实现了艺术创造的"不隔"。

阅读的顺畅可能还源自这部作品写作过程的从容。其实，文学创作作为一种人存在的生命状态，作家的人生态度、生活节奏、心理情绪状态等等，都对所叙写的作品有着极大的影响。比如，急性子的人，你让他舒缓地叙说一件事是不可能的，必然是机关枪式的叙说。如果作者身心不宁，那也无法写出从容不迫的文字来。就《群山绝响》的创作作家自言道："自此每天清早六点起床，就座书案：抽丝记忆，坐实史料；烟茶笔墨，四美协力……不过三五百字而已！到了八点，照常上班去。周末得自由，便将写成的文字敲上电脑。奔流了一千多个寂寞又充实的清晨，总算完成了毛坯。冷冻一段时间，修订。再冷冻，再修订。"[1]

据笔者所知，方英文近年的生活处于极为平和的状态，其写作也是一种悠着来的状态。他不是进京赶考式的赶写，而是如老农民在侍弄一块菜

---

[1] 方英文：《群山绝响》，陕西师范大学出版社，2018年，第307页。

地，进行着深耕细作，甚至把地里的一小块土也要捻碎。他似乎并无大丰收的欲望，只是在完成着一种生命的过程，从从容容，反复地琢磨之后，方才下笔写上那么一段文字。正因为这样的身心自由舒缓，使得作品便少了戾气、燥气与浮气。

再回到前文所说到的方英文的艺术追求。方英文的文学创作是面向广大普通读者的。基于此，作家在叙写的时候尽量使作品的叙述从文字到故事建构以及所要表达的思想情感，都靠近广大读者群。用他的话讲，就是作品首先要让人能看下去、爱看，看着舒服。所以他是用大众喜爱的语式叙述，通俗易懂而又顺畅和美。正如他在最近的一则微信中所言："文学本应跟空气、钞票、美人一样，正常人都是喜欢的。因此将文学界线化，似乎多此一举。如果一本小说，或是散文，或者诗集，只是文学界内部欣赏，大众读者很木然，那无异于一个发电厂，只给电力职工家属院供电。"

二

阅读《群山绝响》第二个深刻的感受，便是作家以喜剧的方式来叙写悲悯的社会人生。

我未向方英文进行求证，不知他是否受到路遥《人生》的影响。但作为20世纪70年代末80年代初读大学中文专业的人，是应当读过路遥《人生》的。我于此拿出《人生》作比，并非《群山绝响》与《人生》是一路创作，而想说的是：那代人基本上都受到了《人生》的影响，都在阅读《人生》的时候产生了生命情感上的共鸣，而并非像后来的大学生从中读到了自己的生命情感的对应。后来，也有论者将《人生》归结为人生成长叙写。其实，《群山绝响》从这个角度来看，也可以视为一部成长主题小说。

《群山绝响》叙写的故事很简单：一位名叫元尚婴的陕南山区的少

年从初中升入高中的生活历程。从故事叙述来说，着重点有两处：一是升高中富有戏剧性的艰难过程，二是临近高中毕业又是一个戏剧性的偶然提前工作而后又被人诬告辞退回家务农。这中间穿插了一系列朦胧的恋爱、生产队的劳动、学生的学农，当然还有那时的课堂学习等生活。贯穿其间的一条生命情感线索也可视为元尚婴的成长历程，即从一个单纯善良的少年步入相对成熟但依然善良的青年阶段。就此而言，自然是在叙写他的成长过程。这时我想到歌德的《少年维特的烦恼》。少年维特的成长是在烦恼与寻求解脱烦恼而无法摆脱烦恼中成长。元尚婴的成长自然也充满人生的烦恼，比如元尚婴不论是学习成绩还是人的品性，毫无疑问在他们的同学中都是佼佼者，但因为是地主家庭出身而被拒绝推荐上高中。这对一个十四五的少年来说，自然是一种人生的打击，给他带来的是无法摆脱的烦恼。

在这里，笔者注意到两个问题：一是主人公元尚婴的年龄，二是他所处的社会时代。

按照作品叙述来看，元尚婴此时是从初中升入高中，他应是20世纪50年代后期出生的人，年龄在15至18岁。从当时的情况看，1966年"文革"开始，有大约三年时间，中小学生既不升级也不留级，到大概是1968年、1969年小学高年级以及初中、高中统统毕业，小学生、初中生以推荐的方式升入初中或高中。"文革"耽误了三年时间，但学制中小学皆缩短一年，即小学五年制，初中、高中两年制。这样，初中毕业应在十六七岁，高中毕业在十八九岁。这个年龄段的孩子，从人的成长来看，自然是处于青春期，或者是从少年时代步入青年阶段。此时，从生理到心理都是从朦胧走向成熟的年龄段，也就是从孩子长成大人的年龄阶段。这个年龄段的人，心理情绪极易骚动不安，在处理事情上也极易激动。也就是说，对人自身以及社会人生的认知，正处于极为重要的生理心理转换阶段。对爱情、对人生前程，怀着美好的梦想和憧憬。与此同时也就极易造成目空一切的心理状态。现在想来，"文革"时期的"红卫兵"年龄基本也都是20

253

岁左右。也许正因为处于此一年龄段，方才做出了种种盲动与暴烈的行为，制造了一个个人世间的悲剧。

元尚婴从初中到高中的阶段，正是"文革"后已开始恢复生产、学习的历史时期。进入1970年代，学校逐渐恢复教学秩序，课堂教学也得以维系。当时有一个口号叫"复课闹革命"。进入1970年代后，中小学方进行了升学，并把升学时间从过去秋季改为春季，但升学以"贫下中农"身份推荐为准则。在1973年春季那次初中升高中中，实行的是推荐与考试选拔相结合的方式。从作品中叙述的情形来看，元尚婴初中升高中应在1975年初春，于1976年年底高中毕业，这样毛泽东主席逝世正是元尚婴高中阶段的最后一学期。

那时中学生的学习，是按照毛泽东主席"五七"指示进行的。学生在学习文化课的同时，必须进行学工、学农活动。更为重要的是，学生必须参与不断出现的社会政治运动，社会政治运动时时冲击乃至中断正常的文化课学习。《群山绝响》对那几年的社会及中学的状态的叙写，可以说都是真实的。

在以阶级斗争为纲、唯成分出身论的情形下，地主出身的元尚婴自然各种好事情都沾不上。而且，那时的大小队与公社干部，对当兵、招工、推荐上学等都有着极大的权力，甚至可以说拥有一种对人们命运的生杀大权。因此，在那样的年代里，元尚婴注定只能扮演悲剧命运的角色。新时期最初的"伤痕文学""反思文学"以及知青文学，从整体上来看，基本上都是一种悲剧人生命运的叙事。甚至可以说，在"文革"叙事中并不缺乏悲痛、苦难的叙写。《群山绝响》与此前绝大部分"文革"叙事所不同之处在于，以富有喜剧意味的方式来叙写这段充满悲剧情愫的历史生活。不论是元尚婴本人，还是他的祖父、母亲等，在那么艰难的生活境遇下却始终保持着一种乐观精神，在充满悲剧的生活中寻求着生存的乐趣。这些并不仅仅是方英文惯常的幽默戏剧叙事风格所致，也是那时乡村所特有的喜剧化的生活本身使然，于悲苦劳累中寻求原始生命状态的生活乐趣。方英文把乡村这种充满原始生命野性的戏剧生活以极富雅趣的叙事语言叙述出来，这样困苦与悲哀也就自然而然地转化为一种带有温馨情味的喜剧生活。

于此，我又想到了果戈理的《死魂灵》。果戈理的叙事风格，被有些研究者概括为"含泪的笑"。"含泪的笑"在笔者看来就是以让人发笑的方式来演化令人悲痛的故事。其实，《群山绝响》又何尝不是如此？作家那看似轻松愉快的叙事，背后所蕴藏的恰是一场人间与人生命运的大悲剧。

需说明的是，从叙事的角度来说《群山绝响》对"文革"及"文革"中所谓的反面人物，并没有采用漫画化处理方式，而是以一种与正面人物一样的态度来进行叙写，并且将叙写的分寸拿捏得比较到位。也正因为如此，《群山绝响》虽富有喜剧的叙事色彩，但没有滑向闹剧的境地。这就使人们在愉快的阅读之后进行深入思考时，不免黯然伤怀，其苦涩的悲味却一点一点地浸透于心头。这样的叙事效果，恐怕主要得益于方英文在拉开历史距离之后，以一种沉积了几十年的生命情感心理状态，来叙写可能也曾经让他义愤填膺的过往之事，其间更多了宽宥与淡然。

三

在谈到方英文文学创作的叙事风格时，人们最常用的一个词就是幽默。方英文于生活和文学写作上都是充满幽默感的。就文学创作而言，人们对方英文幽默叙事风格的认知，首先来自他的散文写作。用睿智、机敏、风趣、诙谐、奇异等来形容方英文散文叙事的风格，应当说是很恰贴的。这种散文叙事的幽默风格在其小说叙事中依然得到了延续。就《群山绝响》而言，叙事充满了机智敏锐、诙谐风趣，处处洋溢着幽默的气息。这也就形成了《群山绝响》在叙事上的另外一个特点，即以一种幽默的笔调在叙写特定时代尴尬与无奈、困顿与荒诞的生命状态。

《群山绝响》的文学叙事，从始至终笼罩在轻松愉快、机敏睿智、诙谐风趣的氛围中。叙事的幽默感，其中一个非常重要的因素，那就是叙说的故事的不协调乃至发生某种错位。故事是从元尚婴初中即将毕业的最后一堂课开始的。这一堂课似乎是一种仪式，是一种告别初中人生阶段庄严而肃穆的时刻，也是元尚婴们面对是否能够继续学习充满困顿与未知的时刻，甚至可以说他们此时面临着一种人生拐点，或者继续读书，或者就此回到农村，终生在土地里刨生计。叙述按照当时课堂程序展开，课前唱毛主席语录歌。按照一般的思维，在这次课堂上，老师会语重心长地讲一番严肃而庄重的话，就如都德《最后一课》所叙述的那种情景。但是《群山绝响》所叙写的这堂课却是从一位同学的屁开始。在这样一个庄严肃穆的课堂上，一个屁将课堂所富有的神圣意味一下子就消解掉了。方英文就是以这种轻松风趣的笔调，来叙说富有严肃社会人生意义的人与事的。

其实，人生存于社会，特别是"文革"时代，人的命运充满了尴尬与荒诞。比如主人公元尚婴，他于这个社会时代便是一种尴尬的存在，而这种尴尬之中又充满了无奈与困惑。按照正常的社会秩序来考虑问题，正如前文所提到的，不论是品行还是学习成绩，元尚婴升入高中应当是情理中的事情。但是，在那么一种唯出身成分论的时代背景下，元尚婴的人生道路于此时突然发生了逆转，不由分说地被抛向了广阔的农村，眼看着品行与成绩均不如自己的同学进入高中，而自己却被晾在了那里。如果元尚婴学习不好，或者他本来就不想学习，或者上高中根本就没有任何希望，自然而然地、死心塌地地接受命运的摆布，那也就罢了，但问题是他渴望继续读书，而社会也于此时给他于无望中的一丝希望，而要实现这一愿望就必须去做有违于自己做人基本原则的事情。这就如将一条鱼放在了岸上被太阳烤，如果远离河水也就罢了，问题是就在能看到水而却难以跳到水中的岸边。富有戏剧性的是情景的逆转，这种逆转是一个高中生的死带来的，而这个死去的高中生却有着与元尚婴相类似的家庭境遇。特别是在高中即将毕业的时候，元尚婴的命运再次出现了逆转，一位乡间邮递员的死给他提前进入工作提供了另一个机遇。可当他刚刚开始工作的时候，一封诬告信又将他打回了原地。命运就像一只没有正性的猴子，在捉弄着人。

这富有戏剧性的命运中处处充满了荒诞性。这里应当特别提出的是被河水淹死的高中生万水贵与摔死的邮递员吴小根。万水贵的爷爷是个大地主，他自然被列入了另类，要上高中是根本不可能的事情，他却最终上了高中。他上高中的过程，既是一个悲剧演绎的过程，更是一种荒诞剧的呈现过程。他的父亲偷掰了公社干部家两个玉米棒，为此万水贵将父亲用绳子绑起来送到公社。父亲被打掉了几颗牙，他因为大义灭亲而被视为可教子弟并被推荐上了高中。从整个故事叙述的隐喻可以看出，这其实是父子导演的一幕荒诞戏而已。也许正因为父亲的被批斗暴打自己才上了高中，其内心承受着巨大的压力。他的死，也许正是这巨大心理压力所造成的。邮递员吴小根的死，与其和一个寡妇的私情相关，他却被宣传成英雄。如果说万水贵上高中的愿望以一种扭曲人性的方式得以实现，那么，吴小根因私情而死却被翻转成英雄行为，亦是一幕社会的荒诞剧。

这中间都充满了悲剧色彩。但在叙述中，这种悲剧性被转化成一种喜剧性的叙述，人生命运与社会建构的尴尬与荒诞，也就生发出一种黑色幽默的味道。

这样论说作品内容，可能显得有些沉重，似乎缺乏幽默感。其实，从《群山绝响》的整体叙事来看，这种内涵之核是被深深埋在故事之内的，并且被方英文式的幽默叙事格调所遮蔽。因为在更多的生活细节以及生活事件的叙述中，生活的趣味性与机敏睿智性就如同山里的迷雾，飘散于沟沟壑壑。

四

从叙事人物视点来看，毫无疑问是主人公元尚婴，整篇叙述都是围绕着元尚婴而展开的。就此而言，《群山绝响》的叙事线索并不复杂。当进一步追问元尚婴如何作为叙述的视点人物而完成叙述时，就发现有两个元尚婴：一个是少年元尚婴，一个是步入老年的元尚婴。也就是说，这里存在两个叙述者：一个是显形的纽结故事叙事结构的人物叙述者，一个是隐形的操纵叙述人物的叙述者。这里就引发出来一个问题：方英文在操纵整部作品的叙述时将自己一分为二，一方面将生命情感记忆中过去的自己化作精魂附着于元尚婴身上；另一方面，则以反观历史记忆的隐形姿态参与到叙述之中。这样，实际上就构成了两种叙事时态：显形的过去时与隐形的现在时。于此提出叙述者的问题，并非要对这一问题做进一步的探讨，而是想谈谈作家的叙事心态与作品意义的另一个表达旨向问题。

凡是阅读过《群山绝响》者，大概都会有这样一种感觉：叙述非常舒缓、坦然而又自然，一改过去同类作品剑拔弩张的叙述姿态。对此，人们自然会从方英文的文化性格与心理心态等方面进行分析论说。正如前文所言，这是一部作家生命情感历史记忆的作品。问题由此而出：今天的方英文叙述过去的方英文的生命情感历史生活，会得以完全的复原吗？或者说元尚婴青少年时代的生命情感就是如此吗？显然，作品中的元尚婴已经超越生活原型中的元尚婴。

于此，我们进而发现《群山绝响》的叙事至少存在着两个观察点：一个是一位步入老年的叙述者与少年叙述者的对话，一个是城市与乡村的对话。也就是说方英文以一种极为平和坦然的心态，在叙述过去生命情感的历史记忆。与此同时，他又在城市生活了几十年，以城市的角度在叙述过去的乡村生活。这样作家的精神情感心态就成为左右故事叙述的潜在叙事者。以现在的心态叙述青少年时期的生命情感故事，自然没有了青少年时代的激愤与幽怨，以城市的角度审视乡村过去的生存状态，自然会打上城市文化与生命情感的烙印。或者说，作家是拉开了与乡村的距离重新审视乡村——过去的与现在的。因而，《群山绝响》一方面在重构青少年时代的生命情感状态；另一方面，实际上通过过去的乡村记忆，不仅仅是要重构过去的乡村生活，而且隐含着对今天乡村重构的愿景。

这里，笔者还想谈谈关于乡村重构的问题。对如今的乡村，当代文学中有着许多叙写，有的将乡村当下的荒芜颓败等叙写得淋漓尽致。《群山绝响》却把过去的乡村叙写得充满温情与善意。那如今的乡村呢？这不是《群山绝响》所要叙述的，但是其间却隐含着作家对当下乡村的思考，这主要体现在对理想乡村建构的思考。

《群山绝响》对乡村生活的叙写涉及两个层面：一个是乡村伦理的维系，一个是充满温情的人性和善。

在乡村伦理秩序的叙写上，应当说方英文对维系乡村秩序的乡村伦理给予了许多温情。其中，以元尚婴的家庭生活为载体，寄寓着方英文的家庭生活伦理理想，特别是对家庭亲情、邻里乡情、同学友情等的叙写，温馨而又美好。有关过年情景的叙写则充满了血缘的亲情、乡村邻里的乡情。也就是说，方英文所要建构的乡村就是元家那种充满温情与爱意的家庭。元家的最长者是爷爷元百了。在元百了手中，建立起了元家的家风，承续了夫爱、父慈、妻贤、子孝的乡村家庭美好的伦理情感。这是一个行大礼、识大体、重礼仪、守法度的仁爱之家。爷爷元百了作为这个家庭生命情感与生活的灵魂，他身上散发着乡村伦理精神的慈爱与豁达。母亲游宛惠既贤惠又精干，不仅将乡村伦理融于自己的生命情感之中，还对社会世事有着深入的了解与把握，同时又将人性的善良浸透于日常生活之中。元尚婴则将祖辈与父辈尤其是母亲的生命情感精神承续了下来。这些综合起来就构成了乡村家庭伦理生活建构的理想境界。由此可说，熔铸着亲情与温情的乡村伦理也就成为拯救乡村的一种愿景。

另一方面，《群山绝响》在呼唤着人性的善良与爱意。宽容和善，似乎可以视为《群山绝响》所要表达的精神内核。在《群山绝响》中，几乎没有一个所谓的坏人、恶人。即便是对那些因嫉妒而陷害过元尚婴的人，作家连姓名都未留下，以元尚婴不仅未去追究而且原谅理解的宽容态度抒发着人性的宽善精神。这中间贯穿的则是一种宗教精神。我们不能忽视元家信奉佛教，一家人都吃斋。这种充满善良与爱意的宗教思想，已经融化于这家人的血液之中，并与乡村伦理精神相融合，构成了他们的生命状态。这不仅是维系乡村社会秩序的支柱，亦是重构现在乡村生活秩序的文化精髓。

这大概应是方英文通过对青少年时代生活的历史记忆叙写，所要传达的又一种思想精神吧！

原载《商洛学院学报》2018年第3期

从商州到世界

——阅读贾平凹札记

张学昕教授约我写篇关于贾平凹的文章，说是在《当代文坛》他主持的一个栏目用。因喜欢学昕的爽朗未假思索就答应了下来，但是，坐下来后却不知该如何下笔了。对寻找经典之类的话题，我一直持静观的态度，印象中20世纪90年代就讨论过这个话题。古代的、现代的经典好说，但是，一说当代哪个作家或者作品是经典，十有八九是会引来一大堆质疑的。对作家作品的阅读评价，就犹如吃饭，我就喜欢吃面条以及羊肉泡馍、水盆羊肉之类的面食，吃米饭总有一种吃不饱的饥饿感。1985年，我曾见巢湖边的人吃米饭，放一点咸菜就把一碗米饭下肚了，还吃得那么香。这应该是和我吃羊肉泡馍一样的感觉。所以，我就不能说世界上最好的美食就只有羊肉泡馍。基于此，我谈谈对贾平凹跟踪性、持续性阅读的一些感受吧。

一、初读

这里所说的初读，是指对《废都》之前贾平凹作品的阅读。我读贾平凹作品始于上大学期间。那时也就是在阅读各门课程规定书目的间隙找来当代当红作家的作品读读，其中就包括贾平凹的作品。那时并没有将贾平凹当作阅读的重点，更多的是随着文坛上的兴奋点去阅读，像《哥德巴赫猜想》《班主任》《人生》《乔厂长上任记》《人到中年》等等。所以，对贾平凹的作品，留下印象的也就短篇小说《满月儿》，散文《丑石》与《一只贝》。这几篇作品当时读后觉得不得了，今天看来好是好，就是写得过于"工"了些，好像是有意而为之。贾平凹在《废都》后记中说："好的文章，囫囵囵是一脉山，山不需要雕琢，也不需要机巧地在这儿让长一株白桦，那儿又该栽一棵兰草的。"[1]而那时他的创作，不论是小说还是散文，恰恰是有意识在这儿长一株白桦，在那儿栽一棵兰草。虽如此，作品中所透露出的才情才性确实让我甚是佩服。因为那时我正热衷于创作，就恨自己没有贾平凹那样飞溢的才情。即便如此，贾平凹的文学创作，在当时文坛所显露出来的独异性，还是深深地感受到了。

真正引起阅读兴趣的是贾平凹1980年代中前期的作品，也就是被研究者称为"商州系列"的那批作品。那时刚刚大学毕业从教，正好教中国现当代文学课，需系统阅读现当代文学作品，贾平凹就成为重点阅读的当代作家之一。也正是对这批作品的阅读，引发了我研究贾平凹的兴趣。

1980年代，不停地有作品引发爆炸性的反响，对贾平凹的阅读，也就湮没在诸多当时当红作家作品之中。可以说，那时获得全国优秀短篇小说、中篇小说、散文、诗歌奖以及茅盾文学奖的作品，以及所有引起争议的作品，全部都读了。当然，还有那些因故没有获得全国文学大奖的作品，更是读得津津有味，比如长篇小说《古船》《活动变人形》等等。加之订阅了十多年《小说选刊》《作品与争鸣》《诗刊》《文学评论》《读书》等，对新时期文学也就有了些整体性的感觉。今天看来，那时贾平凹的文学创作虽然显现出走民族化道路的迹象，但是并未引起更多的关注。就贾平凹长篇小说创作来说，《废都》之前，有《商州》《浮躁》，还有一部由几个中短篇连缀成的长篇《妊娠》。《商州》只能说是他长篇小说

---

[1] 贾平凹：《废都》，北京出版社，1993年，第519页。

创作最初的试笔，本人感兴趣的是团块叙事结构，而对内容并没有多大印象。《浮躁》就是今天来看，也是一部优秀的长篇小说，但它既不是贾平凹也不是当代文学最为优秀的作品。虽然如此，不论是从所谓的改革文学还是乡土叙事文学角度进行历史梳理，谈到1980年代的创作，依然是无法绕过《浮躁》的，这一判断是基于当时的阅读感受。印象中阅读《浮躁》是在出差的火车上，当时是一边阅读一边激动不已，觉得叙写乡村改革的作品，就《古船》与《浮躁》最好，更确切地说最对我的胃口。《古船》更注重对历史文化的开掘，《浮躁》更注重对社会现实历史裂变的描述探析；前者通过家族的历史命运写出社会时代的变化，后者则更注重一个区域的现实风潮的涌动。他们都在挖掘中国历史文化与民族精神的根。很显然，其侧重点在于对民族文化劣根性的批判，带有明显的启蒙意识。当代文学创作的这一路数，直至今天还在继续着。这一切与"寻根文学"思潮关系密切。

那时，我更感兴趣的是贾平凹那一批又一批的中短篇小说。1970年代末至1980年代初，他写了一批小说，如《"厦屋婆"悼文》《二月杏》等。虽然这些作品是在1985年以后才集中读的，而且还读得一头云雾，完全没有了《满月儿》的清新与亮色，给人一种混沌的压抑感，只是觉得贾平凹真敢写。也就是这时才了解到1982年陕西文学批评界对贾平凹这批作品提出了极为严厉的批评。越到后来，越感觉到贾平凹这些探索与突围的作品的可贵之处。坦率地讲，如果没有这些作品，后来的"商州系列"小说是不可能的。我不赞成一般将贾平凹写出"商州系列"小说归功于1983年开始的几次有意识的重走商州，甚至归功于1982年那次批评。实际上，"商州系列"小说是贾平凹创作上的一种自然延续。所以，一味否定前者而极力肯定后者，显然是片面的。只能说，《小月前本》《黑氏》《古堡》等是在《"厦屋婆"悼文》等基础上进一步探索的前行，于思想与艺术上更为深邃些。这也是贾平凹延续思考的必然结果。而外界的批评，虽然有逼迫他深入生活的作用，但于骨子里似乎并未彻底地触及其灵魂。这有他当时所写的有关创作的文章为证。

在这批作品中,《腊月·正月》获得了全国优秀中篇小说奖,但我认为,这并不是他最好的中篇小说。就现实题材而言,《腊月·正月》也不如《小月前本》《鸡窝洼人家》《古堡》等更为厚重;从艺术性而言,《天狗》《水意》等探索性是要高于《腊月·正月》的;而从艺术完成程度来说,《五魁》《美穴地》《白朗》《晚雨》等更是要高于《腊月·正月》。从这批作品开始,贾平凹挣脱某种现实窠臼,向着人性的深处逼近。也许从这时起,他才真正意识到文学对人及人性审美艺术建构的重要性。在当代文学阅读与批评上,人们更为关注紧扣社会现实的创作,更看重对社会生活当下的叙写,因而总是对现实生活题材特别是具有极为强烈的当下性的作品情有独钟,而对与现实生活拉开一定距离的创作,总是保持一种审慎的态度。所以,对《五魁》这批作品的研究还不够充分深入。如果要选中国当代文学这四十多年优秀的中篇小说,在我看来《五魁》或者《美穴地》是应当名列其中的。也就是从这时开始,于脑子里深深印下了贾平凹的文学创作,把他作为当代优秀作家来看待。所以,阅读《腊月·正月》时并没有阅读《"厦屋婆"悼文》《鸡窝洼人家》等时显得激动,甚至觉得改革者王才形象的塑造有些败笔。此时,他文学创作的艺术个性越来越明显、突出,就如正放在太上老君的八卦炉里,冶炼着他的艺术情操精神。艺术上最为圆熟的恰恰是《五魁》等。

二、系统阅读

直到看了《废都》之后,才引起了我的警觉,觉得这是个了不起的作品,一定会留下来的。也就是从《废都》开始,我才确定追踪他的文学创作,对其进行系统性阅读,直至今天。也正是在《废都》之后,我确定将贾平凹作为研究对象,用了十多年时间,完成了第一部研究贾平凹的著作《精神的映象——贾平凹文学创作论》,于2003年出版。这也是我截至目前唯一出版的研究贾平凹的著作。

进入1990年代,我感觉整个文学界进入了1980年代狂热之后的沉闷期,虽然佳作不断却无法唤起1980年代那种阅读的亢奋。理想主义在破灭,直线发展的社会历史构想出现了曲线性的回环,这让知识分子一下子掉入了黑洞,找不到北。但有两个事情却让我记忆犹新,一个是电视连续剧《渴望》的热播,那时我也是把这部连续剧全看完了,但是并没有激发起多少激情,觉得还不如看电视连续剧《射雕英雄传》激动人心,反而觉得这是1980年代之后的一种虚妄的自我麻醉。另一个就是"陕军东征",陕西作家陈忠实、贾平凹、高建群、京夫、程海出版了自己至今看来也是最为重要的作品《白鹿原》《废都》《最后一个匈奴》《八里情仇》《热爱命运》。这本是文学创作发展的必然结果,不经意间却弄成了当代文学的一个现象。我总觉得这似乎是无望中的一种期盼心理的满足。这几部作品,我都认真地阅读了,觉得能够代表当代文学水平的还是《白鹿原》与《废都》这两部,也就写了这两部作品的评论文章。写文章时社会上对这几部作品尤其是《白鹿原》与《废都》的阅读反响还在持续升温,可是等文章写出来时,《废都》与《白鹿原》就成了"禁书",文章难以发表。林建法主持的《当代作家评论》打了个"擦边球",赶在1993年最后一期发了一组评《废都》的文章,费秉勋先生编的《〈废都〉大评》直到1998年才在香港出版。这时,《〈废都〉废谁?》《〈废都〉滋味》《〈废都〉之谜》等也阅读过了。《废都》成为人性的一块试金石。

也就是从这以后,中国的长篇小说进入一个爆发期,不断有长篇力作问世。由此也可以说1990年代是中国长篇小说的一个黄金期,余华、苏童、格非、刘震云等等,都有长篇佳作问世。这实际上是新时期成长起来的这代作家走向中国当代文学主导地位的开始。中国当代文学于此时也发生着变化,"新写实"是一种历史转向的标识。像先锋创作代表性的作家,如余华,其《活着》《许三观卖血记》,似乎是换了个余华似的。不论从哪个角度看问题,我都觉得1992年余华的《活着》是一部当代文学的经典作品。读《活着》犹如读《古船》一样令人震惊。苏童的《米》我看了两遍，王安忆的《长恨歌》也是看了又看，包括《上海宝贝》也是看过的，绵绵的东西确实没咋看，觉得"身体写作"不过是雷声大雨点小。坦率讲，莫言的《丰乳肥臀》当时确实没有看，直到《檀香刑》出版后，才买来他的所有长篇系统阅读。正是在这一背景下，对贾平凹进行系统性阅读，并常常将其与莫言、阎连科、王安忆、苏童、余华等做着交叉性阅读。

1990年代，中国文学又一次面临着历史转型，这是新时期以来社会历史转型中的一个拐点。1980年代的启蒙、人文精神的呼唤高扬到了1990年代初被回头望所替代。另一方面，社会主义市场经济的确立，将精英文化抛到了社会的边沿。后来的人文精神的重新讨论，最终也只能不了了之。不可逆转的是，不要说社会经济，就连文学也越来越市场化，文学精神常常被市场经济冲击得七零八落。

对《废都》的阅读，是不能脱离这种社会时代大背景的。我是将其首先放在1980年代、1990年代之交的社会历史背景下进行阅读的。在创作长篇小说《废都》的过程中，贾平凹1991年发表了中篇小说《废都》，1992年还发表过中篇小说《佛关》。这几个作品是可以联系起来看的，它们内里都有着社会时代的隐喻。就贾平凹生命本体的裂变过程而言，这几部作品可以与《故里》以及《五魁》《美穴地》等联系起来看，仅从对女性形象塑造的变化中，就可以看出贾平凹生命情感变化的端倪来。

《废都》是社会时代的发展变化与贾平凹个人生命骤然裂变碰撞的必然产物。《废都》是一部蹚地雷之作，它所隐含的远不止于性描写这些外在问题，更不是罗列些词语所能概括的，最多也就只能说性描写只是其外部叙事策略。但于社会上引起强烈不满的却恰恰是性描写，这种误读实在是令人哭笑不得。人往往是只看到表面的东西，内在的五脏六腑却被有意无意地忽略掉了。更为重要的是，这就犹如一位西装革履的人正在台子上神采飞扬地演讲，忽然有人将其衣裤彻底扒光露出了赤裸裸的身体，一下子颜面全无,便一方面用手捂着开始溃变的羞处,一边顺手拾起一块砖向剥衣者砸去。在我的阅读体验里,这是当代文学史上的一个孤本,同时也是一种蹚地雷的冒险写作。不论你对它是肯定或否定,它就存在于那里。它是一个存照,是一面镜子,照出了一个时代,也照出了人尤其是知识分子的五脏六腑。我想,恐怕再过十年二十年甚至几十年,也难再有这样的作品出现。之后,贾平凹自己的创作只能逐步远离《废都》了。《白夜》《土门》《高老庄》《怀念狼》《病相报告》等,作为《废都》之后的延续创作,固然有着不断探索,但整体来看,《废都》这个坎实难逾越。不过,在连续阅读中,可以感觉到贾平凹文学艺术上的渐变,这种渐变与中国社会与文学的发展脉搏有着或明或暗的呼应。如果说《白夜》是《废都》的一种自然而然的延续,那么《高老庄》尤其是《怀念狼》,则显现着贾平凹不懈的艺术探索。至于《病相报告》,则是他进入了自己并不熟悉的领域,虽然在叙事艺术上有着新的探索,但整体来看,具有先锋性的写作并非他之所长。《废都》与《秦腔》之间这几部作品中最能引起我阅读兴趣的是《怀念狼》。但因为《废都》的阴影,《怀念狼》也就只能与茅奖擦肩而过。阅读《高老庄》当时并未引起我更大的惊奇,今天看来,它也许是后来《秦腔》的一种序曲式的预演吧。

三、继续阅读

进入21世纪,我也阅读了莫言、阎连科、张炜、刘震云、韩少功、李锐、王安忆、苏童、余华、格非、阿来、刘亮程、李佩甫、迟子建等作家新出的作品,但主要精力还是放在了对贾平凹作品的阅读上。除了贾平凹新出作品一部不落地阅读,还重读了《我是农民》《商州三录》等。这里还需说明一下,从1980年代末始,我对陕西作家作品的阅读与关注一直延续到今天。陈忠实、路遥自不必说,对杨争光、高建群、叶广芩、邹志安、京夫、方英文、红柯等,以及70后、80后作家作品虽然未跟踪阅读,但他们的重要作品大部分也都读过或浏览过。

《秦腔》的出现为贾平凹重新赢得了声誉。之后，他连续创作了《高兴》《古炉》《带灯》《老生》《极花》《山本》等长篇小说。其实《废都》之后，贾平凹就把主要精力放在了长篇小说的写作上，散文、短篇小说只能说是他创作长篇间隙的一种调节。即便如此，《阿吉》《艺术家韩起祥》《猎人》《倒流河》等，还是很耐读的。这种集中精力写长篇小说，也可视为当代文学创作自1990年代之后的一种状态或基本态势，这似乎和将本应是长篇小说奖的"茅盾文学奖"视为文学成就奖相呼应。长篇小说由每年几百部、每年千余部再到今天的每年万余部，大有长篇小说统领文学之势。但是，恐怕每年能认真阅读百十部长篇的人都少之又少吧，反正我每年能读上五到十部就觉得很不少了。每年刊物上发表的长篇小说创作扫描文章，也只能是一种跟踪名家的非常粗略的描述。即便如此，每年读一二十部长篇小说也是很累人的，只能是石板上漫大水，呼呼隆隆就过去了，留下的也就只是那么几粒沙子。甚至可以说这是一种不可能中的应景阅读而已。我每年阅读的长篇小说很少超过十部，说实在的，贾平凹如此集束式推出长篇小说，的确有些令人应接不暇。这些作品，除了《高兴》阅读时有些高兴感之外，其他几部看得让人身心俱疲。《秦腔》是贾平凹文学创作上又一次转折性的作品，但是就其文学史的意义和作品自身的思想艺术价值而言，我觉得《古炉》与《山本》更能体现贾平凹文学精神和情怀境界。如果说贾平凹的文学创作已经构成了一架富有高品质文学艺术矿藏的山脉，那《废都》《古炉》《山本》就是这架山脉的几座高峰。

《秦腔》的叙事是具有开拓性的，或者用陈晓明的话说，他是终结了一种乡土叙事美学，同时又开启了一个新的乡土叙事美学。[①]这也可视为贾平凹文学创作的一种规律：每过上十来年就要进行一次大的转换，出个让人刮目相看的作品来。其实在我看来，贾平凹《秦腔》中所致力的生活

---

① 陈晓明：《乡土叙事的终结和开启——贾平凹的〈秦腔〉预示的新世纪的美学意义》，载《文艺争鸣》2005年第6期。

化文学叙事是《废都》生活叙事的延续与发展，《白夜》就是一种比较典型的生活叙事方式。关于《白夜》我曾写过两篇文章，其中一篇就谈到这个问题，当时称之为"生活漫流式的叙事方式"。[①]这种生活化叙事到了《秦腔》做了一次归拢总括，可以说写到了极致。其实，《秦腔》也意味着贾平凹人生态度的一种转化，至少，他觉得自己开始步入中老年，进入了中老年的创作心态。

如果说没有《古炉》，那将是贾平凹文学创作上的一大缺憾。面对中国20世纪的社会历史，有几个历史性的阶段是中国作家不能回避而必须面对正视的，比如抗战与"文革"。有关"文革"的写作及言说是时断时续的，有关抗战的扛鼎作品还未看到。《古炉》是与德国作家格拉斯的《铁皮鼓》比照着看的，在写了《一个村庄与一个孩子——贾平凹〈古炉〉叙事艺术论》之后，又写了《特殊视域下特殊时代的人性叙写——〈古炉〉与〈铁皮鼓〉叙事艺术比较》。至今，我仍坚持当初的判断："不论从何种角度看问题，《古炉》对于贾平凹的文学创作而言，都是一个极为重要的收获，都是他的文学创作迈向更高艺术境地的一次极为重要的探险。甚至可以说，《古炉》之于中国当代文学的价值和意义，将是超越《废都》与《秦腔》的。我甚至认为，贾平凹的文学创作及其地位，都可能因《古炉》而被给予更新更高的评价。"[②]

说实在的，对《带灯》《老生》《极花》等的阅读，并未引起我多大的心理波动，但对《山本》的阅读，确实让我耗费了很大的精力。《带灯》《极花》对社会敏感部位的关注，自然有其深刻的社会现实意义，也极易挑动人的关注当下现实生活的言说神经。关于《带灯》我曾结合中国式文学叙事问题，写了篇将近三万字的文章，给予了较高的评价："这部

[①] 韩鲁华：《平平常常生活事　自自然然叙述心——〈白夜〉叙事态度论》，载《小说评论》1995年第6期。
[②] 韩鲁华、储兆文：《一个村庄与一个孩子——贾平凹〈古炉〉叙事艺术论》，载《小说评论》2011年第4期。

作品相较于此前的《秦腔》《古炉》等在艺术叙写上的变化,主要体现在:一是内在的风骨更为突出,作品的内在质感更强;二是叙述上更加质朴,白描性、直叙性更强;三是于整体艺术建构上,意象性似乎在减弱,细巧的东西也少了,更加沉静、厚实、直白,是一种生活骨架本真式的呈现。而且从这部作品中可以看出,贾平凹试图实现着将中国文学艺术精神气脉打通的探寻。"[1]而《极花》"更注重的是对于水墨画与苏轼艺术精神的吸纳。其实,这也与他文学叙事上致力于意象世界的创造基本目标是相一致的"[2]。

比较而言,《山本》更具有颠覆性的意义。《老生》用二十来万字叙写了百余年的中国历史。"很显然,贾平凹是以《山海经》式的叙述结构方式,通过四个不同时代的既相对独立而又相互关联的故事来叙写中国近百年的历史。但从叙事结构上来看,这是一种板块式的互文性叙事结构。"[3]就其叙事艺术结构难度来说,还是很大的。也许对贾平凹来说《老生》对历史的叙事并没有尽兴足味,因而又创作了《山本》。"如果把《山本》放在贾平凹整个文学叙事中来看,应当说也是他具有历史性总结与反思的大作品。""(《山本》)是贾平凹生命沉积的历史存照:一头老牛反刍胃中沉积一个世纪的原食物。"这部作品的创作,贾平凹是有着很大野心的,"它是在终结以往历史叙事,尤其是革命历史叙事。因为它完全超越了既往历史观念形态,不仅从人及人类历史来审视那段历史,也不仅仅是用佛或上帝的目光在看。于此,它似乎是以天地神人相融会的视域在看"[4]。

---

[1] 韩鲁华:《论〈带灯〉及贾平凹中国式文学叙事》,载《小说评论》2013年第4期。
[2] 韩鲁华:《写出乡村背后的隐痛——〈极花〉阅读札记》,载《当代作家评论》2016年第3期。
[3] 韩鲁华:《〈老生〉叙事艺术三题》,载《小说评论》2015年第2期。
[4] 马英群、韩鲁华:《原本地茫然——〈山本〉阅读札记之一》,载《文艺争鸣》2018年第6期。

四、文论阅读

在阅读贾平凹文学创作的同时，我也系统地阅读了他谈论文学创作的文章，这包括序言、后记、书信、演讲以及访谈等等。当然，还有研究贾平凹的论文论著。

阅读贾平凹谈创作的著述，始于青海人民出版社1985年出版的《平凹文论集》，后来又读了《静虚村散叶》。三联新近出版的三本《贾平凹文论集》，陕西师范大学出版社的《平凹说小说》《平凹书信》《平凹西行记》也都看过。未收入这些集子里的文章，基本也都先后阅读过了。访谈成书的有与穆涛的《平凹之路》、与谢友顺的《贾平凹谢友顺对话录》、与走走的《贾平凹谈人生》，还有一本与冯有源合作的《平凹的艺术——创作问答例话》。①如果说通过作品阅读可以看到一个历史性的贾平凹文学创作发展脉络，那么，阅读他的有关创作的言论就能够比较清楚地体味到他关于自己以及中国文学所进行的思考。这二者相互映照，构成了比较完整的贾平凹文学创作整体，也可看出一个作家所体现出的中国文学四十余年的发展历史脉络。

理解贾平凹的文学创作有几篇重要的文章是必读的，这些文章体现着他对自己与中国文学的思考。其中1980年代，一个是《"卧虎"说》，一个是《浮躁·序言二》。他在1982年的《"卧虎"说》中言道："卧虎重精神、重情感、重整体、重气韵，具体而单一，抽象而丰富，正是我求之而苦不能的啊！……它卧了个恰好，是东方的味，是我们民族的味……以中国传统的美的表现方法，真实地表达现代中国人的生活和情绪，这是我创作追求的东西。"②

---

① 这几本访谈录版本依次为：青海人民出版社1994年版、苏州大学出版社2003年版、上海社会科学院出版社2004年版、上海人民出版社1998年版。
② 贾平凹：《"卧虎"说》，见《平凹文论集》，青海人民出版社，1985年，第70页。

可以说，此时贾平凹已经明确地认识到了自己的文学艺术创作发展方向，也可以说这是他此时文学创作理论思考的一个基本设想。也许正是在这样的文学理论思考下，他创作了1982年受到严厉批评的那批作品。1983年起，贾平凹重走自己的故乡商洛，不可否认，他更注重对社会历史变革的艺术表现，创作了一系列紧扣社会改革并受到评论界高度关注的"商州系列"小说，诸如《小月前本》《鸡窝洼人家》等。

在《浮躁·序言二》中他说："但也就在写作的过程中，我由朦朦胧胧而渐渐清晰地悟到这一部作品将是我三十四岁之前的最大一部也是最后一部作品了，我再也不可能还要以这种框架来构写我的作品了。换句话说，这种流行的似乎严格的写实方法对我来讲将有些不那么适宜，甚至大有了那么一种束缚。"①并明确提出自己此后探索的目标："艺术家最高的目标在于表现他对人间宇宙的感应，发掘最动人的情趣，在存在之上建构他的意象世界。硬的和谐，苦涩的美感，艺术诞生于约束，死于自由。"②在我看来，这是贾平凹文学创作的一个总纲式的宣言：用中国的文学艺术思维方式，讲述中国的故事，走中国文学发展自己的道路。《废都》就是他这一思考的实践。将《废都》与他的阅读笔记及通信、访谈连接起来看，可以看出他关于中国文学如何发展的基本思考。如1982年读川端康成："没有民族特色的文学是站不起的文学，没有相通于世界的思想意识的文学同样是站不起的文学。用民族传统的美表现现代人的意识、心境、认识世界的见解，所以，川端康成成功了。"③

稍后几年，他在回答《文学家》编辑部问时，谈到川端康成时延续伸展了这一看法："川端康成作为一个东方的作家，他能将西方现代派的东西、日本民族的东西，糅合在一起，创造出一个独特的境界，这一点太使我激动了。读他的作品，始终是日本的味，但作品内在的东西又强烈体

---

① 贾平凹：《静虚村散叶》，陕西人民教育出版社，1990年，第3页。
② 同上，第4页。
③ 同上，第118页。

现着现代意识。"①他在1985年4月27日与蔡翔的通信中进而谈道:"中国文学是有中国文化的根的,如果走拉美文学的道路,那会'欲速则不达'。……压根用不着担心和惊慌,这叫中国文化的自信。"②

这些言说归结起来,那就是要在中国的土地上用中国的方式叙述中国的故事,走出一条中国自己的现代文学道路。通俗地讲,就是在自己的土地上种自己的庄稼,而不是在自己的土地上种别人的庄稼,或在别人的土地上种自己的庄稼。同时也可以看出,贾平凹对中国文学西化的问题已经有所警觉,其间隐含着他对中国还没有完全建立起自己民族独立的现代文学尤其是当代文学的忧思。他在1983年10月28日与友人的书信中言道,如果"并不能反映在同一个转动的地球上本民族的当代的人和人的生活、情绪,那又何以是民族的东西呢?"③可以说创造本民族的文学,是贾平凹从1982年起就明确提出的,直至今天,他依然在做着这方面的理论思考与创作实践。如果就艺术思维而言,意象思维是中国文学艺术思维的一个基本模式,意象的创造亦是中国文学艺术创作的基本表达方式。这个根子在《易经》,在《庄子》。此后,尤其是《秦腔》之后,写实的成分在不断地加重,以至于重到了"法自然"的地步。其实,他走的是"以实写虚,体无证有"④的路子。

他在《废都》后记中说:"如果文章是千古的事——文章并不是谁要怎么写就可以怎么写的——它是一段故事,属天地早有了的,只是有没有凤命可得到。……好的文章,囫囫囵囵是一脉山,山不需要雕琢,也不需要机巧地在这儿让长一株白桦,那儿又该栽一棵兰草的。"⑤于《白夜》后记中进而说:"小说是一种说话,说一段故事","说平平常常的生活

---

① 贾平凹:《静虚村散叶》,陕西人民教育出版社,1990年,第165页。
② 贾平凹:《"卧虎"说》,见《平凹文论集》,青海人民出版社,1985年,第153页。
③ 同上,第148页。
④ 贾平凹:《怀念狼》,作家出版社,2000年,第271页。
⑤ 贾平凹:《废都》,北京出版社,1993年,519页。

事，是不需要技巧的，生活本身就是故事，故事里有它本身的技巧"。[1]直到《秦腔》后记中说出：他写的"依然是那些生老病死，吃喝拉撒睡，这种密实的流年式的叙写"，"写的是一堆鸡零狗碎的波烦日子"。[2]如果从表现风格看，《古炉》之后就越来越硬朗起来，尤其到了《带灯》，就已明确表示："几十年以来，我喜欢明清以至三十年代的文学语言，它清新、灵动、疏淡、幽默、有韵致"，"而到了这般年纪，心性变了，却兴趣了中国两汉时期那种史的文章的风格，它没有那么多的灵动和蕴藉，委婉和华丽，但它沉而不糜，厚而简约，用意直白，下笔肯定，以真准震撼，以尖锐敲击"。[3]一路探索思考下来，在《山本》中要写出"一道龙脉，横亘在那里，提携黄河长江，统领着北方南方，它是中国最伟大的一座山，当然它更是最中国的山"[4]。

前几年我将贾平凹的文学创作比作一架山脉，这架山脉通东西而会南北，有耸立入云的高峰，也有深邃幽静的山谷。把贾平凹将近半个世纪的文学创作作为一个整体来看，更能显现出其文学史的意义和价值内涵。这架山脉不是沉于海底或者谷地，而是存活于高原之上。贾平凹的文学创作，更多的不是借鉴或者吸纳，而是在作着一种会通。他用自己的创作实践，致力于拉通与中国古代文学与世界文学的经脉。正因为如此，贾平凹的文学创作走出了一条从商州到世界、从艺术表现到思想表达的中国文学的路子。这就是我所阅读到的贾平凹。

原载《当代文坛》2020年第2期

---

[1] 贾平凹：《白夜》，华夏出版社，1995年，第385、386页。
[2] 贾平凹：《秦腔》，作家出版社，2005年，第565页。
[3] 贾平凹：《带灯》，人民文学出版社，2013年，第361页。
[4] 贾平凹：《山本》，人民文学出版社，2018年，第540页。

后　记

校勘完最后一个字的时候，想到了恩师赵公俊贤先生、《小说评论》和陕西作协。

赵老师是我人生路上的贵人，学业上的恩师。大学毕业被分配到陕西广播电视大学，便开始了中国现当代文学的教学工作。因自己不善交往，与社会几乎无任何拉扯，学业上自然也就无人可做交流请教，只是一个人在那里瞎扑腾。困顿中是赵老师不嫌弃我的呆痴与愚钝，时常给予教诲，甚至带着我与他的研究生一块做课题研究，并把我引荐到陕西文学评论界。我文学评论上的起步，始于《小说评论》。那时我对陕西作协两眼墨黑，谁也不认识。贸然将文章送到《小说评论》编辑李国平手里，方知国平是我的学兄。王愚、李星等前辈，极力提携我这样的刚刚起步年轻人。我从上大学就开始写小说、诗歌、散文，可是一篇都未见诸刊物，困顿得如掉到冰窖里浑身冰冷。偶然间读了李锐的《厚土》，有了一种新的冲动，写了篇五千来字的文章，不知深浅地送到《小说评论》（也是为了省八分邮票钱），文章不仅发表了，还被人大复印资料全文收录。这对我的激励可想而知，就如站在死亡边缘绝望中突然看到了一片生机的光芒。自此开始了艰难的文学评论历程。所以，我终生都感念赵老师、国平学兄，以及王愚、李星和亦师亦友的王仲生先生。

我知道，自己是陕西评论圈里最愚笨的一个。唯一一个好处就是认死理，认准的就如老牛一样顶倒墙还连土一起端，几十年下来，虽无什么可以炫耀的，但终如吴琼华一样硬是站到了这个队伍里，并且糊里糊涂哩哩啦啦地积攒了几百万的评论、研究文字。

正因为愚笨，就不敢贪多，只能盯住一个点挖下去。虽然对陕西和全国的多位作家都很喜欢，比如看了《人生》泪流满面，看了《白鹿原》鼓噪不安，看了《遥远的白房子》《放马天山》等等，也是激动不已，对莫言、阎连科、刘震云、余华、王安忆、残雪等等，都是很钦佩的。但是，却很少下笔去言说，总觉还未完全吃透，没有进行全面深入的了解与研究，总怕言说不当不准，会谬以千里，故而也就只是偶尔敲敲边鼓而已。自己做不了鸿篇大论，更写不了一览群山小横扫天下作家的文章，只能做具体作家作品的个人品味。也是偶然认识了贾平凹，特别是看了《废都》之后，于是就把自己的主攻方向确定在贾平凹的文学创作上，一做就是三十多年，虽然没有多少精彩惊人之处，但总算有了一片供自己耕作的土地。所以，收在这个集子里的文章，大部分都是有关贾平凹的。

几十年间，从未敢懈怠过，更不敢自傲自足，别人的风景再光彩照人，只是低头弯腰做自己的事。唯感愧疚的就是亏欠家人太多，尤其是父母膝下不能尽孝，妻子数十年操持家务支持我的工作，陪伴她的时间少之又少。

接到省作协文学院的通知，还未着手编选工作就阳了，只好先粗粗列了个目录。正发愁没精力收集编选，这时受邀与我共同主编陕西当代小说史（中编）的西安建大文学院秦艳萍教授，来商谈收集资料方面的事情。我灵机一动，贸然询问可否帮忙收集整理集子，秦教授慨然允诺，利用繁重的教学工作的空隙，很快就按要求编排好文稿。我的最后的两位弟子潘靖壬、郭娜，协助对文字进行了校勘。没有他们的付出，还不知猴年马月才能完成。我知道，他们也都刚阳过或还阳着。在此，对他们表示深深的谢忱！

最后说一句：给陕西评论家出版集子的设想，印象中大家不止一次提说过，但因种种原因而未能付诸实施，现在终于落到了实处，自然是一件可喜可贺的事情。

还未走出阳过的遗绪，期盼癸卯年能是一个美好顺遂的年份。

韩鲁华
2023年1月25日于草麓堂

1